KB243144

新무협 판타지 소설

【 금강金剛 作 】

대풍운연의

大風雲演義

4

대풍운연의 4

금강 新무협 판타지 소설

초판 1쇄 찍은 날 § 2002년 1월 17일
초판 1쇄 펴낸 날 § 2002년 1월 25일

지은이 § 금강
펴낸이 § 서경석

편집장 § 문혜영
편집 § 장상수 · 박영주 · 김희정 · 권민정
마케팅 § 정필 · 강양원 · 김규진

펴낸곳 § 도서출판 청어람
등록번호 § 제1081-1-89호
등록일자 § 1999. 5. 31
어람번호 § 제2-0044호

주소 § 경기도 부천시 원미구 심곡1동 350-1 남성B/D 3F (우) 420-011
전화 § 032-656-4452   팩스 § 032-656-4453
E-mail § eoram99@chollian.net

ⓒ 금강, 2001

값 7,500원

ISBN 89-5505-228-6 (SET)
ISBN 89-5505-271-5 04810

※ 파본은 본사나 구입하신 서점에서 교환하여 드립니다.
※ 저자와 협의하여 인지를 붙이지 않습니다.

新무협 판타지 소설

[금강金剛 作]

대풍운연의

大風雲演義

운명(運命)과 마주하다 □ 4

도서출판
청어람

목차

온유지함(溫柔之陷)

—신비인과 재회하다
죽음의 망령(亡靈)이 지분함정을 휩쓸다

온유지함(溫柔之陷)

"그만 해두지? 사생결단을 낼 셈인가?"

음산한 음성이 다시 한 걸음을 내딛으려고 하는 요동권왕을 저지한다.

그 순간, 마음악사들이 나직한 신음과 함께 피를 흘리면서 쓰러졌다.

그리고 귀왕여에 변화가 일기 시작했다.

끼끼끼…….

괴기(怪奇)한 소리.

귀를 갉아내는 듯 거북한 그 소리와 함께 귀왕여의 윗부분이 좌우로 갈라지고 있었다.

뜻밖의 변화에 요동권왕 막풍은 다가서던 걸음을 멈춰야 했다.

그는 미간을 찡그린 채 귀왕여를 쏘아보았다.

그와 귀왕여와의 거리는 이제 불과 2장가웃 가량.

보통 사람이라면 제법 되는 거리이겠지만 그와 같은 고수에게 있어서는 그야말로 손만 뻗으면 되는 지척인 거리다.

끼끼…….

소름 끼치는 소리와 함께 귀왕여는 계속 갈라지다가 묘한 형태로 변하고는 그 갈라짐을 멈추었다. 좌우로 갈라진 벽면은 옆으로 늘어서 연꽃 형태가 되고 위의 지붕은 뒤로 넘어가서 귀왕여의 윗부분은 아예 처음부터 그렇게 만들어놓은 듯 절묘하게 아름다운 연꽃형의 교자로 바뀌어져 버린 것이다.

그 앞을 가린 것은 주렴이 아니라, 바람에 흩날리는 망사휘장.

그 거대한 연꽃의 가운데에는 두 사람이 눕고도 남을 큰 침상 하나가 놓여 있었다.

거기에 한 사람이 비스듬히 등을 기댄 채로 앉아 있다.

전신에 용포(龍袍)를 걸쳤다.

머리에는 면류관을 썼는데 얼굴은 청동빛으로 푸르러 사람의 얼굴 같지가 않았다. 그러나 정작 팔자수염이 길게 늘어진 그의 얼굴은 수려하기 이를 데 없었다. 나이는 얼핏 보면 40대인 것 같은데, 다시 보면 도무지 짐작이 가지 않는다. 그러나 어둠을 뚫고서 마치 형체가 있는 푸른 비수와 같이 번뜩이는 그의 안광은 누구도 감히 그를 함부로 쳐다볼 수 없게 했다.

대체로 용포란 용이 그려진 것으로 황제와 그 일족만이 입도록 되어 있었다. 그러니 용포는커녕, 서민들은 그 색깔을 의미하는 황색조차 사용할 수가 없음이 일반적이었다.

그러나 연꽃 교자 위의 중년인, 풍도귀왕은 누런빛에 푸른빛을 혼합

하여 황포(黃袍)라고 하기에는 어폐가 있고 그렇다고 아니라고 한다면 그것은 더욱 이상했다. 용문(龍紋)도 마찬가지.

용은 용이되, 황제가 사용하는 용과는 분명히 다른 모양의 용.

그의 옆에는 경사로 전신을 휘감은 두 명의 여인이 그의 옆에서 단정히 무릎을 꿇은 채로 앉아 있었다.

귀왕여라고 불리는 그 큰 상여가 한순간에 이렇듯 정치(情致)한 아름다움을 가진 가마로 화할 수 있을 줄이야.

그때, 차가운 눈빛으로 요동권왕 막풍을 바라보고 있던 귀왕이 천천히 입을 열었다.

"왜 나를 찾아와 행패를 부리는 것이지? 그렇게 살아 숨 쉬기가 힘들던가? 모든 걸 포기하고 싶은 건가?"

"행패라구?"

"그럼 아닌가?"

"흥! 좋아, 그까짓 거 뭐가 어떻게 되든 좋다. 하지만……."

막풍의 눈에서 갑자기 무서운 신광이 폭출되었다.

"한 가지만 물어보겠다! 건곤무적 독고해의 시신은 어디 있나?"

그의 질타에 그처럼 침착하던 귀왕의 미간에 미미한 떨림이 일어났다. 어둠 속에서 찰나간에 벌어진 일이었지만 막풍과 같은 절세고수의 눈을 피할 수는 없는 일이었다.

"뿐만 아니지, 근래에 들어서 사방에서 무림고수들의 시체가 사라지고 있는데, 그 배후도 바로 귀왕, 너였다. 틀렸나?"

나이 마흔이면 불혹(不惑)이라 한다 하였다.

그 말은 나이가 들고 사회적으로 신분이 결정되면 사람이 자신의 얼굴에 책임을 지게 된다라는 의미다. 풍도귀왕쯤 되는 신분이라면 어떤 경우에도 자신의 말에는 책임을 져야 했다. 여기서 이런 질문을 받는다 할지라도 거짓말을 할 수 없는 신분이란 뜻이다.

뭔가 변명을 할 수는 있어도 있는 사실을 없다라고 말할 수는 없는 것이다.

스스로를 깎아내리는 결과가 되기 때문이다.

그런데,

"틀렸다."

귀왕은 차고 단호한 어조로 말을 자르는 것이 아닌가.

너무 뜻밖으로 단호하고도 간략한 그의 대답에 일순 멍청해졌던 막풍은 잔뜩 일그러진 얼굴로 귀왕에게 되물었다.

"정말…… 아무런 관계가 없다는 건가?"

"으하하하……!"

요동권왕 막풍은 사나운 기세로 귀왕을 노려보다가 문득 미친 듯이 웃어 젖혔다. 웃음소리에는 진기가 실려 있어서 바로 귓전에다 대고 천둥벼락을 때리는 것 같았다.

"관계가 없다고? 정말 아무런 관계가 없다?"

차갑게 중얼거린 요동권왕 막풍은 코웃음을 쳤다.

"귀왕의 신분으로서 거짓말을 하다니, 세월이 흐른 다음에 귀왕이 스스로의 신분마저 망각한 파락호가 되고 말 줄이야 누가 상상이라도 했으랴. 허허, 이거 참……."

그는 생각할수록 어이가 없는 듯 연신 머리를 저어댔다.

그때, 귀왕의 음성이 들려왔다.

"아무런 관계가 없다는 말은 하지 않았다."

요동권왕 막풍은 사납게 그를 노려보았다.

"무슨 소리를 하는 건가? 방금 네 입으로 아니라고 해놓고 이제 와서……."

"본왕에게 그 사태의 배후인가를 묻기에 아니라고 했을 뿐이다. 뭐가 잘못되었나?'

"……!'

그 말에 막풍은 얼떨떨해져서 입을 다물었다.

그럴 수밖에 없었다.

이미 증거를 확보한 그의 입장에서는 말도 안 되는 소리이긴 했지만, 상대가 이렇듯 침착할 줄이야 상상도 하지 못했던 것이다.

'저 귀신이 뜻밖에도 세심하기 이를 데 없군. 당년에 강호상에서 활동할 때보다 더 교활해진 거 같은걸?'

요동권왕 막풍은 암중에 생각을 굴리고는 겉으로는 태연히 말했다.

"그렇군…… 이제 보니 천하의 풍도귀왕이 남의 지시에 따르는 존재로 전락한 다음임을 미처 알지 못했군 그래."

"막풍, 당신이나 나나 이미 살 만큼 살았다. 그렇게 돌아가지도 않는 머리를 억지로 굴릴 필요는 없다. 자칫하여 머리에 쥐가 나면 그나마 몇 가닥 남은 머리카락마저 무사하지 못할런지도 모를 테니……."

"네 말대로 쓰잘데없는 잡소리는 집어치우자! 사람들은 어디 있나?"

"무슨 소리냐?'

"네가 가져간 시신들이 어디에 있는지 묻는 게다!'

"모른다."

"몰라?'

다시금 어이없다는 빛이 요동권왕 막풍의 얼굴에 떠올랐다.

그리고 뒤를 이어 얼굴 가득 치밀어 오르는 노기(怒氣). 그가 이를 같았다.

"지금 나를 놀리지는 게냐?"

그의 몸을 둘러싼 장포가 저절로 펄럭거리면서 다시 흙바람이 그의 주위로 일기 시작한다.

그 광경을 보면서도 풍도귀왕은 눈썹 하나 까닥하지 않았다.

그리곤 들리는 음성.

"그렇게 머리가 안 돌아가나? 본왕은 한 번도 시신을 가져간 적이 없다."

그는 잠시 미간을 찡그렸다가 다시 말을 이었다.

"하지만 그 시신을 본 것이 또한 사실이긴 하다. 그러나 그 시신은 지금 본왕에게는 없다."

"그럼 누구에게? 어디에…… 있는 거야?"

"그건 말할 수 없다."

그런데 그 순간이다.

"제가 한 가지 물어봐도 되겠습니까?"

어둠을 뚫고 맑고 낭랑한 음성 하나가 일었다.

뜻밖의 일인지라 장중의 모든 사람들이 놀라 그곳을 보았다.

놀랍게도 백의유생 한 사람이 섭선(접는 부채) 한 자루를 들고서 천천히 그들의 앞으로 모습을 드러내고 있었다.

하지만 요동권왕과 귀왕은 이미 그의 존재를 알고 있었던 듯 태연한 모습이었다.

그러나 막상 나타난 것이 한효월임을 본 요동권왕의 얼굴에는 놀람의 빛이 떠올랐다. 거기에 곁든 것은 반가움 한 자락.

"너, 여긴…… 어쩐 일이냐?"

한효월은 대답 대신 목례로써 그에게 인사를 하고는 귀왕을 보았다.

"당대 무림 중에는 묘한 일을 하는 사람이 하나 있습니다. 천하무림 중의 고수들의 시신을 끌어들여서 뭔가를 하려는 사람이죠. 하지만 그는 자신의 능력이 부족함을 깨닫고 귀왕을 찾습니다. 맞습니까?"

잠시 한효월을 바라보던 귀왕은 고개를 끄덕였다.

"맞다."

한효월의 말에 요동권왕 막풍은 아, 하는 빛이 되었다.

귀왕은 그의 신분에 어울리게 과연 거짓을 말한 것은 아니었다.

그 괴이한 일의 배후는 아니지만, 그가 그 일과 관련된 것이 한효월의 질문으로 드러난 것이다.

한효월의 질문은 다시 이어졌다.

"그가 귀왕에게 원한 것이 구마회혼대법(九魔廻魂大法)이 맞습니까?"

순간, 귀왕의 안색이 돌변했다.

"……."

귀왕은 서릿발 같은 신광이 이글거리는 눈으로 한참 한효월을 쏘아보다가 말했다.

"네가…… 한효월이란 꼬마인 게로구나."

한효월의 입가에 담담한 웃음이 매달렸다.

"대단치 않은 이름을 알고 계시다니 송구하군요."

"들자니, 네가 당년의 독고해가 강호 출도할 때보다 더 강하며, 지모(智謀)는 독고해가 미칠 바가 아니라고 하던데 맞느냐?"

"강호의 소문은 종종 와전됩니다."

그 말에 귀왕은 코웃음 쳤다.

"내가 보기로는 오히려 강호상의 소문이 제대로 다 전하지 못한 것 같구나. 너의 재지나 무공은 이미 우리들과 비슷한 경지에 이르러 있는 것 같은데?"

"과찬의 말씀……!"

겸사의 말을 하려던 한효월은 돌연 안색을 굳혔다.

음산한 기운 한 가닥이 소리도 없이 그에게 밀려오고 있음을 경각한 것이다. 귀왕이 암중에 그를 시험하기 위해서 손을 쓴 것이다. 이러한 시험은 상대의 능력을 가늠해 보기 위한 것이라 원래는 크게 위험하지 않다. 하지만 귀왕과 같은 초절정고수라면 이야기가 전혀 다르다.

언제라도 마음만 먹으면 상대를 격살할 수 있는 까닭이다.

한효월은 밀려오는 암경(暗勁)을 향해 왼손 다섯손가락을 활짝 펴서 잡아끄는 시늉을 했다. 동시에 그는 미미하게 어깨를 떨면서 옆으로 반 걸음쯤 신형을 흔들었다.

그러자 한효월을 공격하던 암경은 한효월의 찰나적인 응변에 이끌려 한효월의 뒤쪽 3장 밖에 있던 아름드리 은행나무를 쳤다. 암경인만큼 쾅! 하는 폭음은 들리지 않았지만, 다음 순간에 장정 둘이 끌어안아야 할 그 거대한 은행나무가 마치 태풍을 만난 듯 정신없이 전신을 흔들리게 하고도 남음이 있을 정도였다.

떨어지는 나뭇잎이 비 오듯 했다.

"왜 맞받지 않느냐?"

한효월이 정면으로 맞서지 않고 힘을 흘려보냄을 알아본 귀왕이 물었다.

"능력이 모자랍니다."

그의 물음에 한효월이 침착히 답했다.

"능력이 모자란다? 글쎄……."

중얼거리던 귀왕의 눈빛이 음침히 가라앉았다.

그의 주위로 괴이한 기세가 어림을 보자 한효월은 암암리에 미간을 찡그리고서는 입을 열었다.

"저는 당신과 싸우기 위해서 나타난 게 아닙니다. 몇 가지 알아볼 일이 있어서 왔을 뿐입니다."

"본왕이 알려줄 일은 아무것도 없다. 필요하다면 네 스스로 알아갈 수밖에."

"천하십왕은 천하무림 중에 가장 뛰어난 사람들입니다. 그런 신분으로서 굳이 욕되이 제천교의 주구(走狗)가 되신 이유는 어디 있습니까?"

한효월은 안색을 싸늘히 굳히고서 귀왕을 꾸짖듯 말했다.

"제천교의 주구라니?"

"소생은 이미 당신의 따님이신 명부음희가 제천교 중에서 명을 받들고 있음을 보았습니다. 부인할 수 있습니까?"

"그 계집애가 내 딸이란 걸 넌 어떻게 아느냐?"

"그게 중요합니까?"

"건방진 놈! 감히 네가 본왕을 추궁이라도 하겠다는 것이냐?"

갑자기 귀왕이 고함치면서 한 손을 치켜들더니 한효월을 향해 밀어냈다.

자리에서 움직이지도 않는다.

하지만 일단 발동하자 한효월은 자신의 주변 일대가 모조리 그의 손바닥의 공제 하에 놓이게 됨을 직감하고 암중에 크게 놀랐다.

"내 입을 막는다고 무슨 의미가 있겠습니까?"

한효월이 낭랑히 소리쳤다.

천하십왕이란 이름은 과연 허명이 아니었다.

그가 손을 쳐들자, 거대한 너울과 같은 검은 그림자가 일어났다. 그 일장은 그가 전력을 다한 듯 가공할 위력으로 한효월을 향해 밀려들었다.

천지간에 오직 귀왕의 손바닥 하나만이 보일 뿐이었다. 더구나 놀라운 것은 사방의 모든 물체들이 그 손바닥으로 빨려 들어간다는 것.

"물러나라! 귀왕음부인이다!"

요동권왕 막풍의 고함 소리가 들려왔다.

그리고 가공할 권력이 옆에서 날아들었다.

콰콰쾅!

천지를 진동하는 폭음이 터져 나왔다.

흙먼지가 하늘을 가리며 피어 올라 거대한 회오리 기둥을 형성하면서 사방을 맴돌았다. 마치 태풍이 일대를 휩쓸고 있는 것 같아서 눈앞이 제대로 보이지 않았다.

그 가운데 한효월은 우뚝 서 있었다.

옷자락이 금방이라도 찢겨져 나갈 듯 펄럭이고 있지만 그의 신형은 흔들림없이 당당히 그 자리에 버티고 서 있었다.

"괜찮으냐?"

권왕 막풍의 음성이 들려왔다.

한효월이 고개를 들자 1장가량 떨어진 곳에 막풍의 모습이 보인다.

"도와주신 덕분에……."

"쓸데없는 간섭을 한 것 같군……."

한효월의 모습을 바라본 막풍은 가볍게 혀를 차곤 방금까지 풍도귀왕이 있던 자리를 일별(一瞥)했다.

"저 귀신의 무공은 당년보다 더 높아졌군. 귀문(鬼門)의 역대 어느 누구도 귀왕음부인을 그런 경지까지 수련하지는 못했다고 들었는데……."

딩, 디디잉…….

어둠 속에서 괴기한 음향이 전해져 온다.

귀왕이 움직이면 연주된다는 음혼귀조지악(陰魂歸曹之樂)이다.

귀왕은 이미 그 자리를 떠난 것이다.

"네 말대로 본왕에게 구마회혼대법을 부탁한 사람은 따로 있다. 하지만 그 사람의 부탁으로 그 신분은 밝힐 수 없다. 굳이 알고 싶다면, 풍도로 와서 본왕을 찾도록 해라……."

어디선가에서 귀왕의 음성이 끊어질 듯 말 듯 은은히 들려왔다.

"이런 망할! 누굴 데리고 장난하자는 겐가!"

요동권왕 막풍은 한바탕 발을 구르더니 코웃음 쳤다.

"누구 맘대로 간다는 게냐! 그놈이 누군지 밝히지 않고서는 한 걸음도 이 자리를 벗어나지 못할 게다!"

그가 발을 구르자 일대가 지진을 만난 듯 뒤흔들렸다.

"다시 귀찮게 한다면 사정을 보지 않을런지도 모른다. 아무리 변방의 오랑캐라고 할지라도 앞뒤는 재보면서 덤비는 게 좋을 게야."

차가운 웃음소리가 은은히 들려왔다.

그 말을 듣자, 권왕 막풍의 얼굴이 일그러졌다.

"건방진 귀신 떨거지 같으니! 겁나서 꼬리를 말고 도주하는 주제에 감히 뭐가 어쩌고 어째? 변방 오랑캐? 어떤 놈이냐? 당장 튀어나오지 못할까!"

이를 갈던 그는 돌연 고함과 함께 앞쪽 숲에다 일권을 내질렀다.

그의 일권은 가히 천둥벼락이 치는 듯 가공할 위력이 있었다.

콰쾅! 와자자작……

폭음과 함께 대여섯 그루의 아름드리 나무가 거인이 수수깡을 부수듯이 그냥 꺾어져 날아가 버렸다.

"으아악! 사, 살려주세요!"

그리고 뒤이어 다급하게 터져 나오는 비명.

그림자 하나가 아름드리 거목들이 좌충우돌 쓰러지는 가운데, 죽을 힘을 다해서 하늘로 솟구치는 광경이 눈에 들어왔다.

"흥, 제법인데?"

막풍은 코웃음 치더니 다시 주먹을 움켜쥐었다.

그가 재차 일격을 가하려는 모습에 한효월은 황급히 말했다.

"제가 데리고 다니는 아이입니다. 사정을……!"

그의 말에 다시 일격을 가하려던 막풍은 손을 거두고는 코웃음 쳤다.

"진작 이야기하지…… 잠시 기다리거라!"

말과 함께 그의 신형이 무서운 속도로 그 자리에서 사라졌다.

"아이구우……."

한 사람이 한효월의 앞에서 금방이라도 숨이 넘어갈 듯 신음을 해댔다.

뜻밖의 상황에 나타난 사람은 유성이었다.

유성은 요동권왕 막풍의 일권 하에서 아슬아슬하게 위기를 넘기고는 혼비백산하여 안색이 창백했다.

"저 할아버지가 누구래요? 세상에……."

아직도 놀람이 가시지 않는지 유성은 막풍이 사라진 방향에서 눈길을 떼지 못했다.

"대체 어딜 갔었던 거냐?"

그 말에 대한 대답보다 한효월은 오히려 되물었다.

그의 종적을 따라오다가 여기서 막풍과 풍도귀왕의 조우(遭遇)를 보게 되었던 것이니, 그 와중에 나타난 유성에게 행방을 묻지 않을 수가 없는 것이다.

"말을 하자면 길어서요⋯⋯."

유성이 머리를 긁적거렸다.

"그렇다면 나중에 듣기로 하자!"

말과 함께 한효월은 신형을 날렸다.

"어딜 가시는 거예요?"

"따라오너라."

"나원⋯⋯!"

유성은 이미 저만치 사라지고 있는 한효월을 보면서 다급히 그 뒤를 따라야 했다.

쏴, 쏴아아─

요동권왕 막풍은 흐르는 강물을 바라보면서 우뚝 서 있었다.

강바람이 그의 옷자락을 세차게 펄럭이지만 그는 마치 태산처럼 우뚝 서서 흐르는 강물을 바라보고 서 있을 따름이었다.

"놓치셨습니까?"

"음."

막풍은 뒤를 돌아보지 않고 대꾸했다.

그의 뒤에는 한효월이 언제 나타났는지 서 있었다.

"놈이 교활하게 배를 대기시켜 놓고 있을 줄은……."

"귀문(鬼門)은 어차피 강호상에서 이름있는 문파입니다. 그 정도야 마음만 먹으면 쉬운 일이겠지요."

"너는 어쩔 작정이냐?"

무슨 소리냐는 듯 쳐다보는 한효월을 향해 막풍이 말했다.

"강호고수들의 시체를 가지고 뭔가 획책하는 자가 저 귀신두목과 손을 잡고 있음을 안 이상, 그냥 둘 수는 없는 일이다. 나는 풍도(酆都)까지라도 따라가서 반드시 그게 누군지 알아낼 작정이다. 너는……."

"저는 여기서 조금 더 알아봐야 할 일이 있습니다."

순간, 막풍은 큼직한 손을 턱하니 한효월의 어깨에다 얹었다.

"네가 알아볼 일이 뭔지는 모르겠다만, 그간 내가 조사한 바로는 암중의 세력들은 너를 매우 귀찮게 여기고 있다. 조심하는 게 좋을 게다. 누구든 보이지 않는 창을 피하는 것은 쉬운 일이 아니니……."

"염려해 주셔서 감사합니다."

한효월은 그를 향해 웃어 보였다.

"그러나 그들이 저를 찾아내기는 그렇게 쉽지 않을 겁니다."

"흠…… 뭔가 생각이 있다는 뜻이로구나?"

한효월의 눈빛을 보고 고개를 끄덕인 막풍은 툭툭 그의 어깨를 쳤다.

"좋아, 다시 보자꾸나. 내 이놈들이 과연 무슨 짓을 꾸미고 있는지 반드시 알아내고야 말겠다."

말과 함께 그는 그 자리에서 사라졌다.

마치 일진 태풍이 그 자리에서 사라지듯이 그렇게 그는 그 자리에서 멀어져 갔다.

"누구예요? 대체 누구길래 저렇게 대단하죠?"

그의 신법을 보고 있던 유성이 참지 못하고 물었다.

"권왕이라는 이름을 가진 분이다. 천하십왕 중 한 분이지……."

중얼거리듯 답한 한효월은 막풍이 사라진 쪽에서 시선을 돌려 유성을 보았다.

"그래, 이제 네 말을 들어볼까? 무슨 일이 있었는지?"

"들어보나마나, 골치 아픈 일이 있었죠."

"골치 아픈 일?"

"그렇다니까요."

말을 하면서도 유성은 미간을 찡그렸다.

*   *   *

관제묘(關帝廟)는 삼국연의(三國演義)에 나오는 관운장을 전쟁의 신으로 숭상하여 그를 받드는 사당이다. 따로 관제(關帝)라고 부르는 그의 사당은 중원천하 어디를 가도 없는 곳이 없다고 할 정도로 기림을 받았다.

도교(道敎)에서조차 그를 신 중의 하나로 받들었다.

비는 그쳤지만 아직 하늘을 가린 구름으로 인해 사위는 칠흑처럼 어둡다. 송림(松林) 가운데 자리한 이 관제묘 또한 그 어둠을 벗어날 수 없다.

한효월과 유성은 어둠 속에 자리한 그 관제묘를 바라보고 있었다.

'그 여우들이 저기 있습니다.'

유성이 전음지성을 이용하여 말했다.

한효월과 헤어져 그를 기다리게 된 유성은 느긋하게 큰 나무 위로 올라가서 자리를 잡았다. 산속에서 생활하던 그인지라 나무를 타거나 아예 그 나무에서 자는 건 일도 아니었다. 성격도 느긋한지라 편안히 자리를 잡고서 한효월이 돌아오기를 기다릴 참이었다.

　그러나 얼마 지나지 않아 그는 한 사람을 발견하게 되었다.

　여자였는데, 바람과 같은 신법을 가진 그녀는 괴이하게도 옷을 거의 반쯤 벗고는 숲 속에서 나와 유성이 다시 보지 않을 수 없게끔 했다.

　어둠 속에서 수밀도와 같은 유방을 그대로 드러내 놓고 옷을 입으며 숲 속에서 나오는 묘령의 여인을 보게 된다면 누구든 다시·보지 않을 수 없을 터였다. 게다가 유성은 숲 속에서 나오던 그녀가 또 다른 여인 한 사람을 만나는 것을 보게 되었다.

　잠시 엿들은 그들의 대화는 더욱 괴이했다.

　"망할, 개자식이 그렇게 힘이 없어……."

　"호호, 난 괜찮은 놈 하나 잡았지…… 운이 좋았다니까."

　두어 마디를 서로 주고받은 그녀들은 쌍쌍이 신형을 날려 그 자리를 떠났다.

　괴이함을 느낀 유성은 그녀가 나온 숲 속으로 들어갔다가 시체 하나를 발견하게 되었다.

　참혹하기 이를 데 없는 시체.

　알몸의 사내.

　뼈에다 말라빠진 가죽만 겨우 걸쳐 놓은 듯한 시체였다.

　"그 요녀(妖女)가 그 남자의 정혈(精血)를 다 빨아먹은 거였어요."

유성은 이를 갈았다.

하마터면 같은 신세가 될 뻔한 적이 있었으니 그 일을 혐오하는 것도 당연한 일이었다.

그것을 발견한 유성은 이를 갈면서 조금 전에 그 자리를 떠난 여인들의 뒤를 따라 그 자리를 떠났다. 급해서 한효월을 찾지 못했지만, 찾았더라도 그때 한효월은 이미 그 자리에 없을 때였다.

그렇게 해서 당도한 곳이 바로 이 퇴락한 관제묘였다.

송림에 자리한 관제묘는 규모가 제법 컸다. 비록 지금은 퇴락했지만 그래도 돌보는 사람이 있다는 의미다. 그것을 증명하듯 관제묘 안에는 상당한 숫자의 사람들이 자리하고 있었다.

그들이 누군지는 알 수 없었다.

경계가 삼엄하여 쉽게 접근할 수가 없었던 까닭이다.

"요녀들이 하나둘씩 안으로 들어가는 걸 보고 공자님을 찾으러 돌아갔던 거예요. 그냥 두고 볼 일이 아닌 거 같아서……."

유성의 말대로라면 채양보음(採陽補陰)을 하는 음녀(淫女)들이 한둘이 아니라는 소리고, 저 관제묘가 저들의 소굴이라는 뜻이다.

그냥 두고 볼 일이 아니었다.

"안으로 들어가 보자."

"지금요?"

"그래."

"그냥 막 들어간다구요?"

유성은 눈이 동그래서 한효월을 쳐다보았다.

"겁나면 넌 여기 있거라. 나 혼자 가보마."

"거, 겁은 누가 겁이 난다고 그래요? 그게 아니라……."

"됐다. 넌 여기 있거라. 내가 안을 한번 살펴보고 올 테니까, 혹 무슨 일이 있으면 내게 신호하도록 해라."

한효월은 당황한 얼굴인 유성의 어깨를 두드리며 웃어 보였다.

그리고 그는 관제묘를 향해서 신형을 날렸다.

어둠 속에 잠긴 관제묘는 생각보다 더 컸다.

그러나 괴이했다.

어둠 속에 괴물처럼 웅크린 그 큰 관제묘는 쥐 죽은 듯 고요하기만 했던 것이다. 적당이 모여 있다면 그렇게 조용할 리가 없었다. 괴이함을 느낀 한효월은 공력을 끌어올리고 암중에 관제묘를 살폈다.

그러나 아무런 기척이 느껴지지 않았다.

'아무도 없단 말인가?

신법을 전개하여 관제묘 담장가 큰 느티나무에 날아오른 한효월의 미간이 좁혀졌다. 들리는 것은 바람 소리뿐, 정말 사람의 기척은 들리지 않았던 것이다. 분명히 조금 전까지 많은 사람들이 이곳에 자리하고 있었던 것 같았는데, 지금 이 순간에는 아무도 없다니?

말이 되지 않는다.

공력을 끌어올린 한효월은 잠시 생각을 굴리다가 그대로 관제묘의 담장을 날아 넘었다.

'맙소사! 어쩌려고 저러시냐?

암중에 숨어서 보고 있던 유성이 아연실색 입을 벌렸다.

"이럴 수가……!"

관제묘 안으로 들어선 한효월은 경악으로 굳어졌다.

관제묘 안으로 날아들자 피비린내가 느껴졌던 것이다.

높은 담으로 둘러싸인 관제묘는 대문에서 본전(本殿)을 향해서 두어 명이 어깨를 나란히 하고 걸을 수 있는, 10장가량의 조약돌을 깐 길이 뻗어 있다. 그리고 그 좌우로 전각과 거처들이 마련되어 있는데…….

그 전각 여기저기에 희끄무레한 것들이 보이고 있었다.

그리고 놀랍게도 그것들이 사람의 시신임을 알아보는 데는 결코 많은 시간이 필요치 않았다.

게다가 그 시신은 거의가 다 여자였다.

그것도 반라(半裸), 내지는 거의 옷을 걸치지 않은 여인들.

믿기지 않는 일에 한효월은 눈앞에 쓰러진 여인의 앞에 무릎을 꿇고 앉아 그녀를 살펴보았다.

부릅뜬 눈.

거의 직각으로 꺾어진 목. 그렇게 목이 꺾어지면 부러질 수밖에 없다. 그렇게 목이 꺾어져 죽은 그녀의 나이는 20세 전후. 눈을 부릅뜨고 입에서는 선혈이 흘러 목을 타고 가슴을 적시고 있다. 그래도 천생의 아름다움을 숨기긴 힘들다. 그러나 그 미목(眉目)은 경악과 공포로 얼룩져 아름답다기보다는 섬뜩했다.

일부러 찢어낸 것은 아닌 듯하였다.

그럼에도 그녀는 아랫도리만 겨우 가렸다.

풍만한 젖가슴은 그대로 드러나 있었고 놀라 곤두선 유실도 남김없이 모습을 드러내고 있다. 백설과 같은 옥부(玉膚)가 남김없이 드러나 있었고 백옥과도 같은 허벅지와 종아리까지 말이 그렇지, 거의 벗은 것과 다름없는 모습으로 그녀는 죽어 있었다.

그렇게 죽어 있는 여인들은 하나둘이 아니었다.

안으로 들어갈수록 죽은 여인의 숫자는 더 많아졌다.

얼핏 계산해도 이미 스무 명이 넘었다.

게다가 한쪽 문이 부서진 관제묘의 본전 앞에서 피투성이로 쓰러져 죽은 여인들 셋은 전신에 실오라기 하나 걸치지 않은 모습이었다.

죽은 모습은 전과 별로 다르지 않았다. 경악해 부릅뜬 눈에 서린 것은 공포의 빛.

마치 죽음의 저주가 이 관제묘를 뒤덮은 듯한 모습이었다.

"이, 이게 무슨 일이죠?"

한효월의 뒤를 따라 들어온 유성이 놀라 중얼거리는 음성이 한효월의 뒤에서 들려왔다.

한효월이라고 답할 말이 있을 리 없다.

그때였다.

"으으……."

아주 미약한 신음이 한효월의 귓전에 들려왔다.

관제묘 본전의 안이었다.

주위를 살피고 있던 한효월은 바람처럼 그 안으로 날아들었다.

마치 폭풍이 휩쓸고 지나간 듯 엉망으로 부서진 관제묘 내부. 거기에도 예외없이 여인들의 시신이 있었다. 분홍의 경사나의(輕紗羅衣). 속이 훤히 들여다보이는 나의 하나만을 걸친 듯 만 듯 걸친 여인들…….

신음은 그중 한 여인에게서 흘러나오고 있었다.

어둠 속이다.

그러나 희미한 촛불 하나가 꺼지지 않고 남아 있어서 내부의 상황이 어렴풋이 드러나 있다. 한효월과 같은 내가고수라면 상황을 알아보기 어렵지 않다는 뜻이다.

공탁에 엎드린 여인의 몸을 가린 것은 매미 날개와 같은 경사 한 벌. 그나마 반은 찢겨져 있어서 있으나마나 했다. 뿌우연 나신은 그 경사 외에는 아무것도 가린 것이 없다. 풍만한 둔부와 백설 같은 등이 그대로 눈에 들어온다. 물론 그 아래 허드러진 허벅지와 종아리 등도 가린 것은 아무것도 없었다. 여인은 다리를 묘하게 벌리고 공탁에 엎어져 있어서 뒤임에도 여인의 비밀스러운 곳이 은은히 드라나 보였다.

그러나 그런 그녀의 몸은 피로 물들어 있었다.

"내 말이 들립니까?"

한효월은 조심스럽게 말을 걸었다.

그러나 방금의 신음을 토하지 않은 듯 여인은 움직이지 않았다.

"내 말이 들리지 않습니까?"

잠시 기다려도 여인에게서 전혀 움직임이 없자 한효월은 참지 못하고 그녀의 어깨에 손을 대었다. 그녀를 흔들어보려는 것이다.

찰나,

"조심해요!"

유성의 고함이 들렸다.

동시에, 죽은 듯 엎어져 있던 여인이 벼락 치듯이 신형을 틀면서 양손을 휘둘러 한효월의 눈을 찔러왔다. 악독하기 이를 데 없는 수법이었다. 그 일격은 이미 오래전부터 준비하고 있었던 것인 듯 악랄하고도 신속무비하였다.

"사납군!"

한효월은 흠칫 뒤로 물러나려고 했지만 상대의 공격이 너무 사나워서 그걸로는 공격을 피해낼 수가 없었다.

이미 제이의 공격이 날아들고 있었던 것이다.

"멈추시오! 난 적이 아니오!"

외침과 함께 한효월은 일장을 쳐내 여인의 사나운 일격을 막아냈다.

팡!

여인의 손과 그의 손이 마주치자 일진 폭음이 터져 나왔다.

동시에 한효월을 공격했던 여인은 누가 밀어버린 듯 벌렁, 뒤로 넘어지고 말았다. 그녀의 입에서 쏟아져 나오는 핏줄기.

풍만한 가슴이 흔들린다거나, 여인의 비밀스러운 곳이 그대로 드러나 있는 것 따위가 눈에 들어올 계제가 아니었다.

한효월은 황급히 그녀의 가슴을 향해 한 가닥 지력을 날렸다.

"정신 차리시오!"

"크, 끄윽…… 이, 귀신…… 귀신드을……!"

그녀는 공포스러운 빛으로 전신을 부들부들 떨더니 다시금 입에서 선혈을 토해냈다. 토막 난 내장이 거기 섞여 있었다. 뿐만 아니라 피에서 거품이 인다. 저래서는 도저히 살아날 방도가 없다.

풍만한 가슴이 격하게 흔들리더니 이내 잦아들었다.

부릅뜬 눈에서 빛이 꺼지는 것이 느껴졌다.

"죽었어요?"

뒤에서 유성이 물었다.

"죽었다……."

한효월이 신음하듯 답하며 고개를 끄덕였다.

과연 무슨 일이 일어난 것인가.

나신을 아낌없이 드러내고 죽어 넘어진 그녀의 나이는 갓 30대 정도로 보인다. 하지만 그녀의 신분이 무엇인지는 알기 어려웠다. 다만, 방금의 일격으로 감안하건대 그녀의 무공이 결코 간단하지 않은 것은 분명했다. 그러나 그녀는 죽었다.

더구나 하나둘도 아니고 수십 명의 여인들이, 거의 같은 모습으로……

"대체 이 여인들의 신분은……!"

중얼거리던 한효월의 안색이 조금 달라졌다.

"거기 얼마나 더 오래 숨어 있을 작정이오?"

그는 빛나는 눈빛으로 관제(關帝:관우)의 신상을 노려보았다.

……

갑자기 질식할 듯한 침묵이 주위를 짓눌러 온다.

한효월은 냉소했다.

"내가 손을 써야만 나타날 작정인가?"

순간,

"흥!"

차가운 냉소가 들리며 한 사람이 관제의 신상 뒤에서 모습을 드러냈다.

"당신은?"

나타난 사람을 본 한효월의 얼굴에 뜻밖이란 빛이 떠오른다.

나타난 것이 요광성주였기 때문이다.

복면의 요광성주는 차가운 눈빛으로 한효월을 쏘아보며 중얼거렸다.

"아무리 이들이 당신을 노렸다지만 이렇게까지 할 필요야……"

그녀의 말에 한효월은 얼떨떨한 표정이 되어 그녀를 쳐다보았다.

"무슨 소리를 하는 거요?"

"부인할 작정인가요? 이들을 죽인걸?"

"지금 내가 이들을 죽였다는 거요?"

한효월의 어이없다는 표정에 요광성주는 미간을 찡그렸다.

"그럼 아니라는 건가요?"

"난 이 여자들이 누군지도 모르오. 그런데……."

말을 끊었던 한효월은 문득 요광성주를 바라보면서 되물었다.

"당신의 말은, 이들이 제천교의 사람들이라는 의미인 것 같군?"

"맞아요. 당신 때문에 본 교의 총단에서 나온 고수들이었죠. 이렇게 어이없이 전멸을 당하긴 했지만……."

요광성주는 주변을 둘러보면서 말했다.

정말 참혹했다. 여기저기에 쓰러져 죽은 여인들의 모습은 마치 무슨 재앙이 휩쓸고 간 것만 같았다.

"총단에서? 나 때문에 말이오?"

"맞아요. 본 교에서는 이미 당신에게 추살령(追殺令)을 발동했어요."

"흠…… 이들이 나 때문에 일부러 나올 정도라면 결코 간단한 존재가 아닐 텐데, 이들이 어떤 신분을 가지고 있는지 알려줄 수 있겠소?"

"내가 왜 그런 걸 알려줘야 하죠?"

그녀의 말에 한효월은 미미하게 웃음을 떠올렸다.

"비밀이라면 굳이 알려주지 않아도 좋소."

요광성주는 한효월을 쏘아보더니 차갑게 중얼거렸다.

"그녀들은 총단 온유향(溫柔鄕) 소속이에요."

"온유향? 아주 아늑한 이름이긴 하지만 이들의 모습을 보건대, 보나마나 남자들의 무덤을 의미하는 곳인 것 같군……."

"남자들의 무덤? 그럴지도 모르죠. 따로 영웅총(英雄塚)이라고도 하니까……."

피잉…….

낮은 음향이 어둠 저 멀리에서 길게 꼬리를 끌며 들려왔다.

문득 그녀의 안색이 달라졌다.

"이들과 정말 관련이 없다면 어서 여길 떠나요."

그녀의 음성이 조금 조급하게 변했다.

하지만 한효월의 태도는 침착하다 못해서 태연하다.

"내가 왜 여길 떠나야 하오?"

피잉…….

다시금 예의 음향이 들려왔다.

이번에는 다른 쪽이었는데, 좀 전보다 상당히 가까웠다. 누군가가 가깝게 다가오고 있다는 뜻이다.

"알고 싶다면 그냥 있으면 되겠군요!"

말과 함께 그녀는 그 자리에서 그대로 신형을 돌렸다.

하지만 그녀는 그 자리를 떠나지 못했다.

그 앞을 한효월이 가로막았기 때문이다.

"무슨 짓이죠? 나를……."

"내일, 낮에 용문사에서 기다리겠소."

"그건……."

너무도 뜻밖의 말에 놀란 그녀가 채 말을 하기도 전에 한효월은 그녀를 향해 웃어 보였다.

"올 때까지 기다리겠소. 그럼……."

말과 함께 그는 그 자리에서 사라졌다.

그가 사라지자, 조금 떨어진 곳에서 엉거주춤하고 있던 유성도 장난스레 그녀를 향해서 손을 흔들어 보이더니 쏜살처럼 사라져 버렸다.

그 자리에 남은 것은 멍청한 빛의 요광성주뿐.

"도대체……."

한참 만에 그녀의 입을 비집고 나온 음성이다.

스스로도 이해하기 힘든 일이었다.

그는 이미 제천교의 생사대적(生死大敵)이다. 그런데 그런 그를 도대체 왜 만난 것일까? 한 번도 아니고…….

"무엇 때문에……?"

묵묵히 검은 하늘을 올려다보고 있던 요광성주는 문득 중얼거렸다.

비 온 뒤, 여전히 걷히지 않은 구름으로 인해 검푸른 하늘이다.

과연 무엇 때문에 이러는 것인지, 그녀 자신조차도 알지 못할 일. 그저 망연히 하늘을 쳐다보다가 세찬 바람이 얼굴을 쳐 정신을 차렸다. 그러나 저 어두운 하늘 가득 웃고 있는 것은 괴이하게도 조금 전 그 자리를 떠난 한효월의 맑은 얼굴이다.

때로 문득문득 그의 웃는 얼굴이 눈앞에 떠오른다.

"말도 안 돼."

요광성주는 머리를 흔들었다.

말도 안 되는 일이었다.

교중에서는 남녀 간의 관계를 금하지 않는다.

하지만 추살령이 발동된 적을 생각하다니? 만에 하나라도 이 일이 상부에 알려진다면 그녀는 지난 세월 쌓아온 모든 것을 단숨에 잃고 말 터이다. 비록 그와 아무런 관계가 없다고 할지라도…….

"그런 일은 있을 수가 없어. 말도 안 되는 일이야."

그녀는 입술을 피가 나게 즈려 물었다.

어떻게 이 자리까지 왔는데…….

피잉…….

눈앞에서 예의 음향이 들리더니 찰나간에 한 사람이 전각을 날아 넘어 모습을 드러냈다. 그것과 함께 여기저기에서 묘한 음향이 일며 검은 그림자들이 차례로 모습을 나타냈다.

그들은 장내의 상황에 경악한 빛이다가 그 가운데 요광성주가 서 있음을 보자 그녀의 앞으로 몇 사람이 다가왔다.

비할 바 없이 빠른 움직임이었다.

그러한 경공을 가졌다는 것은 일신의 무공이 간단치 않다는 반증과도 같았다.

"이게 어떻게 된 일이오?"

"보는 바 대로예요."

요광성주의 망연했던 눈빛, 음성은 다시 차갑게 본연의 모습으로 돌아왔다.

"누가 이런 짓을…… 설마, 정말로 온유향의 이혼당(離魂堂) 고수 전체가 몰살했단 말이오?"

주위를 돌아보던 흑의인 한 사람이 신음하듯 물었다.

"나도 방금 와서 어떻게 된 건지 모르지만…… 여기 살아남은 사람은 없는 것 같군요. 믿기 힘들긴 하지만……."

"말도 안 돼…… 당금 무림에서 누가 이런 능력을……."

"말이 안 되죠. 온유향의 이혼당이 가진 능력이라면 일개 대문파를 피로 씻을 수 있을 정도인데, 이들이 이렇게 전멸을 당하도록 부천각(扶天閣)에서 아무것도 알지 못하고 있음을 총단에서 안다면 결코 그냥 넘어가진 않겠지요."

흑의인의 안색이 돌변했다.

"지금 본 당주에게 책임을 전가할 생각이오?"

요광성주는 머리를 저었다.

"어찌 그런 일을! 하지만 이렇게 엄청난 일이 일어났다는 것은 분명히 무엇인가, 일이 잘못되었다는 것을 의미하는데…… 교중의 눈과 귀인 부천각에서 아무것도 모르고 있다면, 그건 그렇게 환영받을 일은 아니겠죠?"

흑의인의 얼굴이 일그러졌다.

"본 각이 하는 일은 다대(多大)하오. 본 당주가 맡은 것은 그중 일부분이니, 성주는 일을 어렵게 끌고 가지 마시오. 그보다 성주가 우리보다 먼저 왔으면서도 아무런 신호를 보내지 않은 이유는 어디 있소?"

요광성주는 그 말에 내심 움찔했다가 침착히 대꾸했다.

"너무 엄청난 일이라…… 주변을 살펴보느라고 그랬어요."

"정말이오?"

흑의인의 눈빛이 음침히 가라앉았다.

"그렇게 묻는 이유가 뭐죠?"

요광성주의 음성에 날이 섰다.

"아무것도 아니오. 성주의 말대로 일이 생기면 조사하여 총단에 보고함이 바로 우리 부천각의 일이니 자연히 상황을 조사할 수밖에."

그의 말대로 신속한 조사가 이루어졌다.

그리고 그들이 내린 결론은 한효월이 내린 것과 거의 유사하였다.

가공할 힘을 가진 누군가가 이들을 전멸시켰다는 것. 그것은 거의 반항을 허용하지 않을 정도로 가공할 힘을 의미했다. 온유향의 주력 중 하나인 이혼당의 힘을 생각해 본다면 그 의미는 더욱 가공하였다.

적암아명(敵暗我明)

─위기에 직면하다
적이 천지(天址)에 깔리니 피할 곳이 없다

적암아명(敵暗我明)

　용문사(龍門寺).

　이궐 용문을 저 멀리로 두면서 자리한 용문사는 고찰(古刹)이되, 백마사처럼 성가가 드높은 유서 깊은 사찰은 아니었다. 하지만 용문을 찾았던 사람들이 이곳에 들르는 경우가 많아 향화(香火)는 늘 끊이지 않았다.

　어젯밤의 빗줄기로 인해서인지 하늘은 더욱 맑다.

　그처럼 하루하루 불볕이었던 날씨도 계절은 어쩔 수 없는지 선들바람이 한낮임에도 느껴진다.

　그것이 지난밤의 빗줄기 때문만은 아니었을 터이다.

　"허허, 이런 일이 있나……."

　오후의 나른한 햇살이 용문사에 드리우고 있을 때, 돌연 난감한 탄식이 고요를 깨뜨리며 들려왔다.

주지가 거처하는 방장실.

좌우로 열린 장지문.

그 방장실에서 민대머리의 노승(老僧) 한 사람과 이십 대의 백삼문사(白衫文士)가 서로 머리를 맞댄 채로 바둑을 두고 있었다.

흰 돌과 검은 돌의 어우러짐은 가히 용호상박의 형국이다.

하지만 손에 들린 한 자루의 섭선(摺扇)을 휘적휘적 부치고 있는 백삼문사의 태도는 느긋하기 그지없는 반면에, 방금 탄식을 흘린 노승의 깊게 주름진 이마에서는 땀방울이 맺혀 고뇌의 흔적이 역력하다.

"허어, 참내…… 어떻게 해서 거기에 후절수가 있었더란 말인고? 도대체가 방법이 없구먼……."

뚫어져라 바둑판을 들여다보던 노승, 이 용문사의 주지인 수인 대사(修因大師)는 마침내 머리를 절레절레 저었다.

그럴 수밖에 없는 일이다. 일대에 국수라고 소문이 날 정도로 바둑을 잘 두는 사람이 바로 수인 대사였다. 그런데 난데없이 찾아온 이 백의문사에게 이미 연전연패를 한 상태. 그러던 차에 이번만은, 이라는 다짐 하에 이번 판만은 정말 장고(長考)에 장고를 거듭하여 대마를 잡고 승리를 눈앞에 두고 있었다. 한데 대마를 잡았다고 함박웃음을 웃으려던 그의 얼굴은 다시 굳어져야 했다. 상대를 차단했던 자신의 요석(要石)이 후절수에 걸려 떨어져 나가면서 자신의 대마가 함몰하는 것을 눈앞에서 봐야 했던 것이다.

아무리 들여다봐도 방법이 없었다.

"하하, 다시 양보를 해주신 듯합니다."

백의문사가 낭랑히 웃었다.

눈에 익은 단아한 얼굴.

바로 한효월이었다.

"끄응……."

한효월의 말에 수인 대사는 입을 열지 않았다.

너무 아까운 판인지라, 뭔가 새로운 수가 없는지 골몰하고 있는 것이다.

"잠시 앞에 나가 바람을 쐬고 오겠습니다. 앞에 있을 터이니 제 차례가 되면 찾으십시오."

한효월은 그에게 웃어 보이며 자리를 떴다.

수인 대사는 오히려 잘되었다는 듯 고개만 끄덕인다. 그러면서도 눈은 바둑판에서 아예 떠날 줄을 모른다. 지난 몇 년 간 한 번도 져본 적이 없던 바둑인지라 출가한 몸에도 불구, 호승심이 인 것이다.

한효월은 밖으로 나와 방장실 너머에 있는 커다란 석탑을 바라보면서 표표히 옷자락을 날리면서 서 있었다.

그는 어제, 요광성주와 약속을 정하고는 바로 여기 용문사에 왔다. 우연히 용문사의 주지인 수인 대사와 불리(佛理)를 논하다가 서로 뜻이 맞아 바둑까지 두게 된 터이다. 실제로는 사람들의 눈을 피하기 위해서 만들어낸 상황이었다. 물론 수인 대사는 그런 일을 알지 못하지만.

그가 석탑의 주위를 두어 바퀴나 돌았을까.

문득 시녀 차림의 여인이 석탑을 향해서 다가왔다.

서른쯤으로 제법 나이가 든 그 여인은 뭔가를 기원하는 것이 있는 듯 합장을 한 채로 계속해서 석탑을 돌고 돌았다.

요광성주를 기다리던 한효월은 조금 초조해졌다.

그녀가 오지 않으리라고는 생각지 않았었다. 그러나 예정 시각을 한 시진이나 지났다. 유성의 말대로 그를 치기 위한 고수나 데려오지 않으면 다행일까?

바로 그 순간이다.

'한 공자이신가요?'

나직하고도 은밀한 전음이 그의 귀로 날아들었다.

그 시녀 차림의 여인이 그의 옆으로 스치고 지나면서 하는 말이었다.

"비나이다, 비나이다……."

나직한 중얼거림이 끊임없이 울려 퍼진다.

여인은 한효월은 쳐다보지도 않고서 연신 축수염불을 하면서 태연히 탑을 돌고 있었다.

용문사의 탑은 모두 두 개가 있다.

등룡(騰龍)과 대안(大安)이다.

얼핏 전혀 연관이 되지 않는 듯한 그 탑의 이름은 실제로는 매우 깊은 뜻으로 연관되어 있다. 잉어가 용문탄(龍門灘)을 거슬러 올라가면 용이 된다는 전설이 용문에 깃들어 있음은 이미 전술(前述)한 바가 있다. 그렇게 뜻을 이룬 존재는 바로 등룡이 된다. 기복(祈福)의 의미를 가지는 것이다.

하지만 대안은 그 이후의 의미가 된다. 용이 되고 난 다음에 세상을 편안하게 만들어준다는 그런…….

그래서 사람들은 바랄 일이 있을 때에는 이 등룡탑을 찾고, 그것이 이루어지면 대안탑을 찾아 무사강녕을 기원한다.

여인과 한효월이 돌고 있는 탑은 등룡이다.

한효월이 그녀를 보고 있을 때, 다시 전음지성이 그의 귀를 파고들었다.

'서로 길이 다르다는 말씀을 전하라 들었습니다. 그럼……'

등룡탑에 오체투지하여 절을 하던 여인은 그 말을 끝으로 하여 그 자리를 떠났다.

한효월은 황당했지만, 뜨악한 표정을 짓거나 그녀의 뒤를 따르거나 하지는 않았다. 그렇게 하기에는 서너 명이나 되는 다른 향화객(香火客)들의 눈길을 의식해야 했기 때문이다. 그는 그저 여인이 오체투지한 등룡탑의 전면으로 가면서 그 탑을 조용히 올려다보았을 따름이다.

하지만 그렇게 하여 등룡탑을 물러 나오는 그의 손에는 이미 암중에 한 장의 서찰이 들려 있었다. 여인은 물러 나오면서 은밀히 서찰을 떨어뜨렸고 한효월은 능공섭물(凌空攝物)의 공력으로 그것을 빨아들였던 것이다.

그러한 상황은 정말 찰나간에 진행되어 귀신도 알아보기 힘들었다.

'제가 따라가 볼까요?'

봤는지 못 봤는지, 유성의 음성이 나직이 들려왔다.

한효월은 섭선을 휘적휘적 부치면서 머리를 저었다.

하지 말라는 뜻이다.

그리고 그는 방장실로 다시 돌아가기 위해서 탑을 떠났다.

방장실로 돌아가기 위해서는 등룡과 대안을 거쳐 대웅전을 가로질러야 한다. 등룡과 대안이 대웅전 앞에 우뚝 자리하고 있는 까닭이다.

대웅전 앞을 지나던 한효월의 눈에 놀람의 빛이 일었다.

그 대웅전의 높다란 계단.

그 계단의 위쪽, 대웅전 출입구 쪽에 회의 중년인 두 사람이 좌우를 둘러보고 있음을 보았기 때문이다.

그러나 그뿐, 한효월은 조용히 대웅전을 지나쳐 담장 월동문으로 들어섰다. 월동문으로 들어선 그는 잠시 미간을 찡그리고 뭔가 생각에 잠긴 듯하더니 이내 바람처럼 신형을 날려 대웅전의 뒤로 돌아갔다. 그 움직임은 지금까지와는 달리 날벼락이 치듯 급박하기 그지없었다.

오후의 나른한 햇살이 졸고 있는 용문사.

그 대웅전 뒤쪽으로 돌아간 한효월은 소리도 없이 대웅전의 안쪽을 엿보기 시작했다.

대웅전의 안쪽에는 흑의의 여인 한 사람이 석가모니 본존불에게 오체투지하여 계속하여 절을 하는 모습이 보였다. 앞문 쪽으로는 그녀의 시녀인 듯한 시비 두 명이 서 있었고, 불상의 앞에는 50줄의 승려 하나가 독경을 하고 있었다. 얼핏 들어보건대 왕생경(往生經)인 듯하였다.

'역시 그녀로구나!'

한효월은 자신이 잘못 보지 않았음을 알 수 있었다.

그녀야말로 지난날 용문석굴의 빈양동중에서 만났던 흑의 면사여인이었던 것이다.

그녀가 떠나간 자리에는 독고경이 있었다. 비록 그녀를 직접적으로 해한 것은 아니라고 할지라도 그 뒤로 독고경이 보인 행동을 설명할 수 있는 사람은 저 흑의면사녀뿐이라고 할 수 있다.

여기에서 그녀를 다시 만나게 될 줄이야!

"나무관세음보살……."

흑의면사녀가 나직이 불호를 외면서 오체투지했던 머리를 들었다.

'음?'

그녀의 얼굴을 본 한효월의 눈빛이 묘하게 변했다.

부처님의 앞이라 그런지 그녀는 면사를 걷어놓고 있었다. 아무리 많아도 40대를 넘지 않을 듯한 그 얼굴은 아름다웠다. 그러나 한효월이 놀란 것은 그녀가 아름다워서가 아니었다.

그녀의 얼굴은 나이를 짐작키 어려웠다.

젊어서도 절세의 미인은 아니었을 터이다. 그러나 기품있었을 그 얼굴은 어딘지 그늘지고, 우수(憂愁)가 어려 묘한 분위기가 어린다. 하지만 그보다 한효월을 곤혹스럽게 한 것은 그런 그녀의 얼굴이 본 듯하다는 점이었다. 더 곤혹스러운 것은 어디서 본 듯하면서도 실제로는 본 기억이 나지 않는다는 점이다. 그것은 있을 수 없는 일이었다. 한효월은 세상이 흔히 말하는 천재의 범주에 드는 사람이었다. 어릴 때부터 한 번 들은 것은 결코 잊어버리지 않았었다.

그런데 그런 그가 기억을 하지 못하다니?

있을 수 없는 일이다.

'괴이하군……. 그때 잠시 보긴 했지만 얼굴을 본 적은 없었고, 그 외에는 본 적이 없을 텐데, 왜 본 것 같을까?'

한효월은 곤혹스러움에 잠겼다.

그가 생각에 잠겨 있는 사이에 흑의면사녀는 불공을 마친 것인지 다시 면사를 쓰고 자리에서 일어났다.

그녀는 독경을 하던 승려의 전송을 받으며 대웅전을 나서 회의인들, 지난날 그처럼 무서운 검기를 전신에서 쏟아내던 그들의 호위를 받으며 용문사를 떠났다.

그녀의 신분이 역시 간단치 않음을 의미하듯이 예의 가마가 대웅전 앞까지 들어와서 그녀를 모셨다. 보통의 사람이라면 대웅전 앞까지 가마가 들어올 수가 없을 터이다.

'조심해서 따라가 보도록 해라. 특히 가마를 호위하는 두 회의인을

조심하도록. 보통 고수들이 아니다.'

그녀가 탄 가마가 승려들의 전송을 받으며 떠나는 것을 지켜보던 한효월이 전음으로 지시했다.

그의 명대로 유성은 소리도 없이 저 가마를 따라갈 것이었다.

그 가마의 모습이 사라진 후, 암암리에 가마의 신분을 조사했지만 알아낼 것은 없었다. 가끔 와서 불공을 드리고 간다는 것밖에는. 대부분 첫새벽에 오는데 오늘은 특별한 예외라는 말을 들었을 뿐이다.

방장실로 걸음을 옮기던 한효월은 주위에 아무도 없음을 확인하자, 소매 속에 든 서신을 꺼내 들었다.

〈잘 아는 여자를 조심하세요.〉

서신의 내용은 아주 간단했다.
'잘 아는 여자?'
말 대신 서신으로 만날 장소를 다시 정할 것으로 생각했던 한효월은 내심 실망스럽고도 황당했다. 편지를 보냈길래 뭔가 중요한 것이 있을 것으로 생각했었는데, 너무 뜻밖의 내용이 들어 있었던 것이다.

*   *   *

쏴아아……
계곡 물이 시원스러운 포말을 일으키면서 흐른다.
물방울이 튀어 옷을 적시지만 개의치 않는다.
산바람에 불어와 그녀의 옷자락을 잡아당기지만 그 또한 상관치 않았다.

그저 고요히, 아니, 망연히 흐르는 물만 바라볼 뿐이다.

저처럼 거침없이 자신의 갈 길로 가는 물이 부럽다.

할 수 있다면 저 물살에 몸을 맡기고 그 물을 따라 흘러가고 싶을 따름.

이름 대신 요광성주라 불리는 그녀는 하염없이 흐르는 물살을 바라보고 있다가 문득 긴 한숨을 몰아쉰다.

부모도 모른다.

철이 들면서부터 그녀가 알게 된 세상은 먹지 않으면 먹히는 약육강식의 강자 논리가 철저히 지배하는 세계였다. 오직 살아남기 위해서 달려오면서, 강해지기 위해 더 높은 곳으로 오르기 위해서 전력을 다했었다.

남자를 생각할 시간 따위가 있을 리 없었다.

교중에서 남녀 간의 행위를 금하지 않지만 그녀는 코웃음 쳤다. 목적을 위해서라면 옷을 벗는 것 따위는 충분히 할 수 있었다. 그러나 마음을 주는 것이 얼마나 바보스러운 짓인지는 너무도 잘 안다. 그 허울이 얼마나 사람을 약하게 하는지 보면서 자랐기에.

그런데…….

그런데 지금 이렇듯 흔들리는 것은 무엇 때문인가.

저 급류의 부서지는 물살에서 피어 오르는 물안개에 서린 무지갯빛에 떠오르는 저 얼굴은 누구의 것인가.

교중제일적.

제천교에서 추살 대상 제일호로 정한 적이다.

"바보처럼……."

그녀는 입술을 깨물었다.

피가 날 듯 고통으로 입술이 저며온다.

그러나 그럴수록 그녀의 가슴속은 이해하기 어려운 고통으로 가득
찼다.

어이할 것인가.

왜 이따위 일이 나에게······.

그녀는 주먹을 움켜쥐었다.

한차례 거칠게 머리를 흔들어댄 그녀는 손에 들고 있던 복면으로 얼
굴을 감추고서 그 자리를 떠났다.

쏴아아아······.

물살은 무심히 흘러가기만 한다. 그녀가 떠났든 아니든 상관없이 그
저 흘러갈 따름이다. 마음껏 용트림하면서.

             *   *   *

하루가 지났다.

태연하게 방장 수인 대사와 바둑을 두며 지내고 있는 한효월이었지
만 그의 내심은 매우 침중했다.

흑의면사녀를 따라간 유성이 아직도 돌아오지 않고 있었기 때문이
다.

"너무 쉽게 생각했던 건가?"

굳은 얼굴로 용문사의 뒤뜰을 서성이던 한효월은 잠시 다녀오겠다
는 전갈을 남기고 그곳을 떠났다.

그곳에서 그리 멀지 않은 봉설란의 거처로 가려는 것이다.

이미 약속한 사흘의 시간이 지났다.

밤이 된 것은 아니지만, 굳이 밤에 갈 이유는 없었다.

봉설란을 만나고 난 다음에 유성의 행방을 찾아볼 예정이었다. 그 행방을 찾는 데에는 한 가지 방법이 있어 막연한 것은 아니었다.

그는 이미 제천교에서 눈에 불을 켜고 찾는 존재였다.

그냥 길을 간다면 본의 아니게 봉설란에게 피해를 줄 수가 있었다.

한효월은 화복(華服)으로 성장을 하여 변장을 한 다음에 유람하듯 봉설란의 거처에 당도했다.

"별로 좋은 소식이 아니라서……."

봉설란은 밝지 않은 안색으로 한효월을 맞았다.

시녀가 그를 맞았고, 대청에서 차를 마시며 잠시 기다리자 나온 봉설란의 말은 일이 제대로 풀리지 않았음을 의미했다.

"봉황문주에게 일이 있어서 서로 연락이 되질 못했어요. 겨우 한 공자의 의중을 전달만 해둔 상태라서…… 며칠이 더 걸려야 의사 전달이 가능할 것 같군요. 어떻게 하면 좋을지?"

"기다리지요."

그녀의 조급함에 비해서 한효월의 태도는 느긋했다.

조금도 바쁠 것이 없다는 듯한 태도였다.

"백방으로 손을 써봤지만, 봉황문주와 연락이 닿지를 않았어요. 오늘 아침에야 문중의 대소사를 처리하는 문곡과 연락이 닿았는데 문주가 여기까지 당도하려면 족히 이틀은 걸려야 한다는군요."

봉설란은 죄라도 지은 듯 난감해하는 모습이었다.

"아닙니다. 그들과 접촉할 수 있도록 해주신 것만으로도 감사를 드려야지요. 봉황문은 신비하여 그들과 접촉하는 것조차 쉬운 일이 아니었습니다."

"이런 말은 뭣하지만……."

봉설란이 망설이다 입을 열었다.

"말씀하십시오."

"왜 문주를 만나려고 하는지…… 제가 알아도 되겠습니까?"

한효월은 그녀의 물음이 뜻밖인지 묵묵히 찻잔만을 만지작거렸다.

이름난 도자기가 아닌 투박한 찻잔. 하지만 거기 담긴 차 맛은 매우 그윽하여 맛을 보지 않아도 가슴이 시원해지는 듯했다.

하지만 그것은 잠시, 그는 눈길을 들어 봉설란을 쳐다보았다.

"별다른 뜻은 없습니다. 과연 봉황문이 어떤 뜻을 가졌는지, 그게 궁금할 뿐이지요."

"예에……."

봉설란은 말끝을 흐렸다.

한효월이 의례적인 답을 한다는 것을 간파한 것이다.

"연락을 어디로 하면 될까요? 불편하시겠지만 여기 계시겠습니까?"

그녀의 물음에 한효월은 머리를 저었다.

"아닙니다. 제가 내일 다시 오겠습니다."

말끝을 흐린 한효월은 자리에서 일어났다.

"벌써 가시렵니까?"

"지금 가봐야 할 곳이 있어서…… 번거롭게 해드려 죄송합니다."

그녀에게 머리를 숙여 보인 한효월은 바로 그를 맞았던 대청을 떠났다.

오후가 되면서 다시 희뿌연 구름이 밀려들었다.

한효월이 조용히 저택을 빠져나가는 모습이 창문을 통해서 일목요연하게 내려다보인다.

"그가 알아낸 것이 얼마나 될까……."

한효월의 뒷모습을 눈으로 쫓던 봉설란이 중얼거렸다.

놀랍게도 혼잣말처럼 중얼거린 그 말을 받는 사람이 있었다.

"제천교의 움직임에 걸림돌이 되긴 했지만, 실제로 알아낸 것은 거의 없다가 현재까지의 상황인 듯합니다."

"거의 없다?"

"그렇습니다. 다만……."

그녀의 뒤에서 들려오던 음성이 더욱 낮게 가라앉았다.

"그가 어떻게 하기에는 상황이 너무 심각해졌습니다. 이젠 독고 맹주가 살아난다 할지라도…… 어떻게 할 수 없는 상태가 되어버렸습니다. 그의 능력이 아무리 뛰어나다 할지라도 이젠……."

음성이 말끝을 흐렸다.

…….

그 말을 끝으로 누각에 자리한 방에서는 침묵이 흘러갔다.

"그 계집은?"

"추적 중입니다."

"추적 중, 추적 중…… 언제까지 그 말만 되풀이할 거지?"

돌연 날카로운 음성이 터져 나오며 봉설란이 홱, 신형을 돌렸다.

자애했던 얼굴이 얼음처럼 차가웠다. 눈빛이 칼날과 같이 무섭게 빛나고 있었다.

"내일까지 찾아내. 있는 장소를 찾아내든, 그 계집을 내 앞에다 데려다 놓든…… 더 이상 시간 끌지 말고!"

"알겠습니다."

무거운 음성이 봉설란의 명을 받았다.

*   *   *

한효월은 봉설란이 있던 저택을 빠져나오자, 바람처럼 달리기 시작했다.

그가 방향을 잡은 곳은 바로 유성이 간 흔적이다.

유성은 그냥 간 것이 아니었다.

한효월만이 알아볼 수 있는 흔적을 남기면서, 그가 향하고 있는 방향을 알려주면서 그 흑의면사녀의 뒤를 따르고 있었다. 만에 하나 잘못되었다 할지라도 한효월이 뒤를 따를 수 있기 위한 안배다.

그 흔적을 찾기 위해서는 다시금 용문사까지 가야 했지만 한효월은 이미 용문사를 떠나올 때, 유성이 남긴 흔적에 대해서 조사를 한 바 있었다.

낙양 일대가 그냥 유서 깊은 고도(古都)가 된 것은 아니었다. 산세가 좋고 병가(兵家)의 요충이기에 가능한 일이었다. 그렇기에 낙양 주변에는 명승(名勝)이 많고 고적(古蹟)이 많다.

뿐만 아니라, 산세 또한 여기를 가도 저기를 둘러보아도 빼어났다.

봉설란의 저택을 벗어난 한효월은 바로 방향을 틀어 관도(官道)를 벗어났다. 관도란 나라에서 닦아놓은 길이다. 한효월과 같은 고수가 전력으로 어떤 곳으로 달려가려면 그 길을 따라가기보다는 숲을 가로질러야 한다. 그렇게 달려가면 유성이 남간 흔적을 따라가야 하는 그로서는 상당한 시간을 절약할 수가 있었다. 게다가 관도로 가게 되면 사람들의 눈 때문에 신법을 전개하기 어렵다는 점도 있었다.

그렇게 관도를 벗어나 짙푸른 숲으로 들어선 한효월은 얼마 가지 않아 어디선가 은은히 들려오는 비명 소리가 듣게 되었다. 10여 장이 넘는 거리였지만 조용한 숲 속이라 비명 소리는 날카롭기 그지없었다.

단숨에 그 거리를 가로지른 한효월은 거지 한 사람의 시신을 발견할 수 있었다. 중년의 거지인데, 내가중수에 당한 듯 피를 쏟은 채 엎어져 죽어 있는 모습이었다.

주위를 살펴봤지만 다른 사람은 보이지 않는다.

하지만 얼마 살펴보지 않아 그가 매우 급박한 싸움을 벌이면서 여기까지 이르렀고, 마지막 순간까지 저항을 멈추지 않았던 것을 알 수 있었다.

'무엇을 위하여?'

한효월은 미간을 찡그린 채로 시선을 든다.

몇 가지 다급한 흔적이 그쪽으로 나 있었던 것이다.

잠시 생각에 잠겼던 한효월은 그 흔적을 쫓아 신형을 날렸다.

개방과 그는 이미 인연이 생긴 상태이고, 설사 인연이 없다 할지라도 이렇게 죽어 있는 것을 그냥 보고 넘길 수만은 없는 일인 까닭이다.

"학학……."

다급한 숨을 몰아쉬는 거지 하나가 있다.

몇 군데가 찢겨 너덜거리는 더러운 옷에는 핏자국이 낭자하여 가히 참혹하다. 하지만 그보다 더한 것은 숨이 턱에 차 올라 정말 이젠 때려 죽인다 할지라도 한 걸음도 더 움직일 수 없을 지경이라는 것. 쫓아올 적을 생각한다면 숨을 죽이고 어떻게든 이 자리를 모면해야 한다.

그러나 내상은 진력을 고갈시켜 숨을 가다듬을 수가 없다.

숨을 한번 몰아쉴 때마다 가슴이 터져 나가는 것만 같았다.

심소옥은 공포에 질린 눈빛으로 뒤를 돌아보았다.

아직은 보이지 않는다.

그러나 개방의 고수들을 마치 파리처럼 때려잡은 그 가공할 악마들이 그녀를 쫓아오는 것은 아마도 찰나간일 터이다.

"학, 학! 하학……."

그녀는 억지로 숨을 억누르면서 산신묘(山神廟)의 기둥을 움켜잡았다.

쫓길 때, 이런 곳으로 숨어드는 것은 그리 현명한 짓이 아니다. 하지만 지금은 선택의 여지가 없었다. 어디든 잠시라도 숨을 돌릴 곳이 필요했기에. 그리고 우선, 다른 곳으로 갈 만한 힘이 없었다.

"훅, 후우우……."

잠시 후, 그녀는 겨우 숨을 추스를 수 있었다.

무공을 연마한 사람답지 않게 마치 대장간의 풀무와 같이 내뿜던 숨길이 이제야 겨우 자리를 찾았다.

"어, 어떻게든 이 자리를 벗어나야 할 텐데……."

그녀는 스스로를 진정시키려는 듯 가슴에 손을 얹었다. 옷이 찢겨 가슴의 봉긋한 골이 다 보였다. 그래도 제대로 가릴 수도, 그럴 염도 없었다. 목숨이 왔다 갔다 하는 판이었다.

"그럴 수 있을 것 같은가?"

음산한 웃음이 그녀의 귓속으로 파고든 것은 바로 그 순간이다.

혼비백산한 그녀가 펄쩍 뛰다시피 하면서 그 자리에서 물러나려는 순간에 막강한 힘 한줄기가 그녀의 가슴을 쳤다.

"아악!"

참혹한 비명과 함께 그녀의 신형이 내동댕이쳐지듯 훌쩍 날아 산신묘의 벽에 세차게 나가떨어졌다.

쿠다당!

흙먼지가 심하게 일어나는 가운데 그 먼지를 뒤집어쓴 심소옥이 머리를 들자 그녀의 앞에는 음산한 웃음을 머금은 흑의인 하나가 우뚝, 버티고 서 있었음을 볼 수 있었다.

"너, 너는……!"

짓눌린 비명과 같은 신음을 흘리며 심소옥이 주춤 뒤로 물러났다.

하지만 그것은 생각일 뿐, 물러날 곳은 없다. 그녀의 입에서 붉은 피가 뭉클뭉클 쉼없이 흘러내렸다.

"크흐흐흐…… 겨우 여기까지 온 건가?"

흑의인이 음산한 웃음을 터뜨렸다.

"도, 도대체 왜, 왜 이러는 거예요?"

심소옥의 음성이 떨려 나왔다.

그녀의 입에서 이처럼 순한 말이 나온다는 것은 참으로 믿기 힘든 일이었다. 하지만 그녀가 처했던 상황을 생각한다면 그것은 어쩌면 당연한 일일 수밖에 없었다.

"왜 그러는지는 스스로가 잘 알겠지……."

흑의인의 입에서 음산한 웃음이 흘러나왔다.

순간, 그의 신형이 유령과도 같이 심소옥을 덮쳐 왔다.

심소옥은 이미 준비를 하고 있었다.

그녀는 흑의인이 덮쳐 오는 순간에 옆으로 몸을 날렸지만 심한 내상을 입은 마당인지라, 평소와 같을 수가 없었다. 더구나 그녀가 신형을 날린 쪽에서 또 다른 흑의인이 나타날 줄은 미처 상상도 하지 못한 일이었다.

"음……!"

나직한 신음과 함께 심소옥은 마혈(麻穴)을 짚여 쓰러지고 말았다.

"질긴 계집이군…… 여기까지 도주하다니. 끌고 가."

먼저 나타났던 흑의인이 상사인 듯 명령하자, 심소옥을 제압한 거구의 흑의인은 조금도 망설임없이 심소옥의 머리채를 잡아 들었다. 그녀는 속절없이 푸줏간의 돼지처럼 그의 손아귀에 머리채를 잡힌 채, 대롱대롱 매달릴 수밖에 없었다.

그러자 그렇지 않아도 거의 반라가 되어 있었던 심소옥의 상의가 그만 밑으로 흘러내리고 말았다.

어둠 속에서 그녀의 풍만한 가슴이 그대로 출렁이며 드러났다. 의외에도 그녀의 상반신은 거지답지 않게 희고 아름다웠다. 거지라 할지라도 여자인지라 목욕은 자주 한 모양. 그녀의 풍만한 유방이 눈앞에서 출렁이자 흑의인의 눈에 괴이한 빛이 흔들거렸다.

"거지라도 계집이라는 건가?"

그 흑의인이 음산히 중얼거렸다.

"확인이라도 해보고 싶나? 거지가 계집인지 아닌지?"

상사인 흑의인이 그 광경을 보고 소리없이 괴이하게 웃었다.

거구의 흑의인은 큭큭 웃으며 심소옥의 가슴을 한번 주물러 보더니 망설임없이 손을 들어 심소옥이 입은 다 헤진 바지를 잡아당겼다.

옷이 찢어지는 소리도 나지 않았다.

헤진 바지는 힘없이 찢겨져 그냥 바닥에 흩어져 버리고 말았다.

그 잔해가 심소옥의 발에 걸려 대롱거리고 있을 뿐.

이제 그녀의 나신을 가리고 있는 것은 아무것도 없었다.

"……."

문득 산신묘 안에 정적이 감돌았다.

거지 옷 속 안에서 드러난 심소옥의 나신이 너무 훌륭했던 것이다.

"그냥 넘겨 버리긴 그렇군……."

부지중에 침을 삼키던 거구의 흑의인이 중얼거렸다.

그 순간, 앞에 있던 흑의인이 괴이한 소리와 함께 그를 향해 덮쳐 왔다.

"무, 무슨 짓? 아니, 아무리 급해도……."

하지만 그의 말은 끝을 맺지 못했다.

심소옥을 잡으려는 것처럼 보이던 흑의인이 그녀의 앞에서 그대로 땅바닥에다 얼굴을 처박으며 쓰러지는 것을 보았던 까닭이다.

뿐만 아니라, 흑의인이 있던 그 자리에는 화복의 청년 한 사람이 우뚝 서 있었고 그는 노한 눈빛으로 거구의 흑의인을 쏘아보고 있었다.

"그녀를 놓아주어라."

그가 냉엄한 어조로 말했다.

그 음성은 그리 크지 않았으나 강한 힘을 가지고 있어서 흑의인은 마치 심장을 철퇴로 치는 듯한 충격을 받았다. 놀란 그는 부지불식간에 틀어 잡고 있던 심소옥의 머리채를 놓치고 말았다.

그리고 그 순간에 그는 그 청년이 심소옥을 부축하는 것을 보게 되었다.

찰나, 그는 소리도 없이 주먹을 휘둘러 그 청년의 머리를 쳤다.

그와 청년의 거리는 불과 두어 자.

피하기는 불가능한 상황이었다.

나타난 청년이 앞서의 흑의인을 쓰러뜨린 것을 알아본 다음인지라 그 일격에는 그의 전력이 깃들어 있었다.

하나, 그가 일권을 쳐내는 순간에 그는 무서운 힘을 가진 한 주먹이 그의 가슴을 치는 것을 깨닫고 입을 딱 벌렸다. 비명도 나오지 않았다. 그 입으로는 피가 쏟아져 나왔으므로.

"도대체 이건……."

한효월은 난감한 표정으로 심소옥을 내려다보았다.

숲 속에서 발견한 흔적을 따라왔더니 설마 하니 이런 일이…….

심소옥도 누가 나타났는지 알게 된 모양이다.

위기의 순간에 자신을 구해준 것이 공교롭게도 그라니?

늘 또렷하다 못해서 되바라지기까지 하던 그녀의 눈망울은 뿌옇게 흐려져 있었다. 질끈 감은 눈에 그렁그렁 고인 것은 눈물. 그 눈물이 그녀의 얼굴에 묻은, 흘러내린 핏자국 위를 타고 미끄러진다. 풍만하게 솟구치다가 옆으로 퍼져 나간 젖가슴이 핏물에 젖어 격하게 흔들리고 있었다. 울고 있는 것이다.

잘록한 허리에서 팽팽하게 퍼진 둔부까지.

그리고도 모자라 그 가운데 자리한 여인의 국부까지 모든 것을 적나라하게 드러내 놓고도 손가락 하나 까닥할 수가 없으니 무리도 아니었다. 다리를 오므리고자 하지만 그것도 지금 그녀가 할 수 있는 일은 아니었다.

한효월은 손을 들었다.

그녀의 찢겨진 옷이 그 손으로 날아들었다.

"고생이 많았구나."

한효월은 그녀의 마혈을 풀어주면서 그녀의 등을 토닥거렸다.

손에 닿는 감촉이 매끄럽기 그지없다. 가뜩이나 낡았던 옷인지라 찢겨진 그 옷으로는 그녀의 풍만한 나신을 가리기가 불가능했다.

"이걸로는 안 되겠구나. 잠시 여기 있어보아라. 우선 내 장삼이라도……!"

말을 하면서 그녀를 밀어내던 한효월은 멈칫, 그녀를 보았다.

"으아앙~!"

그녀가 어린애처럼 울음을 터뜨리면서 옷을 팽개친 채로 그의 목에 매달렸던 것이다.

"이, 이런! 이게 무슨 짓이냐?"

그녀가 다시 나신이 되자 당황한 한효월이 그녀를 꾸짖었다.

"놈들이…… 놈들이 나를…… 아흑흑……."

심소옥은 꺼이꺼이 울면서 그에게 매달렸다.

한효월은 당황해서 그녀를 타일렀다.

"어떻게 된 일인지 알려면 진정하고 이야기를 해야지, 알 게 아니냐? 개방에 무슨 일이라도 있단 말이냐? 윽!"

그녀의 등을 토닥이던 한효월은 갑자기 나직한 신음을 흘렸다.

그리고는 그 자리에 무너지듯이 무릎을 꿇었다.

그렇게 되자 그의 얼굴은 방금까지 그가 다독거리고 있던 심소옥의 아랫배에 닿게 되었다.

"호호…… 좋아, 좋아……."

심소옥은 자신의 앞에 무릎을 꿇은 한효월의 머리를 쓰다듬으면서 까르르 웃었다. 도저히 방금 전까지 어린아이처럼 그렇게 서럽게 울던 그녀라고는 믿기지 않는 태도였다. 하긴 그녀가 한효월의 마혈을 짚은 것도 믿기지 않는 일은 분명하였다.

그녀는 한효월의 머리를 쓰다듬는 것처럼 하면서 실제로는 그의 머리 부근 요해대혈을 모두 짚었다.

그리곤 그녀는 한효월의 얼굴을 받쳐 들었다.

"이렇게 잘났을 줄이야…… 힘도 얼굴처럼 좋을까?"

그의 얼굴을 들여다보던 그녀는 깔깔 웃으며 한효월의 가슴속으로 쓱, 손을 집어넣어 그의 가슴을 어루만졌다.

그녀는 한효월의 젖꼭지를 만지작거리다 문득 숨결이 거칠어졌다.

"우리 여기서 과연 누가 센지 한번 확인해 볼까? 호호……."

그녀는 생각만 해도 즐거운 듯 한효월의 옷을 벗기려 들었다.

하지만 그것이 끝이었다.

"악!"

한소리 날카로운 비명과 함께 그녀는 가슴을 움켜쥔 채로 연신 뒷걸음쳤다. 그러고 싶지 않았으되, 그녀가 받은 타격은 결코 간단하지 않았던 것이다.

입에서 정말 선혈이 격하게 솟구쳐 올라왔다.

"어, 어떻게? 내, 내가 혀, 혈도를 짚었는데……."

심소옥은 믿을 수 없다는 듯 안간힘을 썼다.

"제천교?"

자세를 바로하면서 한효월은 그녀를 보며 물었다.

"그렇군, 당신도 제천교의 온유향 소속인가?"

한효월은 나신의 심소옥을 바라보면서 문득 고개를 끄덕였다.

"그걸 어떻게?"

심소옥의 눈이 경악으로 더욱 커졌다.

"재미있군. 함정을 파놓고서 나를 기다렸다는 건가?"

한효월은 나신을 드러내 놓고 널브러진 심소옥을 바라보면서 중얼거렸다. 그는 누더기가 된 그녀의 옷을 들어 그녀의 나신 위에다 놓아 그녀의 치부를 가려주면서 물었다.

"내가 이곳으로 올 것을 어떻게 알고 기다린 건가?"

심소옥은 입술을 깨물었다.

"내가…… 아닌 걸…… 어떻게 알았죠?"

"그게 궁금한가?"

"그래요. 어디에도, 어디에도 빈틈은 없었는데…… 어떻게?"

그녀의 말은 그녀가 심소옥이 아니라는 의미이니, 놀랍기 이를 데 없었다. 그녀의 얼굴 어디에도 변장한 흔적은 없었다. 누가 봐도 심소옥이 분명한 그녀의 얼굴…….

"그 아이가 벗은 모습을 보지 않아서 모르겠다. 하지만 한번 안아본 적이 있었지. 그때 느낌은 너와 같지 않았다."

어이가 없다는 빛이 심소옥, 가짜의 얼굴에 떠올랐다.

"그런 말도 안 되는……."

"그 아이의 가슴은 너처럼 풍만하지 않았지. 아담한…… 어쨌든 느낌이 달랐다."

"그런……."

가짜 심소옥은 믿기지 않는 눈빛으로 한효월을 쳐다볼 뿐이다.

누구라도 믿기 힘든 일이었다.

그럴 수밖에 없는 것이 겨우 그런 느낌으로 완벽하게 변신한 그녀를 알아본다는 건가? 더구나 옷을 벗어버린 나신의 그녀를, 뿐만 아니라 상황이 급박하여 그런 생각을 한다는 자체가 불가능하였었다. 그런데…….

"내가 답해주었으니, 이번에는 그쪽에서 답할 차례가 아니던가? 내가 이곳으로 올 것을 어떻게 알고 기다린 것이지?"

한효월이 다시 물었다.

간단한 일이 아니었다. 그가 이곳으로 올 것을 알지 못한다면 이런 절묘한 함정은 결코 팔 수가 없었다.

"명령을 받았을 뿐 나는……!"

그녀가 입을 여는 순간, 콰쾅! 폭음이 터지면서 천장과 창문, 벽이 부서져 나갔다. 그것과 함께 그를 덮쳐드는 검은 그림자. 그것은 폭음이 터짐과 거의 동시라 전광석화와 같았으며, 그 강도와 선후가 절묘한 조화를 이루어 그들의 무공이 결코 간단한 것이 아님은 분명했다.

찰나, 한효월은 수중의 섭선을 쫙 펴서 빙글 저어냈다.

탕, 타탕!

섭선이 펼쳐지면서 좌우에서 날아들던 두 명의 흑의인이 쳐오던 검세를 밀어냈다. 그 순간의 틈에 한효월은 섭선을 접어 위로 쳐내어 천장에서 떨어지던 자를 맞아갔다.

쨍!

그를 공격해 오던 흑의인의 눈에 경악의 빛이 일었다.

그는 천장에서 기회를 엿보다가 좌우 벽 뒤에서 뛰쳐나온 자들과 호흡을 맞춰 한효월을 공격하였다. 그런데 한효월은 그의 공격을 막아냄과 동시에 그 자리에서 연기처럼 사라져 버렸던 것이다.

다음 순간, 그는 눈앞에서 불똥이 튀어 오르는 충격에 입을 딱 벌리며 그대로 땅바닥으로 처박히고 말았다.

한효월이 그와 일격을 교환하는 순간에 물러나는 것이 아니라, 번개처럼 그의 머리 위로 치솟아오르는 바람에 그는 순간적으로 한효월의 종적을 잊어버렸고, 그것은 치명적일 수밖에 없었다.

그의 머리 위로 솟구친 한효월은 발로 그의 머리를 딛고 두어 자가량을 더 솟아올랐고, 그렇게 한효월의 발에 머리를 밟혀 눈앞에 불똥이 튀는 충격을 받고서 굴러 떨어진 그를 좌우에서 덮쳐 오던 동료 두 명의 장검이 산적처럼 꿰뚫었다.

경악한 그들의 놀람이 채 가시기도 전에 떠올랐던 한효월이 독수리처럼 아래로 내려오면서 양손을 쳐내 그들을 쓰러뜨린 것은 거의 한순간이라고 해도 좋을 지경이었다.

좌우의 두 흑의인이 제압되어 산신묘의 바닥에 나뒹굴 때, 한효월도 아래로 내려섰다.

가짜 심소옥은 그런 그를 경악한 눈으로 바라보고 있었다.

그녀는 한효월과 부딪힌 좌우의 흑의인들이 얼마나 강한지 알고 있었다. 더구나 그들이 첫 부딪침에서 물러났다가 다음 순간에 더욱 무섭게 공격해 들어가다가 검을 거두지도 못하고 동료를 찌르는 광경을 보았기에 더욱 놀라지 않을 수가 없었다.

…….

말 그대로 경악의 침묵이 흘렀다.

"이들은……."

한효월이 벌린 입을 다물지 못하고 있는 가짜 심소옥의 앞으로 다가서면서 입을 열었다.

하지만 그는 채 말을 맺지 못하고 안색이 돌변했다.

무엇인가 괴이한 냄새가 코끝을 스치는 것을 느꼈기 때문이다.

순간,

콰광~!

산신묘가 거대한 폭발을 일으켰다.

단순한 폭발이 아니라, 계획된 것임을 의미하듯이 잇달아 폭발이 산신묘에서 터져 나왔고 이내 검붉은 불꽃이 산신묘를 집어삼켰다.

별로 크지 않은 산신묘였다.

겨우 묘우(廟宇) 하나가 형체를 갖추고 있고 여기저기 무너진 담장이 그 산신묘를 반쯤 가리고 있는 상태였다. 그나마 그 산신을 모신 전각도 반쯤 허물어져 있었고, 처음부터 규모라고 할 것도 없이 조촐했다. 그러니 그 굉장한 폭발에 산신묘의 전각이 폭삭 주저앉아 버린 것은 전혀 놀라운 일이 아니었다.

사위가 그 폭발에 잠시 숨을 죽였다.

후두둑 후두둑…….

사방에 잔해가 떨어지고 불꽃이 쓰러진 잔해를 태우는 소리만이 그 정적을 깨뜨리고 있을 때, 한 사람이 천천히 그 모습을 드러냈다.

흑의를 온몸에 두르고 얼굴마저 복면으로 감싸 정체를 드러내지 않은 모습, 그러나 당당한 거구에 화등잔 같은 강렬한 눈빛은 그가 평범하지 않은 사람임을 알게 한다. 그가 나타남과 함께 산신묘의 사방으로 검은 인영들이 모습을 드러내기 시작했다.

"찾아라."

잠시 폐허가 된 산신묘를 바라보고 있던 복면인이 명령했다.

"피하지는 못했겠지만, 시신이라도 찾아내도록."

그의 명에 따라 흑의인들이 산신묘를 향해 조수처럼 밀려들었다.

그러나 그들이 산신묘의 폐허를 뒤질 필요는 없었다.

쿠다당 하는 소리가 들리면서 그 폐허 속에서 판자와 같은 것이 뒤집어지더니 한 사람이 비틀거리며 일어났던 것이다.

온통 흩어진 긴 머리카락, 하지만 그 머리카락마저 심하게 그슬렸다. 더구나 일신에 걸쳤던 옷은 누가 불길 속에다 넣고 한참 흔들어대다가 그에게 입힌 듯 반쯤은 불에 타 여기저기 구멍이 나 너덜거린다.

그야말로 형편없는 몰골이다.

"넌가?"

그를 보자 흑의인의 눈에 놀람의 빛이 떠올랐다.

"동평후…… 당신이오? 오늘 일의 책임자가?"

그 산발의 괴인이 신음하듯 중얼거렸다.

그야말로 폭발 속에서 기적적으로 살아난 한효월이었다.

그리고 그의 앞에 선 흑의복면인은 바로 진시황릉의 일을 지휘하던 그 동평후였다.

"정말 대단하군! 그 폭발에서 살아 나오다니…… 이 일을 위해서 산서(山西) 수인가(燧人家)의 탄천뢰(呑天雷)까지 구해왔었는데……."

중얼거리던 동평후는 이내 싸늘히 웃었다.

"대단한 건 사실이지만, 그렇다고 네가 오늘 여기서 죽는다는 사실은 변하지 않는다. 한효월!"

그가 냉랭히 소리치자 한효월을 둘러싸고 있던 자들이 일제히 그를 향해 다가서기 시작했다.

숨 막히는 살기가 음산하게 일어났다.

"한 가지만, 물어봐도 되겠소?"

비틀거리며 신형을 일으켜 세운 한효월은 자신을 향해 다가서는 흑의인들을 일별하고는 시선을 돌려 동평후를 보면서 물었다.

그의 살아남은 천행이라고밖에는 달리 말할 수가 없었다.

뭔가 이상한 냄새, 그것이 화약 냄새임을 깨달은 그의 눈에 띈 것은 한쪽 구석에 놓인 석관(石棺). 물론 제대로 된 것은 아니었고 반은 부서진 상태에다 뚜껑도 없었지만 바로 자신의 옆에서 그것을 발견한 한효월은 그 석관 속으로 날아들면서 그 석관과 함께 옆으로 굴렀다. 그리고 다음 순간에 일어난 폭발⋯⋯.

그 폭발의 가공함은 그 석관을 쪼개 날려 버릴 정도였지만 석관은 한효월을 덮어서 그가 그 폭발에서 살아날 수 있는 가능성을 제공했다. 그렇게 하고 호신강기(護身罡氣)로 보호했음에도 불구하고 그가 지금 입은 내상이 가볍지 않으니, 그 폭발이 얼마나 무서웠으랴.

"뭔가?"

동평후가 물었다.

"내가 이곳으로 올 것을 어떻게 알고 이런 함정을 만든 것이오?"

한효월이 물었다.

겉으로 드러내지는 않았지만, 그의 물음에는 정말 중요한 뜻이 담겨 있었다. 이렇게 철두철미한 이중삼중의 함정을 만들었다는 것은 그가 이곳으로 지나갈 것을 알고 있었다는 뜻이다. 그 의미는 누군가가 그가 이곳으로 지나갈 것을 알려주었다는 것이기도 했다.

그가 이곳으로 갈 것을 아는 사람은 현재로서는 오직 하나⋯⋯.

믿고 싶지 않은 일이었다.

아니, 있을 수 없는 일이었다.

그의 말에 동평후의 나직한 웃음소리가 들려왔다.

"궁금한가? 그렇겠지. 하지만 알고 보면 간단하다. 너를 반드시 잡아야 한다는 추살령이 발동한 다음…… 본후가 제일 처음 한 일이 네가 과연 낙양 일대를 벗어나지 않았는가 하는 것이지. 그것이 확인된 다음에는 간단했다. 요로(要路) 몇 군데에다가 함정을 파고 그 함정에 이르는 유인선을 사방으로 쳐놓고 걸리기를 기다렸을 뿐이니까."

"보잘것없는 사람을 위해서 참으로 많은 수고를 했군……."

한효월은 나직이 신음했다.

그럴 수밖에 없다.

그의 말은 몇 군데에다 함정을 만들고, 그 함정으로 이끌어오는, 다시 말해서 한효월이 발견한 그런 일종의 도화선(導火線)을 사방에서 쳐놓아 어디에서 오든 걸리면 그 함정 중 하나에 도달케 했다는 의미이니 거기에 들인 인력이며 준비가 얼마나 대단한 것인가. 그것은 제천교의 힘이 그처럼 대단하다는 의미이기도 했다.

동평후는 껄껄 웃었다.

"보잘것없다니…… 독고해의 사형제는 명불허전이라, 그 사제마저도 이렇게 대단한 존재인걸! 너는 죽어도 억울해할 것 없다. 너를 위해서 우리 제천교는 연인원 천여 명의 고수를 동원했으니까, 자부심을 느낄 만하지!"

그의 눈빛에서 전광과도 같은 빛이 일었다.

"네게 고맙다고 해두마. 다행히도 본후가 맡은 곳으로 와주었으니…… 이제 더 궁금한 점은 없겠지?"

지, 라는 말이 채 그의 입에서 끝나기도 전에 이미 신호를 받았는지 한효월을 둘러싸고 있던 흑의인들이 한효월을 덮쳐 오기 시작했다.

한효월은 그들이 자신을 둘러싸고 있는 모습에서 이미 그들이 평범한 능력을 가지고 있는 사람이 아님을 알고 있었다.

하지만 정작 발동하자 그 정도가 아니었다.

번쩍이는 순간에 그의 눈앞으로 두 개의 검이 날아들었다.

무섭게 빠른 쾌검(快劍)이었다.

지독하게 빠르면서도 살기가 가득하다. 분명히 정도(正道)의 무공이 아니다. 그러나 방문좌도(傍門左道)라고 함은 결과만을 중시하여 나머지를 버린 것을 의미함에서 출발했다. 거기에서 사도(邪道)라는 말과 마도(魔道)라는 갈래들이 시작했으니, 이 검법 또한 사람을 베는 데 중점을 둔 살검(殺劍)일 터이다.

평소라면 그 예기(銳氣)를 피하고 다시 부딪칠 터이다.

하나 그 두 개의 쾌검이 시작임을 알고 있는 한효월이기에 그는 한쪽 발을 비스듬히 내딛으면서 양손을 쳐냈다. 그 손이 뻗어 나가는 것은 그의 움직임과 매우 적절한 조화를 이루어 손에서 일어난 강기는 그 두 개의 검을 쳤다.

땅!

날카로운 음향과 함께 그 두 자루의 검이 단번에 부러졌다.

"독고해의 절옥장력이군!"

그것을 보고 동평후가 나직이 중얼거렸다.

금옥(金玉)을 두부처럼 잘라낸다는 무서운 장세.

그러나 한효월은 뒤이어 장세(掌勢)를 쳐내지 못했다.

이미 좌우에서 네 자루의 강도(鋼刀)가 그를 공격하고 있었기 때문이다.

그가 신형을 돌리는 순간, 그 강도의 공격의 틈새로 섬광이 날아들었다. 암기인가 했더니 그게 아니었다. 서너 자루의 창이었다. 그 일련의 연환공격은 대단히 위력적이고 무서웠다.

한효월의 얼굴이 무거워졌다.

시간을 끌어 좋을 것이 없음을 익히 아는 터였다.

그래서 그는 시작하자마자 전력을 기울였다.

그런데, 전력을 기울이고도 적에게 파탄을 드러내게 하지 못한 것이다. 그러한 일은 강호상에 나와서 처음이었다.

'모험을 하지 않으면 오늘 이 자리를 벗어나기 힘들겠군!'

한효월은 위험을 무릅쓰기로 마음을 굳혔다.

그는 이미 폭발에 충격을 받아 정상이 아니었다.

적의 숫자는 그를 공격하는 흑의인 열둘. 그리고 외곽에서 그의 도주로를 차단하고 있는 흑의인들이 스물 정도. 만만치 않은 자들이 서른을 넘었다. 더구나 뒤에서 지휘하고 있는 동평후는 막강한 고수다. 시간을 끌어서 좋을 일이 없었다.

어떻게든 이 자리를 벗어나야만 했다.

마음을 굳히자 한효월은 북쪽을 향해서 질풍처럼 덮쳐 갔다.

검과 도가 기다렸다는 듯이 날아들었다.

그들은 암중에 일종의 진세를 형성하고 있어서 그 움직임이 질풍과 같고 서로가 고리로 연결된 듯 돕고 있었다.

파파팡!

격렬한 폭음이 잇달아 터지는 가운데 한효월은 두 자루의 강도를 장세로 부러뜨렸다.

"으악!"

터져 나오는 비명.

도수(刀手) 하나가 도가 부러짐과 동시에 한효월의 일장을 맞고 나가떨어지면서 내지른 비명이었다. 그 공격이 얼마나 격렬했던지 두 명의 도수와 두 명의 검수가 견디지 못하고 뒤로 물러났다.

하지만 그 순간, 한효월은 측면에서 내지른 장창에 옆구리를 찔려야 했다. 뿐만 아니라, 두 자루의 강도가 그의 등으로 날아들고 있었다.

피할 수가 없는 상황이다.

몸을 움직이면 옆구리를 꿰뚫은 장창이 전신을 헤집어 버릴 터이니 그 상황이야말로 가히 절대절명이었다.

그 절명의 순간에 이미 자신의 옆구리를 찌른 창대를 잡고 있던 한 효월은 몸을 틀었고, 그 힘에 창대가 수수깡처럼 부러졌다.

그렇게 한효월은 신형을 돌릴 수 있었다. 신형을 빙글 반 바퀴 틀자, 그의 등 뒤에서 날아들고 있던 강도를 스쳐 보내게 되었다. 그의 앞으로 경악한 흑의인의 얼굴이 급속히 다가들었다.

그는 이런 상황은 생각조차 못했으므로 놀라 뒤로 물러나려고 했다.

그러나 그보다 더욱 빠르게 한효월의 일장은 그의 가슴을 쳤다.

채 비명 소리조차 지르지 못했다.

그는 피분수를 쏟아내면서 땅바닥에 처박히고 말았다. 가슴이 완전히 허물어져 버렸으니 어찌 살기를 바랄 것인가. 더구나 한효월이 전력을 다하는 마당에야.

그것과 함께 그 도수와 같이 한효월을 공격했던 도수의 강도가 한효월을 갈랐다. 하나 그것은 그의 생각뿐, 한효월은 이미 그 자리를 벗어나 앞으로 내달리고 있었다.

포위망이 허물어진 것이다.

그것으로 끝은 아니다.

그의 퇴로를 차단하고 있는 자들이 있었으므로.

하지만 한달음에 4, 5장의 거리를 가로지르는 그의 질풍 같은 신법을 막아내는 것은 결코 쉬운 일이 아니었다. 더구나 그를 공격했던 자들과 퇴로를 차단하고 있던 자들과의 사이는 2장가량에 불과하여 한효월은 그 진세를 통과하자마자 그들의 앞에 이르고 있었다.

"으악……."

처절한 비명이 그들에게서 터져 나왔다.

한효월의 신형이 핏줄기를 뿌리며 그들을 통과했다.

쾨쾅!

돌연 터져 나오는 폭음.

"으윽!"

폐부를 울리는 나직한 신음.

그처럼 질풍처럼 앞을 가로막는 것들을 날려 버리면서 달리던 한효월. 그가 신음을 흘리면서 뒤로 물러나고 있었다.

그의 앞에서 선 것은 동평후였다.

"대단하군, 색혼십이위(索魂十二衛)의 색혼연쇄진(索魂連鎖陣)을 깨뜨리다니…… 하지만 그것으로 끝이다!"

그는 시간을 주지 않으려는 듯 차갑게 외치고는 양손을 철퇴와 같이 휘두르면서 한효월을 덮쳐 갔다. 그 위세는 가공하여 주위 3, 4장이 모조리 그의 장세 하에 쓸려 들어갈 지경이었다.

이미 그의 공격에 타격을 받은 한효월은 입에서 핏줄기를 흘려내면서 양손을 교차하여 그의 공격을 막아갔다. 조금도 물러나지 않는 것이 마치 죽음을 각오하기라도 한 듯한 모습이었다.

쾅! 쾨쾅…….

"이, 이런 터무니없는……!"

동평후가 신음을 흘렸다.

그의 복면 아래가 축축해지는 듯하더니 그의 흑의 목덜미 부근에서 붉은빛의 선혈이 서서히 흘러내렸다. 충격을 견디지 못하고 마침내 피를 토해내고 만 것이다.

그의 앞에도 핏자국이 보인다.

그것은 그가 토해낸 것이 아니라 한효월의 것이었다.

방금의 격돌에서 일어난 회오리바람에 의해서 세차게 일어난 흙먼지는 아직도 주위를 휩쓸면서 가라앉지 않고 있었다. 시야가 명확하지 않을 정도로 강렬한 폭풍이었다.

하지만 그의 비룡장(飛龍掌)을 받아내던 한효월이 있던 자리에 아무도 없음을 알아보지 못할 정도는 아니었다.

"말도 안 돼…… 그 상황에서도 이런 위력이란 말인가?"

동평후가 비틀 하곤 다시금 신음을 흘려냈다.

폭발에 휘말려 충격을 받았던 한효월은 색혼연쇄진을 깨뜨리면서 이미 중상을 입었다. 게다가 색혼연쇄진을 벗어나던 그는 동평후의 일장을 맞고 치명적인 타격을 받은 셈이었다.

거기에 동평후가 평생을 두고 자랑하는 무공인 비룡장.

하늘을 날아 본신 진기와 함께 그 날아 내리는 힘을 이용하는 비룡장은 집채만한 바위도 박살을 내는 위력을 가졌다.

그런데 한효월은 그 상태에서 놀랍게도 그런 비룡장을 받아냈을 뿐만 아니라, 동평후에게 내상까지 입히고 그 자리에서 사라져 버린 것이다.

물론 한효월이 마지막 순간에 그의 공격을 이용하여 그 자리를 벗어난 것을 알고 있었지만 그것만으로도 이미 공포스러웠다. 그것은 한효월이 멀쩡했다면 결코 자신의 상대가 아님을 의미하기에.

'독고해의 사제라고 하더니, 도대체……'

암중에 가슴이 서늘해 신음하던 동평후가 갑자기 발작하듯이 소리쳤다.

"쫓아라! 절대로 놈을 놓치면 안 된다!"

그의 명과 함께 흑의인들이 흩어졌고, 이내 사방으로 날카로운 호각소리가 들려오기 시작했다. 그 자리에서 시작된 호각 소리는 급속한속도로 멀리 번져 갔다.

팡!

채 비명도 제대로 지르지 못했다.

전광과도 같이 어둠 속에서 내밀어진 손 하나.

그 손은 흑의인이 쥔 귀두도를 날려 버리고 그의 목을 쳤다.

목이 부러지고 살아날 장사는 없다. 더더구나 강력한 힘이 그 목을쳤음에는…… 방금까지 살아 있던 흑의인 두 사람은 채 신호도 보내지못하고 그렇게 쓰러졌다.

"으으으……"

신음은 오히려 그들을 쓰러뜨린 산발괴인에게서 흘러나왔다.

머리카락은 엉망으로 흩어져 버렸다. 옷은 불길을 헤치고 나온 듯엉망으로 여기저기 탄 흔적이 낭자한데, 그나마 흘러내리는 핏줄기로인해서 온통 혈의(血衣)와 같았다.

"거기에 독까지 있었다니……"

힘을 다해 앞에 나타난 흑의인 둘을 쓰러뜨린 한효월은 이를 악물면서 신음을 흘렸다. 그의 힘이 여전했다면 흑의인이 쥔 귀두도는 반 동강이가 나버렸을 터이다. 하나 그러지 못했다.

수령(樹齡) 천 년은 되었음직한 거대한 고목에 한쪽 어깨를 대고 겨우 신형을 세운 한효월은 거친 숨을 토해냈다.

내외상이 이미 엄중하다.

게다가 산신묘의 가짜 심소옥은 언제인지 모르게 그에게 독을 쓴 듯했다. 중독 현상이 있었다. 그녀가 아니라면 저들의 무기에 독이 있었는지도 몰랐다.

산신묘가 있던 곳에서 이미 사오십 리를 도주한 상태.

평소라면 간단했을 그 거리는 가히 혈로(血路)였다.

한 걸음을 옮기는 것 자체가 괴로운 상태에서 곳곳에서 적이 출몰했다. 그리고 그 뒤를 따르면서 잇달아 고막을 찌르는 호각 소리는 끔찍하기조차 할 정도였다. 적이 그의 뒤를 따르고 있다는 의미였으니까.

쿠르릉…… 쿠쿠쿠…….

거대한 울림이 저 멀리에서 들려온다.

"어쩌면 조금쯤 살아날 가망이 있을런지도 모르겠군."

몇 알의 단약을 꺼내 입에다 털어 넣은 한효월은 하늘을 바라보면서 중얼거렸다.

하늘에서 천둥이 길게 울고 검은 구름이 일고 있었다.

비가 올 것 같았다.

비가 오면 흔적이 지워진다.

제아무리 집요한 그들이라 할지라도 쫓기가 힘들 것이고, 시간을 벌 수 있을 터이다.

그렇다면, 그렇게만 된다면 피할 수 있는 가능성이 있었다.

'너무 자만했었다.'

다시 천둥이 울고, 마침내 몇 가닥의 빗줄기를 뿌리기 시작하는 하늘을 바라보면서 한효월은 문득 쓴웃음을 머금었다. 그럴 수밖에 없는 것이 그는 이미 경고를 받았지 않았던가.

〈잘 아는 여자를 조심하라.〉

그럼에도 불구하고 그는 자신의 능력만 믿고서 경계를 게을리 했다. 물론 그 경고를 잊지 않았기에 가짜 심소옥을 조금 더 빨리 알아볼 수 있었지만, 그가 좀 더 빨리 그 자리를 벗어났더라면 이렇게까지 되지는 않았을 것이 분명했다.

한효월이 떠난 자리에 다른 사람이 나타난 것은 그가 그곳을 떠난지 불과 한 식경이 되지 않아서였다.
그가 그 자리에 나타났을 때는 빗줄기가 제법 굵어져 있었지만 그렇다고 해서 숲 속에 쓰러져 죽은 시체를 가리거나, 한효월이 기대면서 생긴 핏자국을 씻을 만큼 폭우가 쏟아지고 있는 것은 아니었다.
"한 식경…… 아무리 오래되었어도 한 식경을 넘지 않았다."
주위를 살펴본 복면인은 급히 호각을 불었다.
날카로운 소리가 고막을 찢고 숲 속을 흔들면서 울려 퍼졌다.
그 소리가 들린 지 채 일 다경(一茶更)이 지나지 않아 그곳으로 수십 명의 흑의인들이 모여들었다가 방향을 잡고 추적을 시작했다.

절처봉생(絕處逢生)

─활염라를 만나다
제천의 추격(追擊)은 뜻밖의 방해를 받다

절처봉생(絶處逢生)

쏴아아―

폭우로 변한 빗줄기는 졸졸거리던 시냇물에 단숨에 막강한 힘을 부여하여 계곡을 용솟음치는 급류를 만들어냈다. 그리고 그 급류는 바위에 부딪쳐 흩어지다 못해 뒤에서 덮쳐 오는 더 흉포한 물살의 도움을 받아 그 앞에 있는 모든 것을 쓸어버릴 듯 고함을 쳐대며 질주하고 있었다.

한효월은 그 급한 물살가에 자리한 바위 뒤에 등을 붙인 채 운기조식에 들어가 있는 중이었다.

언제 위에서 쏟아지는 급류가 더 불어서 자신을 덮칠지 모른다. 위험한 것을 모를 리 없는 그였다. 하지만 이런 곳이 아니면 적의 눈길을 피할 수가 없었다. 운기조식하여 기운을 고를 시간조차 없을 정도로 그는 연신 적에게 쫓겨야 했던 것이다.

외상은 말할 것도 없고 내부가 엉망이었다.

게다가 쉬지 못하고 계속하여 무리를 하여 독기(毒氣)가 이미 전신으로 퍼진 상태였다. 그가 만든 해독약에다 영단(靈丹)을 먹지 않았더라면 이미 시체로 화한 지 오래일 터였다.

실제로 그는 손을 쳐드는 것이 힘들 정도로 지쳐 있었다.

하지만 얼마나 지났을까?

극도로 지쳐서 운기조식에 들어가 있던 한효월은 문득 괴이한 느낌에 슬그머니 눈을 떴다.

대체 언제 나타난 것인가?

한 사람이 그의 앞에서 그를 쏘아보고 있었다.

검은 복면, 차가운 눈빛.

바로 제천교도다.

하지만 한효월은 조금도 놀라지 않았다.

그는 희미하게 웃음을 머금은 채 입을 열었다.

"당신이로군……."

"상처가 심한가요?"

흑의복면인이 입을 열었다.

뜻밖에도 영롱한 여인의 음성이다. 그녀야말로 다름 아닌 요광성주였다.

한효월의 앞에 선 그녀와 한효월 사이에는 좀 전 그가 운기조식에 들어가기 전까지 없었던 흑의인 하나가 앞으로 엎어져 있었다. 내가중수에 심맥이 으스러져 죽은 형상이다. 아마도 그가 눈을 뜨게 된 것은 그 흑의인이 쓰러지는 소리를 들었기 때문인 듯했다.

"당신이 나를 구한 거요?"

"움직일 수 없나요?"

한효월의 물음에 대답 대신 요광성주가 되물었다.

그녀의 물음에 한효월은 쓴웃음을 머금었다.

"조금 어려울 것 같소."

"……."

그의 대답에 문득 요광성주는 답답한 듯 얼굴에 쓰고 있던 몽면을 잡아당겼다. 몽면이 목 아래까지 내려가면서 그녀의 얼굴이 드러났다.

온통 비에 젖은 얼굴이었다.

쏴아아―

쏟아지는 빗소리가 요란하게 들려온다.

"……."

물끄러미 그를 바라보던 그녀는 암암리에 한숨을 몰아쉬었다. 그를 다시 본다면 사정없이 손을 쓰리라 생각했었는데, 오히려 그를 구하고 말았다.

왜 손이 마음과 달리 움직인단 말인가.

"본 교의 고수는 이미 사방에 깔렸어요."

요광성주가 차가운 음성으로 입을 열었다.

복면 속에서 드러난 그녀의 얼굴은 매우 아름다웠다.

아쉬운 것이 있다면 그 수려한 미목에 한 겹 얼음이 서린 듯한 차가움이랄까.

"벗어나기 어렵겠군……."

그녀의 말에 한효월은 고개를 끄덕였다.

"나는 새가 되기 전에는."

요광성주가 차갑게 말했다.

"날개가 되어줄 수 있겠소?"

한효월의 물음에 요광성주의 전신에 가는 경련이 일었다.

"당신에게 진 빚은 이미 갚았어요. 나는……."

그녀의 말에 한효월의 얼굴에 미미한 웃음이 떠올랐다.

"내게 진 빚이 있기라도 했더란 말이오? 나는 당신이……."

말을 하던 한효월은 갑자기 냉소를 터뜨리면서 벌떡 일어나 그녀를 덮쳐 왔다. 그가 쳐낸 일장의 위세는 강렬하여 빗줄기가 사방으로 흩어질 정도였다.

기습을 받은 요광성주는 놀란 외침과 함께 반사적으로 일장을 쳐냈다.

"으악!"

단말마의 비명.

그녀의 일장에 그대로 가슴을 격타당한 한효월은 그 비명과 함께 뒤로 튕겨 나가 버렸다. 그가 떨어진 곳은 그 뒤에 있던 급류.

겨우 폭 반 장도 되지 못하던 시내는 폭우로 너비가 두 장이나 되는 급류가 되어 계곡을 온통 헤집으면서 쏟아져 내려가고 있었다. 거기에 떨어진 한효월의 모습은 그야말로 순식간에 사라져 버리고 말았다.

요광성주는 멍청해져서 자신의 손을 믿을 수 없는 듯 쳐다보았다.

그럴 수밖에 없었던 것이다.

그녀의 일장은 반사적인 것이었는데도, 한효월은 그 일장을 피하지 못했다. 게다가 그렇게 나가떨어지다니?

그 순간이었다.

"놈은 어떻게 되었느냐?"

그녀의 뒤에서 싸늘한 음성이 들려왔다.

놀란 그녀가 뒤를 돌아보자, 그녀의 뒤에는 언제 나타난 것인지 제천칠성 가운데 수좌인 천추성주가 우뚝 버티고 서서 형형한 시선으로 그녀를 바라보고 있는 것이 아닌가.

그의 출현과 함께 검은 인영들이 사방에서 모습을 드러냈다.

'맙소사! 그럼 나를 위해 일부러 그런……'

문득 생각이 동한 그녀는 안색이 돌변하여 다급히 몸을 날려 바위 위로 올라섰다.

쿠쿠쿠…… 좌, 좌아아…….

누런 흙탕물이 가공할 기세로 소용돌이치면서 아래로 쏟아지고 있다.

그녀가 이 바위 위로 올라온 것은 그야말로 찰나지간이라 해도 좋았다. 그런데도 한효월의 모습은 보이지 않았다. 보이는 것은 온통 시뻘건 황톳물뿐…….

"어떻게 이런……."

그녀는 절로 가슴이 떨려왔다.

대체 무슨 말을 어떻게 해야 한단 말인가.

굳은 그녀의 시야에 급류를 따라 움직이고 있는 검은 인영들이 보였다.

*　　　　*　　　　*

폭우는 그쳤다.

하지만 빗줄기가 그친 것은 아니다.

어둠도 여전하다.

쏴, 쏴아아…… 물살도 여전했다.

기암괴석이 어둠을 갈라낼 듯이 여기저기에서 불쑥불쑥 하늘을 향해 치솟아 있는 곳. 급류가 소용돌이치면서 밀려들다가 호수를 만나 목소리를 낮춘다. 호수라기보다는 넓은 소(沼)라고 함이 좋을 그 일대에는 참으로 절가한 경치가 자리하고 있었다. 구름에 가려 달도 볼 수 없는 밤이라 제대로 알아볼 수 없는 것이 흠이긴 하지만.

그 기암괴석 중 하나.

그 너른 소에서 3장가량 솟아오른 암반에는 회색 옷을 입은 사람 하나가 낚시를 드리우고 있었다. 마치 석상과 같이 꼼짝도 하지 않고 고요한 소를 노려보고 있던 그 사람의 눈에 돌연 광채가 깃든다.

축, 늘어졌던 낚싯대가 팽팽하게 당겨지고 있었다.

'놈이 정말 물었단 말인가?'

조용하게 물을 응시하고 있던 낚시꾼의 눈이 빛을 발하기 시작했다.

그가 긴장된 신색으로 낚싯대를 쥔 손에 힘을 가하자, 촤, 촤아악…… 하는 소리와 함께 거센 물보라가 일면서 무엇인가가 낚싯대에 걸려 그가 이끄는 대로 끌려오기 시작하였다.

*　　　　*　　　　*

낙양 교외.

한적한 곳에 위치한 농원(農園).

일대에는 농가들이 자리를 잡았다.

백여 호의 적지 않은 농가들이 자리한 그 외곽에 자리한 농원의 대청에는 무거운 분위기가 깔려 있었다. 거의 모든 것이 나무와 흙으로 이루어진 그 대청에는 벽에 걸린 한 폭의 산수도 외에는 장식도 별로 찾아보기 힘들 정도로 소박했다.

거기, 개방의 방주인 황엽이 나무 탁자에 앉아 있었다.

"계속 말해 보거라."

황엽이 무거운 음성으로 입을 열었다.

그의 앞에서 굳은 표정으로 보고를 하고 있는 사람은 바로 옥면무영 호일랑이다. 두어 군데 밝혀둔 불빛이 어둠을 쫓아내고 있지만 대청의 분위기는 왠지 무겁기만 했다.

그의 시선을 받은 옥면무영 호일랑이 굳은 얼굴로 다시 입을 열었다.

"일단의 신비인들이 의양(宜陽) 방면에서 움직이고 있는 것을 발견하고 뒤를 추적했는데…… 갑자기 그 숫자가 무섭게 불어나면서 건천산(乾天山) 쪽에서 수백 명이 일제히 움직이고 있다는 보고를 받았습니다. 그 움직임은 매우 급박하여 우리 쪽 사람들을 급히 파견했습니다만 파견한 인마 중, 세 군데에서 연락이 끊어졌습니다. 그런 와중에 받은 보고를 분석한 결론은 그들이 제천교이고, 아마도 누군가를 추적하고 있는 것 같다는 겁니다."

"그게 한 공자라는 소리냐?"

"지금 상황에서 그들이 그렇게 전력을 기울여 추적할 상대는 방주가 아니시면 한 공자뿐이지 않습니까?"

옥면무영이 황엽을 바라보았다.

"그들이 한 공자를 추격하고 있는 거라면 그냥 있을 수 없지 않겠습니까?"

"무림맹이 와해된 상태니, 우리가 아니라면 그는 고립무원의 상태에 빠질 수 있겠지……."

황엽이 천천히 중얼거렸다.

바로 그때였다.

"무슨 소리예요?"

다급한 음성과 함께 그림자 하나가 안으로 뛰쳐 들어왔다.

심소옥이었다.

그녀는 놀란 눈을 동그랗게 부릅뜨고 있었다. 급하게 어디선가 달려온 듯 숨이 턱에 찬 모습이다.

"한 공자, 오빠가 놈들의 함정에 빠져서 위험하다는 게 사실이에요?"

"넌 또 어디서 그 이야기를 듣고 온 게냐?"

옥면무영이 미간을 찡그린 채 그녀를 보았다.

하나뿐인 이 사매는 도무지 말릴 수가 없는 존재인지라 그녀가 이렇게 달려들자 머리가 아파온 것이다.

"지금 그게 문제예요? 정말이에요? 그 소식이?"

심소옥은 머리를 벅벅 긁어대면서 발을 동동 굴렀다. 요컨대 나 지금 흥분한 상태니 건드리지 말라는 시위인 셈이다.

"그때 내가 같이 갔어야 하는 건데, 날 억지로 잡아오더니……."

차마 방주의 앞이라 발작은 못하지만 눈에서 쌍심지가 피어 오르는 게 금방이라도 옥면무영을 잡아먹을 듯한 기세.

"나 참……."

옥면무영은 난감한 신색으로 사형이자, 방주인 황엽을 바라보았다.

"동원할 수 있는 인마가 얼마나 되지?"

잠시 생각에 잠겨 있던 황엽이 입을 열었다.

"지난번 그 일로 부상한 군웅들을 호위하기 위해서 차출된 인원을 빼고 지금 당장 움직일 수 있는 것은 용호십팔개(龍虎十八丐)와 방주님을 수행한 내당의 고수들 정도입니다."

"내가 움직이면 만만한 세력은 아니로군."

황엽의 말에 옥면무영이 놀란 빛으로 그를 보았다.

"방주께서 직접 가실 생각입니까?"

"쫓기는 것이 정말 한 공자라면 내가 가지 않으면 구할 수 없다."

말하던 그는 문득 미간을 찡그렸다.

"늦지 않게 도착할 수 있다면 좋겠다만……."

*　　　　　*　　　　　*

쏴아아…….

물 쏟아지는 소리가 끊임없다.

어둠은 아직도 세상을 덮고 검은 구름은 하늘을 가린 채 달도 없다. 하긴 그 구름이 없어도 달은 세상에 모습을 드러내지 않을 터이다. 오늘이 바로 그믐이기에. 달도 없는 그 어둠 속에, 산속 깊이 자리한 소(沼)는 물 쏟아지는 소리 외에는 아무 소리도 들리지 않는 괴괴한 정적에 휩싸여 어딘지 모르게 음침하기 짝이 없다.

"이건 또 뭐여?"

긴장된 표정으로 낚싯대를 들어 올린 회의노인은 어이없다는 듯 벌린 입을 다물지 못했다.

그도 그럴 것이 그가 건져 올린 것은 기대했던 것이 아니라 축 늘어진 사람이었던 까닭이다.

"아니, 아무리 물이 불어도 그렇지…… 여기에 어떻게 죽은 시체가 흘러 들어올 수가 있나? 시간이 일렀기에 망정이지, 때맞춰 나타났다면 십 년 공부를 한 방에 아작 낼 뻔했구만."

낮게 투덜거리던 회의노인은 귀찮다는 듯이 낚싯대를 흔들었다.

그러자 낚싯대에 걸렸던 사람은 누가 들어 올렸다 집어 던진 듯이 훌쩍 그 회의노인이 앉아 있는 암반 옆에 떨어졌다.

넓브러진 그는 과연 시체와 같았다.

여기저기 심한 상처를 입은 데다가 그렇게 떨어져도 꿈틀거리지도 않는다. 게다가 오래 물속에 있었는지 그 상처에서는 피도 별로 보이지 않는다. 그만큼 피가 많이 빠져나갔다는 의미. 그것은 그가 시체라는 것에 다름이 아니었다.

"망할…… 천하를 뒤지기 십 년에 겨우 놈이 사는 곳을 찾았는데……."

중얼거리던 노인의 안색이 돌연 괴이하게 변했다.

쏴쏴…….

파도가 일고 있었던 것이다.

사방에서 흘러 들어오던 물은 비가 그치면서 잔잔해진 상태였다. 그러니 그 물이 이 소 전체로 번져 나가는 파도를 일으킬 리는 없었다.

"놈이 벌써 나타난단 말인가?"

회의노인이 회의(懷疑)가 깃든 빛으로 중얼거렸다.

흰 수염이 가슴을 덮었다. 얼굴 모습도 청수하다. 얼핏 보면 신선이 하범(下凡)한 듯한 모습이지만 자세히 본다면 광대뼈가 조금 나온 노인의 얼굴에서는 괴곽한 느낌이 한눈에 느껴진다.

쏴, 쏴아아…….

물결이 조금 더 높아졌다.

"이게 무슨 일이지? 왜 벌써?"

알 수 없다는 듯 중얼거리던 그는 문득 죽은 듯 널브러져 있는 그 시체를 보았다.

그의 낚시에 걸려 나온 시체.

얼핏 살펴보니, 창백한 얼굴은 미목이 수려하지만 이미 청동빛이다. 숨을 쉬지 않은 지도 제법 오래된 듯하다. 그가 물에 떠내려 온 한효월임을 노인이 알 리 없고, 알아도 감흥은 없을 터이다.

"독인가? 놈이 흥미를 느낄 만한 독?"

한효월의 안색을 스쳐 보는 것만으로 노인은 한효월이 극독에 중독되었음을 알아볼 수 있었다.

순간, 그는 망설이지 않고 낚싯대를 흔들었다.

그러자 낚싯줄이 바람을 가르며 날아가 한효월의 허리를 꿰찼다. 그 낚싯줄은 한효월을 매달고서 어둠을 가르며 소를 향해 내달렸다. 놀랍기 이를 데 없는 능력이다.

그 순간이었다.

"무슨 짓?"

날카로운 꾸짖음과 함께 녹영이 바람처럼 날아들었다.

그 녹영은 절묘하기 이를 데 없는 신법으로 날아들어서 낚싯줄에 꿰어 막 소의 물속으로 곤두박질쳐 들어가는 한효월의 시신을 낚아챘다. 동시에 그 녹영은 파동 치는 소의 물결을 발끝으로 살짝 차면서 그 반동을 이용하여 5, 6장의 거리를 이동하여 회의노인 옆에 날아 내렸다.

세상을 놀라게 만들기에 족한 능파비도(凌波飛渡)의 신법이었다.

더 놀라운 것은 그렇게 놀라운 신법을 전개한 것이 믿을 수 없게도 백발의 노파라는 점이다. 녹의를 곱게 차려입은 그녀의 얼굴은 얼음장 같았다. 그러나 얼음 같은 그 얼굴은 백발만 아니라면 40대 초반의 여인과 같이 아직도 아름다웠다.

"이게 무슨 짓이에요?"

녹의노파가 회의노인을 꾸짖었다.

"알지도 못하면서 왜 방해를 하는 겐가?"

낚싯대를 쥔 회의노인이 미간을 찡그렸다.

"방해라니? 지금 이 사람을 가지고 뭘 하려고 한 거예요?"

"보면 모르오? 놈을 낚으려는 미끼로 쓰려는 거지."

일순, 녹의노파가 아연해 소리쳤다.

"지금 그걸 말이라고 해요?"

"말이 아니면 소든지."

회의노인이 툴툴거렸다.

"설마 하니 당신이 몰라보지 않았을 텐데? 이 사람은 얼핏 보면 죽은 거 같지만 숨이 붙어 있어요! 아니, 숨이 붙어 있지 않아도 그렇지……."

"살아 있어도 살아 있는 게 아니오. 대라신선이 와도 살리기 어려운 게 그놈의 상태니 차라리 미끼로 써서 하아(霞兒)를 구할 수 있다면 그게 더 좋은 일이지. 놈도 극락왕생할 수 있을 거요. 보시를 한 셈이니."

녹의노파의 입이 다시 벌어졌다.

"정말 활염라(活閻羅)다운 생각이로군. 도대체……."

그 순간, 쏴—쏴아아…….

세찬 물소리가 들리면서 물살이 더욱 크게 파동 쳐 올랐다.

"이게 무슨 소리지?"

물방울이 튀어 오르자 녹의노파가 놀라 소를 돌아보았다.

"뭐긴 뭐야, 놈이 기어나오려는 조짐이지."

"벌써? 아직 때가 되지 않았을 텐데?"

"저놈 때문이오."

회의노인의 눈짓에 녹의노파가 놀란 눈으로 자신이 발 아래 내려놓은 한효월을 내려다보았다. 인사불성, 그의 상태를 보고 살았다고 생각할 사람은 아무도 없다. 그럼에도 한눈에 그의 상태를 알아볼 수 있을 정도의 능력을 가진 사람이 그들이었다.

"어떻게? 왜 그놈이……."

"독. 저놈은 상처만 입은 게 아니라 중독까지 되었는데……."

회의노인은 잠시 망설이다가 내뱉듯이 말을 이었다.

"그 독이 다름 아닌 독왕(毒王)의 삼대지독(三大之毒) 중 하나인 단혼추(斷魂追)야. 반드시 무기 같은 것에 묻혀서 사람을 찔러야 한다는 단점이 있지만, 일단 중독되면 어떻게 해도 살아날 수 없다고 해서 단혼추라고 불리지. 그 단혼추를 만들 때 사용되는 주재료가 묘강의 미인사(美人蛇)라, 미음요(美音謠)란 놈이 가장 좋아하는 것이지. 그러니……."

"설마, 독왕이 다시 강호에 나왔다는 건가?"

녹의노파가 문득 긴장된 신색으로 주위를 둘러보았다.

"놈을 건드리는 건, 독왕의 일을 간섭하는 것. 알잖소? 그 독왕이란 늙은이가 지독하게 편협해서 자신의 일에 간섭하는 건 누구든간에 그냥 두지 않는다는 걸……."

그의 말이 끝나기 전에 코웃음 소리가 들려왔다.

"호오, 그래서? 그래서 천하의 활염라가 아예 꼬리를 내리고 살릴 수 있는 놈을 버리는 것도 모자라 아예 미음요란 놈에게 먹이로 주자? 크크크…… 좋아, 좋아! 내 그거 고대로 하아에게 전해주지. 하아가 어떤 표정을 지을지 생각만 해도 재미있는걸?"

갑자기 들려온 걸걸한 음성에 회의노인의 얼굴이 일그러졌다.

"이런 빌어먹을 놈 같으니!"

그의 뒤쪽 3장 정도 거리에 자리한 암반 위에는 몇 그루의 소나무가 사방으로 가지를 뻗고 있었다.

그중 한 나무 가지에 한 사람이 편안히 기대 비스듬히 누워 있는 것이 눈에 들어왔다. 그는 흰 장삼을 입었는데 매우 낡아 회색처럼 보일 지경이었다. 게다가 배가 동산만하여 마치 코끼리가 누워 있는 듯 보였다. 거대한 체구. 그런 체구가 어떻게 손가락 정도의 굵기의 나뭇가지 위에 건들건들 그처럼 편하게 보이게 누워 있는지 신기하기 이를 데 없었다.

"아무 짓도 안 하고 뒤집어져서, 뭘 간섭이야? 그럼 네가 와서 미음요란 놈을 잡아봐!"

회의노인이 이를 갈면서 으르렁거렸다.

"크크…… 내가 활염라처럼 아는 게 많다면 당연히 내가 잡지. 하지만 미음요란 놈을 잡아야 한다고 한 건 네놈이잖나. 놈이 어떻게 생겼는지도 모르는 내가 그놈을 어떻게 잡아?"

뚱뚱한 노인은 졸린 듯 눈을 비비더니 길게 하품을 했다.

"빌어먹을! 어째 이렇게 졸리냐? 어제 네놈이 시끄럽게 굴어서 오늘 아홉 시진(時辰:1개 시진은 2시간임)밖에 못 자서 그런 모양이다. 열 시진은 자야 하는데……."

뚱뚱한 노인의 말에 회의노인의 얼굴이 일그러졌다.

"내 저놈을 그냥!"

그가 낚싯대를 팽개치고 벌떡 일어났다.

그 순간이다.

출렁거리던 물살이 갑자기 잠잠해지면서 주위가 일순간에 조용해졌다.

……

누구라도 느낄 수 있었다.

몸에 느낄 정도의 긴장감이 사방에서 엄습해 오고 있었다.

비록 그것이 어디서 오는 것인지는 모를지라도 분명히 음산하고도 숨 막히는 어떤 느낌이 이 너른 소 전체로 번져 가고 있었던 것이다.

회의노인이 그것을 모를 리 없다.

그들 세 사람은 일대가 고요해지는 순간에 굳어졌다.

그리고 그 뒤를 이어 묘한 소리가 바람을 타고 전해오기 시작했다.

뭐라고 형언하기 힘든 소리.

그러나 이내 그것이 아름다운 노랫소리라는 것을 알 수 있었다.

조용하고도 아름답게 흥얼거리는 음성, 그것도 참으로 아름다운 여인의 음성이 묘한 가락을 읊조리면서 들려오고 있었던 것이다.

"노, 놈이 나타났다!"

흥분과 긴장으로 굳어져 회의노인, 활염라가 소를 노려보았다.

안개와 어둠으로 온통 뒤덮인 소에서는 아무것도 보이지 않았다.

"정말 노랫소리가 들리는군……."

믿기지 않는다는 듯이 회의노인 옆에 선 녹의노파가 중얼거렸다.

그러하였다.

사람의 심금을 끌어당기는 그 노랫소리는 믿을 수 없게도 소에서 들려오고 있었다. 좀 더 정확하게 말한다면, 그 소의 물 아래에서 천천히 물 위로 번져 나오고 있었던 것이다.

무엇인가가 소의 아래에서 위로 올라오고 있었다.

그것을 의미하듯 다시 물결이 일렁인다. 파도가 점점 크게 출렁거렸다.

하지만 그것뿐, 더 이상 다른 일은 일어나지 않았다.

"놈이 필요해!"

긴장된 신색으로 소를 지켜보고 있던 회의노인, 활염라가 말했다.

"이미 나타났는데도 왜……."

그의 말이 한효월을 지칭함을 안 녹의노파가 입을 여는 순간.

촤아아악!

돌연 거센 물살이 하늘을 가릴 듯이 일어났다.

그리고 그 물살은 온통 주위를 뒤덮었다.

"놈이다!"

활염라가 고함쳤다.

무엇인가가 그 높이가 4, 5장에 이르는 파도 속에서 움직이고 있었다. 그것은, 그 파도는 그들이 있는 앞에서 일어나 그들을 덮쳤다.

"이놈! 감히 미물이!"

녹의노파가 검은 그림자가 무섭게 엄습하자 벼락같이 양 소매를 앞으로 후려냈다.

촤악! 촤아아…….

물살이 거대한 바위에 부딪친 듯 사방으로 마구 흩어지는 가운데 강력한 경풍이 그 검은 그림자를 쳐갔다.

"무슨 짓이야! 놈이 달아나게 할 거야? 놈은 저놈을 노리고 있는 거란 말이야 그냥 둬!"

그 와중에 활염라가 노해 부르짖었다.

그러나 그 순간, 언제 날아왔는지 소나무 위에서 졸고 있던 그 뚱보 노인이 그 검은 그림자의 위에 당도하여 양손을 쳐내고 있었다. 그의 손에서 펼쳐져 날아가고 있는 것은 너비가 7, 8장에 달하는 그물이었다. 그들의 움직임은 신속하기 이를 데 없었다.

이미 준비를 해둔 것이 분명했다.

"아, 아아……."

파도 속에서 다급하고도 안타까운 음성이 흘러나왔다.

애처롭기 이를 데 없는 소녀의 목소리였다.

"이게 뭐야?"

그 소리에 놀란 뚱보노인이 주춤거렸다.

찰나, 그물에 갇힐 뻔했던 검은 그림자는 파도 속으로 사라지고 모든 것은 원래대로 돌아왔다.

활염라가 낚싯대를 후려냈지만 이미 소용없는 일이었다.

"이런 빌어먹을!"

촤촤, 요란한 소리와 함께 치솟아올랐던 파도가 소로 쏟아져 내리는 것을 본 활염라가 대경실색하여 다급하게 낚싯대를 연달아 휘둘렀다. 세찬 경풍과 귀를 에이는 듯한 파공성이 연달아 고막을 치면서 낚싯대와 6, 7장에 이르는 긴 낚싯줄이 마치 살아 있는 것처럼 파도를 뚫고 소 안으로 파고들어 갔다.

하지만, 그뿐이었다.

이내 파도는 가라앉았고 언제 무슨 일이 있었느냐는 듯이 일대는 다시 정적 속에 자리했다.

은은히 맑고 아름다운 노랫소리가 메아리처럼 들리는 듯도 하다.

"도대체 이건……."

뚱보노인이 홀린 듯이 소를 쳐다보면서 중얼거렸다.

그가 뿌렸던 그물에는 아무것도 없었다. 아무것도 걸리지 않은 것이다.

"이런 빌어먹을…… 빌어먹을!"

활염라가 이를 갈면서 연신 발을 굴렀다.

금방이라도 귓구멍에서 연기가 솟아날 것만 같은 형국.

한바탕 발을 구른 활염라는 잡아먹기라도 할 듯이 사납게 뚱보노인을 노려보았다.

"어떻게 할 거냐? 네놈이 허튼짓을 하는 바람에 놈이 다시 숨어버렸으니 어떻게 책임질 거냔 말이다! 지난 보름 동안이나 여기서 밤이슬 맞아가면서 기다린 걸 이렇게 끝내?"

그의 기세가 등등하자 뚱보노인은 떨떠름하게 대꾸했다.

"다시 나오길 기다리면 되잖……."

"이런 빌어먹을! 이미 경계심을 품었는데 놈이 다시 쉽게 나올 것 같아? 그럼 아무나 놈을 잡았게? 이 용소(龍沼)는 수심이 수십, 수백 장이나 될 거야. 아무리 자맥질을 잘하는 사람도 들어갈 수 없단 말이다!"

"그럼 어떻게 하지?"

녹의노파의 음성이 절로 다급해졌다.

그 말에 문득 활염라의 시선이 한쪽으로 향했다.

죽은 듯 쓰러져 있는 한효월이 있는 곳이다.

그가 한효월을 바라봄을 보자 녹의노파의 안색이 달라졌다.

"또 저 사람을 미끼로 쓰자는 이야기를 하자는 거예요?"

"아니면, 다른 방도 있소?"

"그건……."

활염라의 되물음에 녹의노파는 말문이 막혔다.

"명불허전이군. 활염라답게 사람이 사는 꼴을 못 본다니까! 귀신은 뭐 하는지 몰라. 하긴 사람을 그렇게 많이 지옥으로 보냈으니 같은 통속으로 알고 안 잡아가는지도……."

뚱보노인은 하품을 하면서 손으로 입을 두드렸다.

그의 말에 활염라의 얼굴이 일그러졌다.

"도무지 믿을 수가 없군! 오불관언(吾不關焉), 세상이 망해도 나만 상관없으면 간섭을 안 한다는 그 게으른 놈이 나서서 방해를 하지 않나, 사람을 눈 하나 깜짝하지 않고 죽이는 날수독심(辣手毒心)이 천하의 성녀와 같은 소리만 해대고 있다니?"

그는 머리를 절레절레 흔들어대면서 한효월을 힐끗 보았다.

"설마 하니, 저 죽어가는…… 아니, 죽은 놈에게 무슨 귀신 곡할 힘이라도 있다는 건가? 도무지 알 수가 없군! 왜 나만 나쁜 놈 만드는 거야? 나라고 이러고 싶어서 이러는 건가? 미인요를 안 잡아가면 우리 하아는 누가 살려낼 건가? 누가 책임질 거야? 너냐?"

생각할수록 분통이 터지는지 활염라는 뚱보노인, 오불관언을 때려 죽일 듯이 앞으로 한 걸음 나섰다.

"그, 그게 아니라……."

오불관언이 당황해 손을 저었다.

다른 건 겁나지 않는다.

그러나 하아를 살려내지 못한다면, 그게 자신 때문이라면…… 그건 절대로 있어서는 안 될 일인 것이다.

"알겠나? 나도 하고 싶진 않아! 하지만 방법이 그것뿐이야."

더 이상 간섭 말라는 듯 인상을 험악하게 긁은 채 활염라는 두 사람을 한번 흘겨보고는 손을 내밀어 한효월의 멱살을 움켜잡았다.

"나도 좋아서 하는 일은⋯⋯."

갑자기 그의 말소리가 잦아들었다.

그의 눈이 경악으로 인해 황소 눈처럼 커졌다.

한효월, 죽은 줄 알았던 그가 눈을 뜨고 있었다. 믿을 수 없게도⋯⋯.

"뭐, 뭐야?"

놀란 활염라가 주춤 한효월을 놓치며 한 걸음 물러났다.

활염라라는 이름답게 그는 수많은 사람들을 죽이고도 눈썹 하나 까닥하지 않던 괴인이다. 수십 년 전부터 차라리 염라대왕을 만날지언정, 활염라를 만나지 말라는 말까지 강호에 유전(流傳)되었음은 그가 어떤 사람인지 웅변하고도 남음이 있다.

그런 그가 놀라 한 걸음 뒤로 물러났다는 것은 그만큼, 한효월이 눈을 뜨고 그를 바라보고 있음은 있을 수 없는 일인 까닭이다.

그가 손을 놓치면서 황급히 뒤로 물러서자 녹의노파, 날수독심 송옥교(宋玉嬌)가 얼떨떨한 빛으로 활염라를 바라보았다.

"무슨 일이에요?"

"노, 놈이 살아 있는데?"

"난 또⋯⋯ 그야 안 죽은 건 이미⋯⋯."

"그게 아니라, 눈을 뜨고 날 보고 있었단 말이야!"

"그럴 리가?"

날수독심 송옥교는 말도 안 된다는 듯이 눈을 크게 뜨고 한효월을 보았다.

참혹한 모습이다.

홀로 깨어나기는커녕, 누가 봐도 시체나 다름없는 모습.

그들이 평범한 사람이 아니었다면 그가 살아 있는 것조차 알 수 없도록 그의 모습은 그야말로 끔찍할 정도였다. 그냥 둔다면 저절로 숨이 끊어질 상태. 그런데 살아 있는 것은 고사하고 스스로 눈을 뜨다니?

"큭큭…… 나쁜 짓을 하도 많이 하다 보니 눈에 헛것이 뵈나 보……!"

서 있는 게 귀찮은 듯 그물도 팽개치고서 등을 옆에 있는 큰 바위에다 기댄 채 연신 하품을 해대던 오불관언 종무연(宗無緣)이 쿡쿡 웃어댔다. 하지만 그는 주위가 조용해지는 것을 느끼고 반쯤 감았던 눈을 뜨다가 갑자기 눈이 휘둥그레져서 입을 딱 벌리고 말았다.

당연히 하던 말도 끝맺지 못했다.

그럴 수밖에 없었다.

활염라가 손을 놓치고 물러나는 바람에 땅바닥으로 나뒹군 한효월, 그의 손이 움직이고 있는 것을 보았던 것이다. 그리고 그 손의 움직임은 팔에서 어깨로 이어지면서 그가 천천히 몸을 일으키는 것을 보면서는 벌어진 입을 다물 수가 없었다.

어둠 속에서 창백하다 못해서 귀기스럽게 하얀빛을 띤 한효월의 얼굴이 떠올랐다. 그가 몸을 일으켜 앉으면서 드러난 것이다.

"너, 너는……."

믿기지가 않는지 활염라가 신음을 흘렸다.

그는 의술의 명인이었다.

그런 그가 활염라라는 전혀 어울리지 않는 별호를 지니게 된 것은 말못할 사정이 있어서였다. 그의 경험으로 보자면 한효월의 상태로써 그가 스스로 깨어나는 것은 불가능한 일이었다. 그런데 그것도 모자라 스스로 일어나 앉는다는 것은 상궤(常軌)를 벗어난 일에 다름이 아니었다.

경악한 세 사람의 시선을 받으면서 잠시 호흡을 가다듬던 한효월은 미간을 찡그렸다.

참기 힘든 고통이 전신을 짓이기고 있었다.

"구해주셔서 감사합니다."

하지만 그의 입에서 흘러나오는 음성은 탁하긴 했어도 여전히 단아했다.

그가 말을 하자 어이없는 빛이던 세 사람.

"흥, 구해주긴 누가 널 구해줬다는 게냐? 우린 너를 구해준 적이 없을 뿐더러 이제부터 너를 이용할 작정이니 고마울 거 하나도 없다!"

말과 함께 파공성이 울리면서 낚싯줄이 날아들어 한효월의 상체를 휘감았다.

밤이 길면 꿈이 긴 법.

활염라 조과(趙過)는 한효월이 왠지 맘에 들지 않았다.

이런 말도 안 되는 일은 오래가는 게 좋지 않다. 말썽이 일기 전에 잠재우는 게 옳다. 그의 판단은 어쩌면 옳았는지도 몰랐다. 하지만 세상일이라는 것이 그렇게 늘 그의 생각대로 되지 않는다는 것을 그는 많이 경험했으면서도 간과하고 있었다.

소리도 없이 검은 그림자 하나가 날아들었다.

그리고 어둠을 가르며 검광 한줄기가 한효월을 휘감은 낚싯줄을 잘라왔다. 뿐만 아니라, 또 하나의 그림자는 활염라를 공격해 들어갔고 또 다른 자는 한효월에게로 날아들었다.

"웬 놈들이냐?"

활염라 조과가 눈을 부릅뜨고서 꾸짖었다.

동시에 그는 낚싯대를 잡아당기면서 옆으로 몸을 틀었다.

활시위처럼 팽팽히 당겨졌던 낚싯줄이 그의 손짓에 따라 만월처럼 휘어지면서 한효월을 휘감은 채로 공중으로 날아올랐다.

한 동작으로 갑자기 나타난 세 사람의 공세를 일시에 무력화시킨 것이다.

그러나 나타난 세 사람의 무공은 결코 간단하지 않았다.

허탕을 친 순간에 그들은 질풍처럼 세 방향으로 흩어지면서 활염라 조과를 덮쳐 왔다. 검과 도, 그리고 괴이하게 생긴 낫[鎌]과 같은 무기가 한 사람이 휘두르는 것 같은 조화를 이루면서 날아들었다.

"얼씨구? 제법인데?"

활염라 조과가 다급히 소리쳤다.

바로 그 순간이다.

"큭!"

괴이한 신음과 함께 흑영 하나가 주춤 손이 느려졌다.

그것을 놓칠 활염라 조과가 아니었다.

낚싯대를 쥔 오른손이 아닌 왼손이 소맷자락에 경풍을 싣고서 무섭게 뻗어 나갔다. 그리고 그 소맷자락은 여지없이 흑영의 검광을 뚫고서 그의 목덜미를 쳤다.

"악!"

외마디 비명과 함께 그자가 뒤로 튕겨졌다.

"한 놈."

중얼거림과 함께 그는 빙글 신형을 돌려 자신의 눈앞으로 닥쳐든 흑의인의 낫을 피하면서 예의 옷소매로 그의 어깨를 쳤다.

우두둑 소리가 끔찍하게 일면서 그가 튕겨나듯 뒤로 물러났다.

"나머지 한 놈!"

활염라가 냉소를 터뜨렸다.

피잉—

그가 오른손을 움직이자 낚싯대가 세찬 파공음과 함께 움직이면서 남은 흑영에게로 날아갔다. 낚싯줄은 눈에 보이지도 않지만 그 줄은 무섭게 날아가서 그의 목을 감아버렸다. 놀랍기 이를 데 없었다. 끝에 한효월을 감고 있음에도 줄의 가운데를 이용한 것이니 그의 무공을 짐작할 만하였다.

동시에 그가 왼손을 쳐냈다.

소매 속에 감추어졌던 손이 불쑥 튀어 나가면서 세찬 지풍(指風)이 흑영의 가슴팍 사혈을 격타했다.

그 순간이다.

"조심!"

날카로운 고함 소리가 들려왔다.

"이놈이……!"

경악이 활염라의 눈에 떠올랐다.

그의 옷소매에 격타당하고 뒤로 튕겨져 나갔던, 그렇게 생각했던 흑영이 소리도 없이 날아올라 그 낫과 같은 병기로 활염라의 목을 베어 오고 있었던 것이다.

그의 옷소매에 실린 경력은 가히 천 근이라, 집채만한 바위라도 부술 수 있었다.

그런데 다시 그를 공격해 오다니?

그것은 너무도 뜻밖이라 그가 그것을 알았을 때는 그 낫은 이미 활염라의 목에 당도하고 있었다.

위기의 순간.

갑자기 그 흑영이 피를 뿜어내면서 앞으로 풀썩, 거꾸러졌다.

그 뒤에는 녹의노파, 날수독심 송옥교가 차가운 빛으로 우뚝 서 있었다.

"결국 손에 피를 묻히게 되는군……."

그녀가 중얼거렸다.

"어떻게 된 거지?"

자신의 앞에 널브러진 세 명의 흑의인을 둘러본 활염라가 물었다.

"나도 모르겠어요. 저들이 좀 괴이하군요. 분명히 먼저 내가 쳐낸 수혼침(搜魂鍼)에 마혈을 맞았는데도 아무렇지도 않은 듯 움직이니……."

"고통을 모르게 훈련시킨 놈들인 것 같군 그래. 그러니 그렇게 선불 맞은 멧돼지처럼 죽을 둥 살 둥 모르고 덤벼들지."

원래의 그 자리에서 손가락 하나 까딱하지 않고 있던 오불관언 종무연이 심각한 표정으로 의견을 제시한다.

그 말에 활염라의 얼굴이 험악하게 일그러졌다.

"넌 뭐 하는 놈이냐? 내가 위험한 걸 보면서도 그렇게……."

그가 눈을 부릅뜨자 오불관언 종무연은 귀찮다는 듯 손을 내저었다.

"위험은 무슨…… 천하의 활염라가 그 정도로 위험할 리가 없잖나? 그리고 보라구. 네놈 어디에 생채기 하나 난 데가 있어? 뭘 그만 일로……."

그 말에 활염라의 얼굴이 더욱 험악해졌다.

"이놈이······."

활염라 조과는 이를 갈았다.

어떻게든 대강 참아보려고 했지만······.

"나이가 들수록 더 지랄을 떤단 말이시······."

오불관언 종무연이 아예 눈을 감으면서 중얼거리는 말에 그만 그의 성질은 폭발하고 말았다.

"내 오늘 네놈을 그냥 두면 사람이 아니다!"

그가 대노하여 손을 걷어붙이는 순간이었다.

"미인요를 유인하기 위해 절 이용하겠다면 잘못 생각한 겁니다."

침착한 음성이 들려왔다.

그 말에 주춤, 활염라 조과는 그 자리에 굳어졌다.

그의 낚싯줄에 감긴 한효월이 여전한 눈빛으로 그를 본 채 말하고 있었다. 방금의 세찬 드잡이질로 그의 몸에서는 아직도 흐를 피가 남았는지 상처가 벌어지면서 피가 흐르고 있어 그 형상은 참혹하기 이를 데 없었다.

한효월은 고통스러운 듯 미간을 찡그리고 있다.

그러나 그 얼굴의 근저에 서린 것은 고요함인지라 보는 사람을 참으로 묘한 기분이 들게 만들기에 족했다.

"그건 무슨 소린가?"

날수독심 송옥교가 참지 못하고 물었다.

"그건······."

"소리는 무슨! 그저 위기를 면하기 위해서 아무렇게나 갖다 붙이는 말이야. 꾸물거릴 시간이 없어. 놈이 아예 숨어버리기 전에 미끼를 던져야만 놈이 다시 올라올 거야!"

활염라 조괴는 말과 함께 낚싯대를 쳐들었다.

그가 낚싯대를 쳐들자 한효월의 몸이 낚싯줄을 따라 까마득히 위로 솟구쳐 올랐다.

핏물이 그 궤적을 따라 흩뿌려졌다.

그때다.

"당장 멈추지 못해요!"

고막을 찌를 듯 날카로운 음성이 터져 나왔다.

날수독심 송옥교이 살기등등하여 활염라 조괴의 앞에 버티고 서 있었다. 백발일 뿐, 아직 40대로 보이는 그 얼굴은 서리가 내린 듯 차갑기 이를 데 없었다.

찔끔한 활염라 조괴가 말했다.

"난 그저······."

"그를 내려놔요! 난 들어봐야겠어요! 왜 잘못이란 건지······."

"듣긴 뭘 들을 게 있다고······."

툴툴, 말은 그렇게 하면서도 활염라 조괴는 한효월을 땅바닥에 내려놓았다. 그의 성격을 아는 사람이 그 광경을 보았다면 실로 믿을 수 없는 광경일 것이었다.

"말해 보게. 왜 잘못이지? 미인요는 분명히 자네를 노렸었네. 그런데 그게 잘못이라는 이유는······."

한효월은 그녀의 물음에 암중 심호흡을 하여 운기를 고르며 입을 열었다.

"미인요는 한번 경각심을 가진 먹이에는 절대로 가까이 다가가지 않습니다."

"정말예요?"

비수와 같은 눈길로 날수독심 송옥교가 활염라 조과를 쏘아보았다.

"그렇긴 하지만…… 그건 고서(古書)에 적힌 이야기일 뿐이니 다 믿을 순 없지. 더구나, 저놈을 미끼로 쓰는 외에 지금 다른 방법이 어디 있겠소?"

"……."

딴은 그렇다.

날수독심 송옥교는 입을 열지 못했다.

그때, 한효월이 천천히 입을 열었다.

"제가 미인요를 잡아드리겠습니다."

그 말에 좌중 세 명의 노인은 일제히 눈을 크게 떴다.

그리고 이내 활염라가 코웃음을 터뜨렸다.

"네가 미인요를 잡겠다고? 그 몸으로? 흥! 하긴 미끼가 된다면 잡긴 잡는 거겠군. 어차피 죽을 목숨 그렇게 보시를 한다면……."

"미인요를 잡겠다는 것을 보면 누군가가 지극순음지체(至極純陰之體)인 것 같군요. 맞습니까?"

한효월의 물음에 날수독심은 물론, 활염라까지 입을 벌렸다.

"정말 미인요를 안단 말이냐?"

눈을 꿈벅거리고 있던 오불관언 종무연이 물었다.

죽은 시체와 같던 한효월.

그가 스스로 깨어난 것도 놀라운 일인데, 그가 하는 말은 더욱 놀라웠다.

"정말 네가 미인요를 안다고?"

오죽하면 세상사가 다 귀찮다고 하여 오불관언이라고 하는 종무연이 눈을 동그랗게 뜨고서 되물었을까.

한효월은 그 물음에 미미하게 웃었다.

그러나 고통에 절어버린 얼굴에 나타나는 것은 미소가 아니라 일그러짐일 뿐이다.

"미인요는 보기 드문 전설 중의 영물(靈物)이긴 하지만, 일반인에게는 별로 소용이 없습니다. 그러나 지극순음지체를 가진 사람에게는 그 순음지양(純陰之陽)이 다시 찾아볼 수 없는 영약이 됩니다."

"정말 아는군!"

날수독심 송옥교가 탄성을 터뜨렸다.

"어, 어디서 주워들은 게 있는 것 같긴 하군 그래……. 흥! 그렇다고 미인요를 잡을 수 있는 건 아니지. 말이야 누가 못하나?"

활염라 조과가 떨떠름하게 중얼거렸다.

"정말 미인요를 잡을 수 있다는 건가?"

독수날심 송옥교가 급하게 다그쳤다.

"만에 하나라도 이 순간을 모면하기 위해서 거짓말을 하는 거라면 아마 다시 살아난 것을 원망하게 될 거야."

그녀가 음산한 어조로 못을 박았다. 그 얼굴에 서린 차가운 빛은 말 그대로 얼음 가루가 흘러내릴 지경.

한효월은 그녀의 위협 어린 말에 쓰게 웃었다.

"소생이 살아난다면…… 잡을 수 있게 될 겁니다."

그 말과 더불어 한효월은 꼿꼿이 앉아 있던 신형을 허물어뜨렸다.

마치 검불 더미가 저절로 넘어지듯 그렇게 그는 옆으로 쓰러지면서 정신을 잃어버렸다.

"이런!"

독수날심 송옥교가 놀라 그를 부축했다.

그녀는 한효월의 명문에다 장심(掌心)을 갖다 대고 진기를 운용하여 그를 도와주려고 했지만, 괴이하게도 한효월의 내부는 텅 비어 어떻게 힘을 써야 할는지 알 수가 없었다.

"이건 또 무슨 일이야?"

그녀가 괴이한 빛으로 활염라를 쳐다보았다.

"별거 아니야. 놈은 호심진기(護心眞氣)로 심맥을 보호하면서 가사 상태에 있었던 거지. 그렇게 전신을 내던지고 암중으로 상처를 치료해 가는…… 그러니까 외상은 그냥 두고 내상을 돌보기 위한, 뭐 말은 그렇지만 막다른 골목에서만 사용할 수 있는 방법인데…… 위기를 느끼고 억지로 그 가사 상태를 깨고 일어났던 거지. 그러니 이젠 스스로 깨어날 방도가 없게 된 셈이야. 하지만 어린 놈이 대단한걸! 그 상태에서 잠수활인지법(潛修活人之法)을 전개할 수 있다니 정말 보통이 아니군……."

활염라 조과가 머리를 절레절레 흔들었다.

"그럼, 이젠 깨어날 수 없다는 건가요?"

"스스로는 죽어도 못 깨어나지. 이미 죽은 거나 다름없어."

"그를 살려요!"

"당신도 이놈의 말을 믿는다는 거요?"

"방금 말했잖아요? 당신 입으로 대단한 놈이라고. 그가 시행한 잠수 활인지법이 아무나 할 수 있는 건가요? 더구나 저 나이에?"

"그건……."

활염라 조과가 입을 다물었다.

그 나이라면 불가능한 일이었기 때문이다.

하지만 그가 더 이상 생각을 굴릴 만한 여유는 없었다.

소리도 없이 검은 그림자가 날아들었고, 그들은 그 검은 그림자를 상대해야 했던 것이다.

"이건 또 뭐 하는 놈들이야?"

연달아 방해를 받게 된 활염라 조과가 노해 으르릉거렸다.

"아무래도 저 아이가 보통 사람은 아닌 것 같군요!"

독수날심 송옥교가 소리치면서 소매를 앞으로 쳐냈다.

그러자 매서운 경력이 일면서 차가운 빛이 그 가운데에서 일어났다.

"빌어먹을! 도대체 뭐 하는 놈들이냐?"

활염라 조과가 이를 갈면서 수중의 낚싯대를 휘둘러 쓰러진 한효월에게 덮쳐 가는 흑의인들을 휩쓸어갔다.

싸움은 소리없이 시작되었다.

아직도 어둠은 사위를 짓누르고 있었고, 그 어둠의 무게는 만만치 않아 일대를 세상을 어둠으로 뒤덮고 있다.

흑영의 움직임은 바람과 같았다.

그리고 그들의 움직임은 그 어둠과 동화되어 알아보기 어려웠다.

칠흑 같은 밤, 더구나 그믐이다.

그 움직임이 쉽게 눈에 들어올 리 없다.

하지만 그들 세 노인은 바로 그러한 능력을 가진 사람들이었다. 설사 자신의 손가락을 알아보기 힘든 동굴 속 어둠에 갇혀 있다 할지라도 사물을 분간할 능력을 가진 것이 그들인 것이다.

피잉! 피이잉—

낮고도 날카로운 파공음이 방원 7, 8장을 온통 휘젓고 있었다.

그것은 활염라 조고가 휘두르는 낚싯대의 위력이었다.

한효월을 휘감았던 낚싯대가 그를 놓고 홀로 설치게 되자 그 위세는 놀라웠다.

오죽하면 소리없이 날아든 흑영 하나가 그 낚싯줄에 걸려 목이 날아갔을까. 무섭게 회전하는 낚싯줄은 날이 선 검과도 같았다

"끄으으……."

낮은 비명이 어둠 속으로 번졌다.

몇 번의 격돌 속에서 이미 대여섯 명의 흑영이 튕겨져 나갔다.

활염라 조고와 날수독심 송옥교가 만들어낸 위력.

"계속 그러고 있을 거냐? 이 빌어먹을 놈아!"

방금 날아갔던 흑영 하나가 놀랍게도 다시 일어나는 것을 본 활염라 조고가 미간을 찡그린 채 소리쳤다.

그때까지도 오불관언 종무연은 조는 듯 마는 듯 그렇게 있었다.

그러나 그도 적의 숫자가 점점 많아지는 것을 보았다. 그 자리에서 더 졸기 힘들다는 것은 바보가 아닌 이상, 제아무리 귀찮더라도 알 수 있는 일이었다.

"간다! 가면 될 거 아니냐?"

순간, 일진 질풍이 일면서 그의 신형이 마치 꺼지듯이 그 자리에서 사라졌다. 놀라운 이형환위(移形換位)의 신법이라 마치 착시를 보는 듯하였다.

"역시 부풍수영(扶風隨影), 육실하게 빠르군……."

힐끗 그것을 본 활염라 조고가 중얼거렸다.

그는 오불관언 종무연이 일단 움직이면 세상에서 가장 빠른 사람 중 하나임을 잘 알고 있었다. 그것을 증명이라도 하듯이 활염라와 날수독심이 손을 모아 보호하던 바닥의 한효월이 감쪽같이 사라졌다.

오불관언 종무연이 그를 데리고 간 것은 불문가지.

'갑시다!'

활염라가 전음지성으로 외치자 날수독심 송옥교가 주위를 둘러보았다.

'여길 떠나도 괜찮을런지?'

'어차피 놈들은 아무것도 모르니까, 오히려 우리가 떠나는 게 낫겠지.'

활염라가 날수독심의 물음에 대꾸하곤 그도 신형을 날렸다.

그들의 이목은 비할 바 없이 영민하여 한효월과 이야기하는 중에도 사방에서 신호가 오감을 이미 경각하고서 나름대로 준비를 하고 있었던 것이다.

가히 불가일세(不可一世).

그들은 성정(性情)이 오만무쌍하여 세상 누구도 겁내질 않았다.

게다가 그렇게 큰소리를 칠 만한 능력을 그들은 가지고 있었다. 그렇지 않았다면 그들이 그렇게 오만할 수도 없었을 터이다.

하나 30년 세월은 결코 간단치 않은 모양.

팡팡!

하는 일진 폭음이 터져 나오더니 이미 10여 장 밖으로 앞서 가던 오불관언 종무연이 벼락처럼 뒤로 튕겨졌다.

강적을 만난 것이다.

"언 놈이냐?"

옆구리에 한효월을 낀 오불관언 종무연이 이를 갈면서 소리쳤다.

그의 능력으로써 남에게 격퇴되었다면 이는 실로 간단치 않은 일에 다름이 아니었다.

"하하하하……!"

그의 외침과 함께 호탕한 웃음소리가 들려왔다.

그리고 그들의 앞에 한 사람이 나타났다.

당당한 체구.

흑의에 복면을 해 면목을 알아볼 수 없다.

하지만 어둠 속에서 형형히 빛나는 눈빛과 방금 오불관언 종무연을 격퇴한 검, 차가운 빛을 뿌리면서 그의 손에 들린 그 검은 그가 간단한 힘을 가진 사람이 아님을 알고도 남음이 있었다.

그가 제천교의 천추성주임을 오불관언 종무연이 알 리가 없다.

"넌 뭐 하는 놈이냐?"

그를 발견하자 오불관언 종무연이 미간을 찡그렸다.

"놓아라."

하지만 대답 대신 천추성주가 찔러오는 검을 본 그의 안색은 납덩이처럼 돌변해 버리고 말았다.

원래 그와 천추성주와의 거리는 1장가웃쯤.

그 거리는 뒤로 물러난 그가 일부러 띄워놓은 것이었다. 그 거리라면 천하의 어떤 자라 할지라도 그를 막을 수 없었다. 그럴 정도로, 그는 신법에, 자신의 빠르기에 자신이 있었다.

그런데 그 자신(自信)을 무색케 천추성주의 일검은 찰나간에 그 거리를 가로질러 그의 가슴을 찔러오고 있었던 것이다.

가히 밤하늘을 가르는 전광(電光)과도 같은 속도!

스팟!

검광이 일고 놀란 기러기처럼 인영 하나가 튀듯이 옆으로 물러났다.

핏방울이 검끝에서 일고 옷자락이 길게 베어져 격렬히 이는 바람에 너풀거렸다.

오불관언 종무연의 안색이 창백해졌다.

믿을 수 없게도 천추성주의 그 검은 그의 신법을 따라잡으면서 마치 눈이 달린 것처럼 오불관언 종무연의 가슴을 계속해서 노리고 있었기에.

"수혼천심검(搜魂穿心劍)?"

신음이 오불관언 종무연에게서 터져 나왔다.

찰나, 돌연 오불관언 종무연이 몸을 뒤집는가 싶더니 한효월을 안은 채로 땅바닥으로 넘어졌다. 앞으로가 아니라 옆으로 넘어지는 그 순간, 천추성주는 그 뒤에서 불쑥 나타난 날수독심 송옥교를 볼 수 있었다.

그녀가 그를 향해 손을 쳐내고 있음이 보인다.

"가랏!"

서릿발 같은 질타.

동시에 천추성주는 검을 맹렬히 떨었다.

검광이 폭죽처럼 튀면서 송옥교가 그를 향해 뿌려낸 십여 줄기의 한망(寒芒)을 튕겨냈다.

"이까짓 장난으로……!"

차갑게 코웃음 치던 천추성주의 안색이 돌변했다.

그 순간, 묘한 냄새가 코끝을 스침을 경각했던 것이다.

"독?"

동시에 천추성주는 개구리가 뛰듯이 번개처럼 뒤로 물러났다. 그때까지도 질풍처럼 앞으로 전진하던 그였지만 물러남은 정말 신속하기 이를 데 없었다.

"으흐흐흐…… 늦었다!"

그러나 음산한 웃음소리와 함께 천추성주의 옆에 있던 흑의인들이 갑자기 신음과 함께 비틀거리는 것이 아닌가.

활염라가 풍차처럼 손을 내젓고 있었다.

이내 비명이 일고 흑의인들이 삽시간에 짚단처럼 쓰러졌다.

"독이다. 피햇!"

천추성주가 다급하게 소리쳤다.

그가 정신을 차렸을 때는 이미 세 노인은 그 자리를 벗어난 뒤였다.

"뭘 하나? 빨리 신호를 올리고 쫓아라!"

그가 싸늘히 소리쳤다.

흑영들이 날아오름을 보고 그는 손에 쥔 것을 폈다.

그 손아귀에는 세 자루의 머리카락보다 더 가는 침(針)이 어둠 속에
서 은은히 녹광(綠光)을 발하고 있다.

"녹광혈견휴(綠光血見休)에다가 부풍수영, 그리고 염왕지독(閻王之
毒)까지⋯⋯. 설마 하니 그들이 사라진 지 오래된 강호삼괴(江湖三怪)
란 말인가?"

그는 믿기지 않는 듯 중얼거렸다.

강호삼괴라면 천하를 제멋대로 주무르면서 사는 세 괴물을 일컫는
다. 누구도 그들을 가까이 하지 못했었다. 사람을 죽이고 살리는 것을
그날의 기분으로 결정했으니, 천하가 그들을 무림 중의 세 괴물이라고
일컫고 머리를 절레절레 흔드는 것은 틀린 말이 아니었다.

"이해할 수 없는 일이로군. 그 괴물들이 왜 그놈을 보호하려는 것일
까?"

천추성주가 다시 중얼거렸다.

강호삼괴(江湖三怪)

—구원이 당도하다
영웅과 기녀(奇女)는 처음 만나지만

강호삼괴(江湖三怪)

약 30년 전, 무림 중에 한 사람의 괴인이 나타났다.

죽어가는 사람도 한번 손을 쓰면 숨이 돌아오는 의술의 대가.

그러나 그의 이름은 이내 괴인으로 분류되고 그에게 치료를 받으려는 사람 또한 급속도로 사라졌다.

이유는 너무도 간단했다.

그에게 치료를 받는 사람은 모두가 죽어갔기 때문이다. 뿐만 아니라 그는 마음에 들지 않는 사람을 보면 치료를 해주겠다고 덤벼들었다. 물론, 치료를 받은 뒤에 살아남은 사람은 찾아보기 힘들었다.

―차라리 지옥의 염라를 만날지언정, 살아 있는 염라를 만나지 말라!

그 한마디는 그를 표현하고도 남았다.

활염라라는 이름은 그렇게 해서 세상에 알려졌다.

독수낭랑(毒手娘娘)이라는 이름 또한 마찬가지였다.

선녀를 방불케 하는 용모를 지닌 묘령의 여인.

그녀의 미모를 보고 강호의 뭇 영웅호걸들이 그녀의 뒤를 따르는 것은 당연한 일. 하지만 그들은 이내 머리를 싸매고 그녀의 주위에서 도망쳐야 했다. 그녀의 성정(性情)은 실로 희노(喜怒)가 무상(無常)하여 방금까지도 황홀하게 웃던 얼굴로 눈앞의 사람이 다시는 숨을 쉬지 못하게 하니, 어찌 그녀의 곁으로 갈 것인가.

그렇게 해서 그녀의 외호는 날수독심이 되어버렸다.

그런 그녀의 곁에 늘 붙어 있는 사람 하나가 있어 오불관언이라 했다.

누가 자신을 건드리지 않으면 하늘이 무너져도 신경을 쓰지 않는 괴인. 그는 늘 독수낭랑의 주변에서 졸고 있었지만 괴이하게도 독수낭랑은 그를 거들떠보지도 않았다.

하지만 그렇게 게으른 그는 독수낭랑이 하루에 천 리를 이동해도 그녀의 곁에서 졸고 있었다. 그러한 그를 함부로 건드릴 수 없는 존재임을 인식시켜 준 것은 독수낭랑에게 아들을 잃고 복수를 하기 위해서 달려온 산동의 패자(覇者), 일자무적검(一字無敵劍) 진가기(陣家驥)였다. 그는 길에서 졸고 있는 그를 말발굽으로 짓밟아 버리려고 하다가 그가 이끌고 온 고수 삼십여 명과 함께 그 죄로 그 자리에 뼈를 묻어야 했다.

강호가 발칵 뒤집어졌다.

세상을 더욱 놀라게 한 것은 그런 그들이 같이 다니기 시작했기 때문.

왜 그들이 같이 다니는지, 그 까닭을 알아내기도 전에 그들의 모습은 세상에서 사라졌다. 그렇게 세상을 뒤집어놓은 시기는 불과 4, 5년.

그럼에도 그 이름은 아직 잊혀지지 않았다.

*   *   *

밤 안개가 가득하다.

계곡 전체는 안개로 잔잔히 덮여 반 장 앞을 보기 힘들다.

하지만 조금 더 나아가면 눈앞이 트이기 시작한다.

좌우로 병풍처럼 솟아오른 산세가 눈에 선연하며, 어디선가 물소리도 은은히 들린다. 여기저기 기암괴석이 울퉁불퉁한 가운데 그 계곡 깊은 곳에는 한 채의 작은 모옥(茅屋)이 존재했다.

대충 나무로 만든 그 모옥은 방이 두어 칸 정도 되어 보였다.

암반에 자리한 그 모옥은 정남향으로 그 높은 절벽을 등지고서도 해가 떠오르면 바로 햇살 속에 파묻힐 수 있는 묘한 지형에 위치하고 있었다.

안개를 헤치고 그 모옥에 가장 먼저 도달한 것은 바로 오불관언 종무연. 그는 한효월을 옆구리에 끼고서 바람처럼 모옥의 앞에 나타났다.

그 뒤를 이어 날수독심 송옥교가 날아들었다.

그녀는 나타나자마자 황급히, 정말 급한 일이라도 있는 듯이 모옥의 안으로 뛰쳐 들어갔다. 태도는 급하지만 모옥 안으로 들어가는 움직임은 극히 조심스러워서 마치 누가 깰까 두려워하는 모습이었다.

오불관언 종무연은 그녀의 뒤를 따라 안으로 들어갔다.

"하아는?"

천하의 오불관언이 걱정스러운 어조로 입을 뗀다.

모옥의 안은 통나무 탁자 하나가 자리한 작은 규모의 대청이다. 그리고 방 하나가 자리했다. 그게 전부 다였다.

날수독심 송옥교는 그 방에 들어가 있었고, 오불관언이 한효월을 내려놓지도 않고 고개를 들이민 것도 바로 그 방 안이었다.

나무로 만들어진 방에는 굳게 닫힌 창이 하나 있었다.

그리고 한쪽 구석에 역시 나무로 만들어진 침상.

그 위에는 누군가가 이불을 덮은 채로 누워 있다.

"괜찮군……."

침상 위의 사람을 살펴본 날수독심 송옥교가 안도의 한숨을 내쉬었다. 그런 그녀의 얼굴에는 자상한 빛이 가득했다. 지금의 그녀를 보고 누가 날수독심이란 단어를 떠올릴 수 있으랴.

"무슨 짓이냐?"

활염라 조과가 인상을 험악하게 긁었다.

헐레벌떡 당도하여 문 안으로 들어서려는 그에게 오불관언 종무연이 들고 있던 한효월을 냅다 안겼던 것이다.

"가서 이놈이나 살려. 넌 네가 뭘 해야 하는지도 모르냐?"

"너……."

"하아는 괜찮아. 하지만 이놈이 죽으면 어떻게 되지? 얼핏 봐도 이놈은 웬만하면 살아날 가망성이 별로 없는 거 같은데?"

오불관언의 말에 혼수상태에 빠진 한효월을 힐끗 바라본 활염라의 얼굴이 일그러졌다.

그럴 수밖에 없는 것이 정말 기식이 엄엄했던 것이다.

치명상을 입고 물속에서 얼마나 있었는지 알 수 없었다.

그게 문제였다. 장시간 급류를 타고 흐르면서 여기저기 부딪힌 상처가 원래의 상처보다 더 심했다. 살이 찢어져서 뼈가 드러난 곳까지 있었다. 이러고 살아 있다는 게 기적이고 더더구나 스스로 정신을 차렸었다는 게 믿기지 않는 게 너무도 당연한 일이었다.

"빌어처먹을 놈……."

활염라 조과는 눈이 찢어져라고 오불관언 종무연을 쏘아보고는 한효월을 낚아채서 옆방으로 들어갔다.

이제 보니 목판 옆으로 작은 문이 또 하나 있었다.

안으로 들어선 활염라의 안색은 언제 그랬냐는 듯이 심각히 굳어졌다.

그는 한효월을 조심스럽게 안아 방구석에 마련된 침상에 뉘였다. 침상이 붙어 있는 이 방은 좁았지만 약 향(藥香)이 그윽했다. 그리고 보니 사방에 각종 약천지였다.

"지독하군……."

정식으로 한효월을 살펴본 활염라 조과가 중얼거렸다.

정말로 상처가 너무 심했던 것이다.

"대체 누가 이 나이에 이런 성취를 이룬 놈을 키워낸……!"

한효월의 맥을 짚고 인상을 쓰고 있던 활염라 조과의 얼굴이 괴이하게 변했다.

"이건 또 뭐냐?"

황당한 빛으로 뜨악해 입을 벌린 그는 믿기지 않는 듯 다시금 한효월의 맥을 짚었다. 새로 맥을 짚는 그의 안색은 정말 침중했다.

창백한 얼굴.

파리한 안색에 몇 가닥 흘러내린 머리카락이 그나마 그녀가 여인임을 말한다.

잠든 듯 눈을 감은 얼굴에는 혈색이라고는 찾아보기 힘들었다. 이마에 흐른 몇 방울의 땀이 그녀가 살아 있음을 말할 뿐. 긴 속눈썹 아래 자리한 두 눈은 뜨기조차 힘든 듯 굳게 닫혀 있기만 하다. 하지만 말라 조금 솟아오른 광대뼈로 인해 더욱 핼쑥해 보이는 그녀의 얼굴은 건강했었다면 참으로 미인이라 불리웠을 모습이 분명하였다.

그런 그녀의 흘러내린 머리카락을 날수독심 송옥교는 길게 한숨을 쉬면서 자상스럽게 쓸어 넘기고 있었다.

그녀를 내려다보는 그녀의 얼굴에는 안타까운 빛이 가득했다.

"어떻게 하든 너만은 살려주마. 너만은…… 절대로……."

날수독심 송옥교는 뼈만 남은 그녀의 가냘픈 손을 잡아 자신의 얼굴에 대고서 눈을 감았다. 뜨거운 눈물이 용솟음쳐 그녀의 눈에서 볼을 타고 아래로 흘러내렸다.

누구도 그녀의 이런 모습을 믿지 못하리라.

'망할…….'

그 광경을 지켜보던 오불관언 종무연은 머리를 흔들었다.

그리고 그의 신형은 그 자리에서 사라졌다.

시간이 흘렀다.

날이 밝고 다시 날이 어두워졌다.

서산 너머로 찬란한 햇살이 구름 속에서 천천히 붉은 잔영(殘影)을 남기며 가라앉고 있었다. 신기하게도 그렇게 맑은 날임에도 계곡에 고인 안개는 사라지지 않았다. 바람이 불어도 그저 고요하게 계곡을 덮고 있을 따름이다.

"후우……."

활염라 조괴는 긴 한숨과 더불어 허리를 폈다.

허리가 끊어지는 것 같았다. 하긴 제아무리 내가의 고수라 할지라도 밤을 샌 것도 모자라 다음날 저녁때까지 병자를 돌봤으니 무리도 아니었다.

"어떻게 되었냐?"

문득 그의 뒤에서 묻는 소리가 들렸다.

"옆에서 제 아비가 죽어 나가도 신경 안 쓸 놈이 건 왜 물어?"

나타난 것이 오불관언 종무연임을 아는 활염라 조괴는 쳐다보지도 않고 내뱉듯 말했다.

그의 눈앞 침상에는 한효월이 잠자듯 누워 있었고, 거의 벌거벗은 그의 전신은 무엇인지 알 수 없는 검은 약물로 덮여 있었다. 그나마 고슴도치처럼 전신에 꽂혀 있던 금침을 지금 막 뽑아낸 참이라 한참 모양새가 나은 셈이었다.

"살아나긴 한 거냐?"

활염라가 사납게 오불관언을 노려보았다.

"똥물에 튀겨 죽일 놈 같으니…… 내가 손을 댔는데……."

"흐흐…… 그놈의 손은 산 사람도 죽이는데, 죽어가는 사람이야 콧김만 스쳐도 살아남을 수가 없으니 하는 말이다."

말하던 오불관언 종무연은 갑자기 미간을 찡그리더니 그 자리에서 바람처럼 사라졌다.

"촐싹거리긴……."

중얼거린 활염라 조괴는 문득 한효월을 내려다보면서 중얼거렸다.

"이 나이에 어떻게 그런 성취를 이루었는가 했더니…… 역시 미인 박명이라 재주가 승하면 하늘의 시기를 받는 모양이로군. 겨우 살리긴 했다만, 어차피 그건 임시변통에 불과하니……."

활염라는 머리를 설레설레 흔들었다.

한효월은 깊은 잠에 빠진 듯했다.

고른 숨소리를 내는 걸 보면 그의 말대로 위험한 고비는 넘긴 듯했다. 과연 활염라의 의술은 대단한 것이 분명하였다. 그는 왜 그런 의술을 가지고서도 살아 있는 염라가 되었던 것일까.

방금 모옥에서 떠나온 오불관언 종무연은 질풍과 같이 곡구에 도달했다. 그 놀라운 신법을 보고 누가 그의 게으른 모습을 상상이라도 할 수 있을까.

곡구는 여전히 짙은 안개로 휘감겨 있었다.

하지만 그 안개에는 뭔가 모르게 변동이 있는 듯 보였다.

그 안개 속을 헤치고 기척도 없이 앞으로 나간 오불관언 종무연은 곡구 밖을 내다보고는 안색이 달라졌다.

"무슨 소리야? 어떤 놈들이 진을 파괴할 수가 있어?"

활염라 조괴는 놀라 눈을 부릅떴다.

"나도 모르겠다. 하지만 지나다가 들어오려는 놈들이 아닌 건 분명하다. 어쩌면 저놈을 쫓아서 온 건지도 모르겠다."

오불관언 종무연은 굳은 얼굴로 말했다.

"운무금쇄미종진(雲霧禁鎖迷綜陣)은 상고기진인데…… 그걸 파해하는 놈들이 있단 말인가?"

활염라 조과가 신음했다.

원래 이 골짜기의 안개는 처음부터 있었던 것이 아니었다.

그들은 병든 소녀의 병구완을 위해 이곳에 머물렀고, 그것을 위해 진세를 설치하면서부터 일어나 골짜기가 안개로 뒤덮인 것이었다.

운무금쇄미종진세의 위력은 놀라워서 누구도 그 안개를 뚫고 계곡 안으로 들어올 수가 없었다. 걷다가 보면 다시 골짜기 밖으로 나가게 되어 있기 때문이다. 단순한 환각이 아니라, 아예 골짜기로 들어오는 통로가 진세로 인해 막혀 버려 생기는 일이다. 그런데, 그런 진세를 깨뜨리면서 누군가가 안으로 진입하려고 하고 있다는 것이다.

"어떻게 하면 좋지?"

오불관언 종무연이 물었다.

"이런, 그렇다고 여기 들어와서 이러고 있으면 어떻게 하나? 당장 나가서 놈들을 막든지 들어오지 못하게 해야 할 게 아니냐!"

활염라 조과가 열을 받는지 얼굴이 벌게져서 소리쳤다.

"그렇긴 하다만 우리가 여기 있는 게 알려져서 만약 싸움이라도 나면……."

오불관언 종무연이 그들의 뒤에 있는 병든 소녀를 건너다보았다.

"그렇다고 해서 여기 있을 수는 없잖아요! 어서 가서……."

날수독심 송옥교의 말은 더 이상 이어지지 못했다.

"반오행(反五行)을 정(正)의 위치로…… 대신, 건곤(乾坤)을 상(傷)과 두문(杜門)으로 옮기세요……."

나직한 음성이 그들의 뒤에서 들려왔기 때문이다.

병든 소녀.

혼수상태에 빠져 있던 그녀가 눈을 뜨고 그들을 바라보고 있었다.

그녀의 눈동자는 병든 사람, 아니, 방금까지 혼수상태로 잠들어 있었던 사람이라고는 생각할 수 없도록 참으로 맑고 투명하였다.

"하아(霞兒), 정신이 드느냐?"

날수독심 송옥교는 반색을 했다.

소녀는 창백하다 못해 푸른빛이 도는 미간을 가볍게 찡그리며 말했다.

"어서 가세요…… 나타난 사람이 진세를 뚫고 들어오고 있다면 그는…… 전문가일 테니 금방 진세가 파훼될런지도 몰라요……."

"아, 알았다!"

일진 바람이 일면서 오불관언 종무연의 모습이 그 자리에서 사라졌다.

"모모(姥姥)…… 날 좀 일으켜 주세요."

"그래."

송옥교가 그녀를 부축하여 일으켰다.

침의를 입은 그녀의 몸은 검불과 같이 가냘프고 가벼웠다.

"바깥을…… 곡구(谷口)를 볼 수 있게 해주세요."

"바깥? 안 된다. 찬 바람을 쐬면 자칫……."

그러자 그녀는 머리를 기며 파리한 미소를 머금었다.

"누가 들어올지 모르지만…… 운무금쇄미종진을 아는 사람이라면 보통 사람이 아니에요. 그가 우리에게 좋은 뜻을 가지고 있지 않다면…… 전 찬 바람만 쐬게 되지는 않을 거예요."

한 점 기운도 찾아볼 수 없는 음성이다.

하지만 그녀의 눈과 음성은 맑고 청랑(晴朗)했다. 거의 종일, 어떨

때는 며칠씩 혼수상태에서 지내는 사람이라고는 믿기 힘들 정도였다.

그녀의 말에 송옥교는 어쩌면 좋겠냐는 듯 활염라 조과를 바라보았다. 그가 고개를 끄덕이자, 어쩔 수 없이 그녀를 부축하여 창밖을 볼 수 있도록 해주었다.

그 진세는 그녀, 서문운하(西門雲霞)가 알려주어 설치한 것으로 그들 세 사람은 겨우 출입할 수 있는 방법을 알고 있었을 뿐이었기 때문이다.

안개가 가득한 곡구.

그 절곡의 하늘 저쪽으로는 노을이 붉게 타올라 곡을 물들이고 있다.

가히 절경이었다.

서하곡(棲霞谷)이라 그녀가 이름 붙인 이 계곡에 온 것은 이미 반년이나 되었지만, 그녀가 눈을 뜨고 이 노을을 제대로 본 것은 몇 번 되지 않았다. 이 근래에 들어서 그녀가 혼수상태에 빠지는 일이 점점 더 잦아졌고, 그 기간도 더욱 길어졌기에.

홀린 듯 그 광경을 보고 있던 소녀.

서문운하는 암암리에 길게 한숨을 내쉬었다.

저 노을이 지듯이 나도 곧 지겠지…….

과연 다음에 눈을 뜨고서 저 노을을 볼 수 있을까?

꿈 많을 나이.

땅바닥에 구르는 낙엽만 봐도 웃음을 터뜨린다는 나이를 병으로 지샌 그녀의 가슴은 또래와는 비교할 수 없이 깊었다. 그래서 자신이 한숨을 내쉬면 그 소리에 송옥교의 가슴이 무너질 것을 알고 그나마 암중으로 삭이고 마는 것이다.

문득 서늘한 바람 한줄기가 불어와 그녀의 머리카락을 흔든다.

선뜻한 느낌에 그녀는 정신을 차렸다.

"괜찮으냐?"

그녀의 가냘픈 몸에 가는 떨림이 임을 보고 송옥교가 걱정스러운 듯 이불을 덮어주면서 물었다.

정신을 차린 서문운하는 가벼이 머리를 끄덕이면서 시선을 들어 안개가 가득한 곡구를 바라보았다. 전과는 달리 안개가 가볍게 계속해서 일렁이고 있는 모습이 눈에 들어오고 있었다.

그 광경을 살펴보는 그녀의 눈빛이 무거워졌다.

"누군지 대단한 사람이 온 것 같군요……."

"무슨 소리냐?"

그녀의 중얼거림에 송옥교가 물었다.

"종 할아버지로서는 온 사람을 막을 수가 없겠어요. 제가 가야 해요."

그녀의 말에 송옥교가 입을 딱 벌렸다.

"말도 안 된다! 넌 지금……."

"내가 종 할아버지에게 알려 보낸 것은 방향을 틀어 상대의 이목을 혼란시키려는 것이었어요. 하아…… 하, 하지만 밖에 있는 사람은 거기에 속지 않고 있어요. 이대로 간다면…… 반 시진 내에 진세는 무너지게 될 거예요. 더 지체할 수 없어요."

그녀가 가쁜 숨을 토하며 고개를 흔들었다.

안개의 출렁거림이 조금씩 더 커지고 있었다.

누가 봐도 그녀의 말이 사실임을 알 수 있을 정도였다.

"……."

어쩌면 좋겠느냐는 듯 송옥교는 다시 활염라 조과를 돌아보았다.

그녀를 움직임에 있어 그의 결정이 모든 걸 우선하기 때문이다. 그녀를 치료하는 사람이 그이기에.

"안 된다. 어떤 놈이 들어오려는지 모르지만, 감히 이곳으로 함부로 들어오는 놈들은 사그리 아작을 내버릴 테니 넌 걱정하지 말거라."

활염라가 옆으로 다가오면서 창문을 닫으려고 했다.

"그들이 누군지 모르지만 싸우는 건 옳지 못해요."

그의 손을 잡으며 서문운하가 말했다.

그녀의 찬 손에 활염라 조과는 쓰게 웃었다.

이 병든 소녀는 그야말로 천사와 같았다. 개미 한 마리 죽이지 못하는 걸 너무도 잘 아는 그인지라 그녀의 앞에서는 흉악한 내색을 할 수가 없다.

"알았다. 그럼 이 할아비가 가서 놈들을 멀리 쫓아버리고 오마. 망할! 그러게 놈을 왜 데려와서 쓸데없이……."

그의 뒷말은 혼잣말로 중얼거린다는 것이 부지간에 입 밖으로 흘러나왔다.

"누굴…… 데려왔다는 거예요?"

서문운하가 큰 눈으로 그를 보면서 물었다.

그 말에 활염라 조과는 아차, 하는 표정이었지만 이미 늦었다. 그들의 보배인 이 병든 소녀는 비할 바 없이 총명하여 결코 속일 수가 없음을 그가 너무도 잘 알기 때문이다.

"그건……."

그때였다.

"심상치 않아!"

다급한 음성과 함께 일진 미풍이 일더니 오불관언 종무연이 다시 나타났다.

"놈들이 진세 안으로 들어오고 있다. 밖에서 쥐새끼처럼 생긴 유생한 놈이 지휘를 하고 있는데…… 이미 십여 명이 진세 안으로 들어왔다!"

그가 다급히 말을 잇자, 서문운하의 안색이 달라졌다.

"그렇게나 빨리? 제가 말한 대로 진세를 바꾸었나요?"

그녀의 말에 오불관언 종무연의 얼굴이 어색하게 일그러졌다.

"반오행은 정오행으로 바꾸었는데, 건곤 전이(轉移)를 미처 하지 못했다. 그놈이 밖에서 수를 쓰자 진세에 변화가 일어나서……."

"이런 육시랄 놈 같으니! 그것도 하나 못해?"

활염라 조과가 분통을 터뜨렸다.

"모모, 절 일으켜 주세요. 제가 가야 해요."

서문운하가 침상을 짚으며 몸을 일으켰다. 그리고 이불을 젖히며 침상 아래로 내려서려고 했다.

하지만 그 순간, 그녀는 나직한 신음과 그대로 쓰러지고 말았다.

"하아아!"

송옥교가 놀라서 그녀를 부축했다.

그녀의 얼굴은 백지장처럼 창백했다.

"저, 전 괜찮아요. 그보다 저를 어서……."

"안 된다! 넌 지금 움직일 수 없다. 우리가 너를 보호할 테니 넌 걱정 말고 여기 누워 있거라. 하아를 부탁하오."

활염라 조과가 굳은 표정으로 송옥교를 보았다.

그녀가 고개를 끄덕이는 순간, 옆에서 낮은 음성이 들려왔다.

"반오행을 정오행으로 바꾸고, 건곤전이(乾坤轉移)하여 두전성이(斗轉星移)하려 함은 운무금쇄미종진의 문호(門戶)를 폐쇄하려는 것이오?"

놀라 소리가 들려온 곳을 보니 옆방 문틀을 잡고 한 사람이 위태한 모습으로 기대어 있음이 눈에 들어온다.

거의 벗은 몸에 전신에는 검은 고약을 발라 기괴한 몰골.

그에게서 눈에 띄는 것은 그 와중에도 침착하고 깊게 반짝이는 맑은 두 눈. 바로 한효월이었다.

"너는……?"

그가 나타나자 활염라는 놀라 눈이 휘둥그레졌다.

한효월이 아직 깨어날 때가 아니었던 까닭이다.

…….

한효월과 서문운하의 눈이 서로 마주쳤다.

갑작스레 나타난 그로 인해 놀란 빛이었던 서문운하는 잠시 그의 눈을 마주 보다가 고개를 끄덕였다.

"그래요. 가능하다면……."

"그렇게 되면 사십구 일 간 안쪽에 있는 사람도 밖으로 나가지 못하는 것도 알고 있소?"

한효월이 물었다.

"알아요."

서문운하가 고개를 끄덕였다.

"……."

"……?"

세 노인은 눈을 멀뚱거리고 서로를 쳐다보고 있을 따름이었다.

난데없이 튀어나온 저놈이 말하는 소리를 좀 들어보라.

둘이 뭐라고 하긴 하는데, 이건 도무지 알아들을 수는 있지만 이해가 되질 않는 말이 아닌가.

"그럼 좋소."

"너 지금 무슨 소리를⋯⋯!"

한효월이 고개를 끄덕이자 어이가 없는 듯 입을 열던 오불관언 종무연은 그 말을 끝맺지 못했다.

"같이 가주시겠습니까?"

한효월이 그의 말을 자르는 것도 모자라 말과 함께 이미 앞으로 나섰기 때문이다.

비틀거리는 신형.

하지만 그는 이미 그들에게 등을 보인 채로 앞서 가고 있었다.

"⋯⋯?"

어쩌면 좋겠냐는 듯 오불관언 종무연이 활염라 조과를 쳐다보았다.

"보긴 뭘 보냐? 다른 방법이 없는데!"

말과 함께 활염라 조과가 바람같이 그 자리를 박차며 곡구 쪽으로 날아갔다.

그것과 함께 오불관언의 모습도 사라졌다.

한효월과 함께였다.

창문을 통해서 그들이 이미 곡구 쪽으로 날아가고 있는 모습이 눈에 들어온다. 오불관언의 신법은 과연 대단하여 한효월을 안고 감에도 활염라와 거의 동시에 곡구 안개 속으로 사라지고 있었다.

"⋯⋯."

그 모습을 서문운하는 묘한 눈길로 바라보고 있었다.

곡구에 이른 한효월은 주위를 살펴보다가 미간을 찡그렸다.

일대에 포성된 것은 정말 상고기진인 운무금쇄미종진이었다.

하지만 몇 가지를 살펴보자, 진세가 완벽하게 설치되지 않은 것을 알아볼 수가 있었다. 이러니 그처럼 쉽게 진세가 파탄을 드러내었을 터이다. 운무금쇄미종진은 팔괘구궁수를 따라 제대로 설치가 되어 있었다면 제아무리 대단한 전문가라 할지라도 설치한 사람을 제외하면 함부로 드나들 수가 없었다. 아예 길이 바뀌기 때문이다.

"알아보긴 하겠느냐?"

오불관언 종무연이 말했다.

그 순간, 한효월은 한 사람의 녹삼문사(綠衫文士)가 유생건(儒生巾)을 쓴 채로 천천히 안개 속으로 진입해 들어오고 있음을 볼 수 있었다. 손에 섭선 한 자루를 든 그는 대한 두 명의 호위를 받으며 침착한 걸음걸이로 전진하고 있는 중이었다.

거리는 7, 8장가량에 불과했다.

만약 진세의 묘용이 아니라면 그들은 이미 그 녹삼문사의 일행에게 발각이 되었을 터였다.

"……!"

한효월은 그에게 머리를 흔들어 보이면서 입에다 손을 댔다. 말을 하지 말라는 뜻이다.

그리고 허리를 굽혀 주먹만한 돌멩이 다섯 개를 집어 들었다.

잠시 숨을 가다듬은 그가 그 돌을 원형으로 늘어놓자, 갑자기 그들의 주위에서 짙은 안개가 일어나기 시작했다.

그 광경에 오불관언은 놀라 입을 딱 벌렸다.

'이놈 뭘 알긴 아는 놈인가 본데?'

그때 한효월이 앞에 있던 커다란 바위를 밀어내는 것을 보자 활염라가 바람처럼 달려들어 그를 도왔다. 그는 누구보다 한효월의 상태를 잘 알아서 그가 지금 힘을 쓸 처지가 아님을 알고 있는 것이다.

높이가 1장이나 되는 바위를 석 자가량 옮겨놓자 한효월은 거기에 기대 가쁜 숨을 내쉬며 옆에 있던 바위 두 개를 손가락질했다.

'옮기란 거냐?'

오불관언 종무연이 전음으로 물었다.

안개가 가득한 진세를 헤치고 나가던 녹삼문사는 미간을 찡그렸다.

갑자기 눈앞을 막고 선 거대한 절벽을 봤기 때문이다.

얼마나 높은지 하늘을 가릴 듯했다.

하긴 안개로 인해서 시야가 가려 있으니 그 높이를 제대로 알아내는 것은 불가능하기도 하였다.

"이게 뭐야?"

그는 어이가 없다는 듯 중얼거렸다.

절벽이 아니라, 이제부터 안개가 걷히고 진세가 끝이 나야 했다.

그런데 까마득히 하늘을 찌르는 절벽이라니?

잠시 주위를 살펴보던 그의 얼굴에 냉소가 떠올랐다.

"이런 장난으로 내 눈을 속일 작정이란 건가?"

한심하다는 듯 웃음을 떠올린 그는 잠시 주위를 둘러보면서 뭔가 생각하는 듯하더니 비틀거리는 걸음으로 옆으로 몇 걸음을 옮겼다.

안개가 조금 사라지면서 시야가 맑아졌다.

그럼, 그렇지…… 하는 표정으로 그는 조금도 망설임없이 눈앞에 보이는 바위를 향해 걸음을 옮겨놓았다. 마치 바위에 머리를 찧으려고 덤비는 듯한 무모한 모습이었지만 진세의 변화를 이미 읽어낸 그로서는 전혀 무모한 일이 아니었다.

펔!

눈앞에 불똥이 튀었다.

"윽!"

나직한 신음과 함께 그 녹삼문사가 뒤로 물러났다.

그의 앞에는 정말 거대한 바위가 앞을 가로막고 있었다. 아니, 그냥 바위가 아니라 절벽이었다. 자신있게 앞으로 전진하던 그는 그 바위에다가 그냥 이마를 부딪치고 말았던 것이다. 만에 하나, 그가 진기를 유포시킨 채 조심스럽게 앞으로 전진한 것이 아니었다면 이마가 터지고 말았을 터였다.

좌우에서 그를 호위하고 있는 두 명의 대한은 그 광경을 보고 경악의 빛을 떠올렸다. 그들이 모시고 있는 사람의 능력을 생각한다면 있을 수 없는 일이었기 때문이다.

"말도 안 돼……."

통증에 녹삼문사가 이마를 움켜쥔 채로 신음했다.

그는 일그러진 얼굴로 눈앞의 절벽으로 손을 내밀었다.

딱딱한 감촉.

정말 바위였다.

환상이 아니었다.

그를 속일 수 있는 환상은 없었다.

손을 내민 그는 천천히 바위를 더듬었다.

아무래도 눈앞의 광경이 믿을 수가 없는 듯했다.

이대로라면 진세가 끝이 났다는 의미고, 진세의 안에 이런 절벽만 있다는 것은 믿기 힘든 일인 까닭이다.

바로 그 순간이다.

진 바깥에서 다급한 호각 소리가 급박하게 들려왔다.

그 소리에 녹삼문사는 잠시 망설이는 듯하다가 한차례 발을 구르곤 진을 빠져나가기 시작했다.

'놈이 밖으로 기어나간다.'

바위 뒤 안개에 숨어서 그의 모습을 바라보고 있던 오불관언 종무연이 전음지술로 한효월에게 알렸다.

바위 뒤에 기대어 숨을 죽이고 있던 한효월은 이를 악문 채 앞에 있던 바위를 손가락질했다.

그러자 그 옆에 있던 활염라 종무연이 높이가 3장에 이르는 거대한 바위를 번쩍 들어서 옆으로 옮겨놓았다. 한효월의 지시에 따라 오불관언 종무연도 신형을 날려 다른 바위 하나를 굴려 반 장쯤 옮겼다.

그것을 보자 한효월은 길게 한숨을 쉬더니 마치 무너지듯이 그 자리에 주저앉았다.

"넌……?"

오불관언 종무연이 바람처럼 그의 곁으로 날아왔다.

"괜찮습니다. 이제 돌아가도 됩니다."

한효월은 말과 함께 힘겹게 눈을 내리감았다.

그럴 수밖에 없었다.

진세의 축을 바꾸는 마지막 작업을 하려는 순간에 그 바위 건너에는 그 녹삼문사가 서 있었다. 그가 본 절벽은 바로 그 바위였기에. 조금이라도 이상한 기척을 낸다면 바로 진세를 깨뜨릴 수 있는 상황. 숨조차 크게 쉬지 못했다.

두 노인의 무공이 놀라워 한바탕 싸울 수야 있겠지만 그건 그들이 여기 있음을 광고하는 일에 다름이 아닌 것이다.

"무슨 일이냐?"

진세의 밖으로 나온 녹삼문사가 물었다.

"일단의 무리들이 저지를 뚫고 안으로 진입하고 있습니다."

녹삼문사가 미간을 찡그렸다.

"어떤 자들이기에 막지 못하고 긴급 신호를 발한단 말이냐?"

그 순간, 숲 저쪽에서 싸우는 소리가 은은히 들려오는 것 같더니 이내 처절한 비명 소리가 석양을 뒤흔들면서 터져 나왔다. 그리고 격렬하게 싸우는 소리가 뒤를 잇더니 그 소리가 급격하게 가까워졌다.

흑의인 하나가 급하게 그의 앞으로 날아들었다.

"나타난 것은 개방의 고수들입니다."

그 보고에 녹삼문사는 어이없는 빛을 떠올렸다.

"한낱 개방에 이렇게 밀린단 말이냐?"

"으하하…… 한낱 개방에 밀리는 주제에 큰소리란 말이냐?"

천둥치는 듯한 웃음소리가 그 말에 대꾸라도 하듯이 들려왔다.

그리고 장대한 체구의 대한 하나가 장내에 나타났다.

흑의인들이 일제히 검을 떨치며 그를 향해 공격을 개시했다.

"흥! 반딧불이 명월과 밝음을 다투려 한단 말인가?"

대한은 코웃음을 치면서 수중의 몽둥이를 휘둘렀다. 그가 몽둥이를 휘두르자 마치 폭풍과 같은 기세가 몽둥이에서 일어나면서 달려드는 흑의인들을 휘감아갔다.

쟁! 쨍~ 쨍그렁~!

날카로운 금속성이 고막을 찌르면서 몽둥이가 흑의인들의 도검을 쳐냈고 도검은 몽둥이의 기세에 밀려서 서로 부딪치면서 튕겨졌다. 그의 앞에 있던 흑의인은 피를 뿌리면서 그 자리에 거꾸러졌다.

뿐만 아니라, 그 대한의 좌우에서 십여 명의 거지들이 바람처럼 나타나면서 흐트러진 그들을 공격했다.

"으악……."

비명이 꼬리를 물었다.

일시에 앞을 막고 있던 전열이 흐트러졌다.

그 틈을 놓치지 않고 대한은 질풍과 같이 녹삼문사를 향해서 쏘아왔다.

그런 그를 향해서 소리도 없이 차가운 검광이 그 대한을 향해 양쪽에서 날아들었다. 녹삼문사의 좌우에서 그를 호위하던 흑의인 둘이 발검(拔劍)하여 그 대한을 공격한 것이다.

검광이 나는 수레바퀴처럼 빙글빙글 돌면서 그 대한을 공격했다.

검기가 삼엄하게 일어남을 보자 8척 장신의 그 대한도 감히 경시할 수가 없었다.

그는 고함을 치면서 몽둥이를 연신 휘둘러 태풍과도 같은 경기를 일으켜 두 흑의인의 검기를 쳐내려 했다.

뚱! 뚜다당!

검기와 그의 몽둥이라기보다는 곤(棍)에 가까운 길다란 몽둥이가 격돌하여 폭음을 토해냈다.

흑의인 두 사람의 검술은 놀라워 그의 힘에 조금도 밀리지 않았다.

하지만 막 앞으로 나서려던 대한은 갑자기 나직한 신음과 함께 급급히 뒤로 후퇴했다.

그 광경을 보면서 녹삼문사는 차갑게 말했다.

"개방에 용호십팔개가 있고, 그중 곤룡곤(困龍棍)이란 우두머리가 있어서 일절(一絶)이라 하더니 바로 너를 두고 이르는 말인 모양이군……."

대한은 이를 악물고서 그를 노려보았다.

"비겁한 놈…… 암습을 하다니……."

"핫하…… 싸움터에서 군자연(君子然)하려 하다니, 그리고도 아직 살아 있는 것이 용하군."

대한의 말에 녹삼문사는 껄껄 웃으며 한 걸음을 나섰다.

그러자 그의 신형은 이미 2장의 거리를 찰나간에 가로질러 대한, 바로 용호십팔개의 대형인 곤룡권의 앞으로 들이닥치고 있었다.

바로 그때였다.

"물러서거라. 그는 제천교의 북벌후(北伐侯)로서 네가 맞설 수 있는 상대가 아니다."

맑은 음성이 장내로 날아들었다.

그 음성에 대한은 물러섰고, 녹삼문사 또한 걸음을 멈추었다. 멈추고 싶어 멈춘 것이 아니라, 들려온 음성에 강력한 내공이 깃들어 그를 공격했기에 놀라 신형을 멈춘 것이다.

한 사람이 몇 사람 거지의 호위를 받으며 모습을 드러내고 있었다.

"개방주?"

그를 본 녹삼문사가 신음하듯 중얼거렸다.

나타난 사람은 과연 개방의 방주인 황엽이었다.

그는 그림자처럼 그를 따르며 호위하는 수신구룡의 호위를 받으며 천천히 장내로 들어서고 있었다.

황혼이 짙다 못해서 이제 검어지고 있다.

곧 산속의 밤이 찾아오리라.

황엽은 장내를 한번 쓸어보고는 미미하게 웃었다.

"수하가 귀하에게 무례했다면 용서하시오. 본 방주가 그들을 잘못 가르쳐 귀하에게 암습을 하지 않았으니…… 그러나 오늘 일을 교훈 삼아서 쥐새끼들에게는 굳이 강호상의 도의를 찾지 말도록 가르치도록 하겠소. 죄송하오. 정말 죄송하오!"

황엽은 정말 미안한 듯 두 손까지 맞잡아 포권을 해 보였다.

그 모습에 녹삼문사, 제천교의 북벌후인 그의 얼굴은 일그러졌다. 말투는 점잖았지만 실제로 그의 말은 지독한 욕에 다름이 아니었다. 게다가 그가 이미 자신의 신분을 알고 있음은 결코 간단한 일일 수 없었다.

하나 그는 과연 보통 사람이 아니라서 이내 음산히 웃을 수 있었다.

"개방의 방주 황엽이 보통 사람이 아니라고 하더니, 오늘 보니 과연 철구신공(鐵口神功:입만 살았다는 뜻임)은 개세의 절학이라 감히 함부로 맞설 수 없을 것 같군……."

그는 이내 차가운 음성으로 말을 이었다.

"개방은 사사건건 본 교의 일에 간섭을 하는데, 그러고도 개방이 무사할 것 같소?"

그 말에 황엽은 빙긋이 웃었다.

"제천교는 강호상의 모든 일에 사사건건 간섭을 하는데, 그러고도 강호동도의 분노에서 무사할 수 있을 거라고 생각하는가?"

"흥!"

북벌후의 안색이 음침히 가라앉았다.

"과연 개방의 방주에게 어떤 능력이 있기에 그처럼 광오한지, 오늘 본후가 견식하여 봐야겠군."

말은 그렇게 한다.

하지만 그는 움직이지 않은 채 황엽을 노려보고만 있었다.

그를 따르는 흑의인들의 숫자는 모두 서른쯤이었다.

하지만 개방의 방주를 따르는 숫자는 그보다 훨씬 많아서 근 50을 헤아린다. 단순히 숫자만을 따져도 상대보다 나은 것이 없었다. 게다가 그들은 용호십팔개와 방주의 수신구룡 등 모두 개방의 최정예들이다.

필승을 장담하기 힘든 상황이었다.

그런 그를 보면서 황엽은 평정한 음성으로 말했다.

"조금 전, 연리각(連理角)이 울리는 걸 들었지. 하지만 여기에 후원군이 왔을 때, 살아남은 자를 과연 이 자리에서 볼 수 있을까."

그의 말에 북벌후의 얼굴이 굳어졌다.

"본 교에 대해서 아는 게 많군."

황엽이 껄껄 웃었다.

"적을 알지 못하면 이기기 힘들다는 건 삼척동자도 다 아는 일. 핫하하…… 제천교의 오방후 중, 북벌후가 가장 교활하여 다루기 힘들다고 하더니 오늘 보니 그렇지도 않은 것 같군."

말을 하면서도 그의 눈은 주위를 살피고 있었다.

그는 그날 이후, 계속 제천교의 동태를 감시하면서 그들을 추적하고 있었다. 그것은 실종된 한효월을 찾기 위해서였다. 그렇게 제천교의 종적을 따라 여기까지 이른 그인지라, 혹시 한효월의 흔적을 이들이 발견했는가 하여 주위를 살피는 것이다.

눈앞에 안개에 덮인 계곡이 보였다.

하지만 그런 모든 것을 살피는 것은 눈앞의 적을 없앤 다음이라야 제대로 수행할 수 있는 일일 터이다.

더구나, 이곳에서 오래 시간을 끌면 적의 원군이 도달할 것이었다.

연리각이라고 하는 것은 제천교에서 서로 연락하여 원군을 청하는 신호다. 그 신호가 발출되면 근처에서 그 신호를 들은 자는 무조건 신호가 발출된 곳으로 달려가야 했다. 그 신호는 수뇌부가 아니면 발출할 수 없는 것인 까닭이다.

황엽은 이곳으로 오면서 그 신호를 들었다.

적의 원군이 당도하기 전에 북벌후를 처리해야 했다.

만약 그를 잡을 수만 있다면 정말 큰 성과를 올린 셈이 된다.

피를 부르는 싸움은 그렇게 시작이 되었다.

第五首

구양신침(九陽神針)

―병자를 돌보다
찾지 않아도 인연(因緣)은 이어진다

구양신침(九陽神針)

아침.

황금빛 아침 햇살이 안개를 뚫고 거미줄처럼 쏟아진다.

계곡은 하늘거리는 안개 속에 그 존재를 묻고 있다.

그 계곡 한쪽에 새벽 공기 속에서 자리한 바위 하나.

거기에 한 사람이 단좌(端坐)하여 있음이 보인다.

긴 머리는 뒤로 모아 질끈 묶었다. 손은 단정히 모아 가슴에 세웠는데, 한 손은 하늘을 향하게 하고 다른 한 손은 땅을 누르듯 고요히 아래로 펼쳐져 있었다. 상체는 벗은 상태였다. 그 얼굴의 단아(端雅)한 모습과는 너무도 달리, 보기에도 끔찍한 상처들이 벗은 상체 여기저기를 지렁이와 같이 휘감고 있는데 딱지가 앉아 더욱 참혹했다.

그렇게 그는 아침 안개 속에서 새 아침을 맞으며 고요히 숨을 고르고 있었다.

한효월이었다.

그가 일주일이 지난 지금, 죽음의 손길에서 벗어나 스스로 운기조식에 들어 있는 것이다.

그날, 진세를 고친 그는 그대로 무너져 버렸었다.

바깥이 더 이상 어떻게 되었는지도 알지 못했다.

평소의 그라면 달랐겠지만 지금의 그는 그렇게 움직이는 자체가 자살 행위와 같았다. 하지만 그렇게라도 움직이지 않았다면 또 어떻게 할 것인가? 선택의 여지가 없는 일이었다. 그렇기에 그렇게 억지로 움직였고 호된 후유증에 시달려야 했다.

오죽하면 그를 모옥 안으로 옮긴 활염라가 고개를 저었었을까.

그러나 정작 정신을 차린 그의 회복 속도는 활염라의 고개를 다시 한 번 젓게 하기에 족하였었다.

거의 시체와 다름없었던 그의 몸은 이제 거의 정상이었다.

불과 일주일 사이에.

새벽 안개일까?

아니면 진을 봉쇄한 다음에 일어난 그 안개일까.

언제인가 모르게 한효월의 얼굴 부위에서는 희미한 안개가 감돈다. 그 안개는 점차 묘한 형체를 이루면서 그의 콧구멍으로 넘나들고 있었다. 그리고 어느 순간, 그 안개가 흔적도 없이 사라졌다.

"후우……."

한효월은 길게 한 숨을 내쉬면서 눈을 떴다.

정좌 운공에 든 지 거의 반나절 만이다.

그의 눈은 예전과 같이 투명하고 맑았다.

"정말 대단하군……."

문득 그의 뒤에서 나직한 음성이 들려왔다.

한효월은 누가 말한 것인지 아는 듯 급하지 않게 몸을 일으켜 뒤를 돌아보았다.

활염라가 거기 서 있었다.

이미 온 지 오래된 듯 아침 이슬이 옷자락에 매달릴 지경.

"덕분입니다."

한효월은 그를 향해서 가벼이 고개를 숙였다.

"다른 사람이라면 그 말이 맞겠지. 하지만 너에겐 맞지 않는 말이다. 우리를 만나지 않았다면 너 혼자서라도 천천히 그 상처를 회복할 수 있었겠지. 비록 시일이 더 걸린다 할지라도."

"다른 사람을 만났다면 영원히 깨어나지 못했을 수도 있습니다."

한효월의 대답에 활염라는 말을 돌렸다.

"네 사부가 누구냐?"

그는 물었다.

지난 며칠 간 참으로 묻고 싶었던 물음.

아무리 보고 또 봐도 정말 저런 인재를 길러낼 사람이 누군지 궁금하지 않을 수가 없었던 것이다.

"경월선인이라고 하십니다."

"경월선인?"

활염라가 미간을 굳히며 그 말을 되뇌었다.

들어본 적이 없는 이름이었기에.

"하긴, 허명만 얻은 자들이라면 너와 같은 인물을 길러낼 수 없었겠지. 그래…… 알고 있느냐?"

그가 불쑥 물었다.

"……."

그 말이 무슨 의미인지 음미하는 듯 한효월은 잠시 말을 멈춘 채 활염라 조과의 얼굴을 바라보다가 천천히 고개를 끄덕였다.

"압니다."

"안다고……?"

활염라가 미간을 찡그린 채 묵묵히 되뇌었다.

문득 찬 바람이 그의 얼굴을 쓸며 백발을 날렸다. 안개가 그 바람에 밀려 일렁거린다.

그런 그를 바라보는 한효월의 모습은 미동도 없다.

침착하고 고요하여 도무지 그의 나이답지를 않았다.

"하긴 다른 방도가 없었겠지……."

묘한 눈길로 그를 바라보고 있던 그는 문득 탄식하듯 길게 한숨을 내쉬면서 중얼거렸다.

그리고 그가 막 다시 입을 열려는 순간이다.

"어, 어디 있는 거야? 조 염라! 이 백정, 어디 있어?"

다급한 외침이 들려왔다.

활염라 조과의 안색이 달라져 입을 다물었다.

그리고 그들의 앞에 일진 바람이 일면서 오불관언 종무연의 모습이 다급하게 나타났다.

"무슨 일이냐? 뭐가 그리 호들갑……."

"하아가, 하아가……!"

얼마나 다급한지 종무연은 말을 잇지 못했다.

하지만 더 듣지 않아도 그가 하려는 말이 무슨 뜻인지 활염라는 짐작하고도 남았다. 하루 이틀 겪는 일이 아니었기에.

두말없이 그의 신형이 그 자리에서 황급히 사라졌다.

그리고 그 뒤를 따라 종무연의 신형도 모습을 감추었다.

"……."

그들의 뒷모습을 바라보던 한효월은 가벼운 한숨과 함께 곁에 벗어두었던 헐렁한 장삼을 집어 들었다. 그의 옷은 이미 걸레가 되어 종무연에게서 장삼 한 벌을 빌려 입었는데, 그야말로 볼품이 없었다. 하지만 그런 것에 괘념하는 그가 아닌지라 깨끗이 시내에 빨아 입는 것으로 족했다.

옷을 입는 그의 시선은 안개 속에 자리한 모옥을 향하고 있었다.

모옥은 아연 긴장에 휩싸여 있었다.

서문운하, 그들 세 노인에게 있어서 목숨보다 더 귀한 그녀가 사경을 헤매고 있었기 때문이다.

활염라는 굳은 얼굴로 그녀의 몸 위로 침을 놓고 있었다.

보통 침이 아니었다.

세 치나 되어 보이는 침의 색깔이 은은한 금빛을 띠우고 있는데, 그 침이 활염라의 손에 들리면 찬란한 금광을 뿜어냈다. 속이 비치는 얇은 속옷을 입은 서문운하의 몸에 침이 꽂힐 때마다 그녀의 몸에 잔 떨림이 일어났다.

"어때요?"

송옥교가 침을 놓고서 길게 한숨을 내쉬는 활염라에게 물었다.

그녀의 얼굴에는 초조한 빛이 가득했다.

"침을 놓았으니 한잠 자고 나면 괜찮아질 거요."

"정말 그 침만으로 괜찮아진단 말이냐?"

"내가 허튼 말 한 적 있었더냐?"

믿기지 않는다는 오불관언 종무연의 말에 활염라 조과가 가볍게 냉소를 쳤다. 하지만 진기의 소모가 큰 듯 음성에는 힘이 없었다. 그것을 증명이라도 하듯이 그는 모옥 밖으로 나오자 작은 바위에 털썩 주저앉았다.

그리고 머리를 감싸 쥐는 그의 얼굴빛은 납덩이처럼 굳어 있었다.

"방금 쓴 것이 혹 원양석(元陽石)을 갈아 만든 구양신침(九陽神針)입니까?"

그의 뒤에서 낮은 음성이 들려왔다.

놀란 빛으로 활염라 조과가 뒤를 돌아보자 한효월이 서 있었다.

"네가 구양신침까지 안단 말이냐?"

"지극순음지체로서 지금까지 살아온 것은 기적일 겁니다. 선배의 힘이 아니었다면 불가능했겠지요. 하지만 구양신침으로 원양(元陽)을 일으켜 체내의 음기를 누르는 것은 마지막 방법…… 얼마나 더 견딜 수 있습니까?"

대답 대신 되묻는 한효월의 말에 활염라는 놀라 입을 벌렸다.

"넌…… 정말 아는구나!"

"진세가 풀리려면 49일이 지나야 하니 아직도 40일은 족히 있어야 합니다. 그때까지 버틸 수 있습니까?"

한효월이 다시 물었다.

"최선을 다한다면, 하지만……."

활염라 조과의 음성이 흐려졌다.

최선을 다한다면…….

최선을 다하지 않을 리 없다.

그 이야기는 상황이 정말 어렵다는 의미.

언제라도 잘못될 수 있다는 것과 같은 말이었다.

지극순음지체라고 하는 것은 원래 축복받은 몸을 일컫는다.

여자는 태어나면서부터 음(陰)의 성질을 가지고 태어난다.

하지만 아무리 여자라도 사람인 이상, 순수한 음의 성질만을 가질 수는 없다. 만약 그런 사람이 있다면 그 자체를 견딜 수가 없게 될 것이기 때문이다. 음양이 조화(調和)를 이루지 않고서는 사람이 살아갈 수가 없다. 남녀가 만나고 거기서 새 생명이 태어남은 단순히 생리적인 의미가 아니다. 음양의 조화에 의해서 또 다른 세상이 열리는 것이기에.

쉽게 말하면 개체로서는 너무 순수하기보다는 적당히 탁(濁)해야만 사람이 살아갈 수 있다는 의미다. 그런데 지극순음지체는 그렇지가 않다. 전신이 순수한 음의 기운으로 이루어져 있는 것이다.

그렇기 때문에 음을 기반으로 하는 여인의 몸으로는 최상이다.

총명이 과인하고, 신체 구조 또한 여인으로서 갖출 수 있는 모든 조건을 갖춘 천혜(天惠)의 축복을 받게 된다.

그러나 복(福)이 있으면 화(禍)가 있음이 천고의 진리임을 증명이라도 하듯이 이 신체를 지닌 여인은 나이 열일곱을 넘길 수 없다. 천생으로 지닌 그 음기가 나이가 들어감에 따라 점점 더 강해져서 결국 전신이 싸늘히 식어버리고 말게 되는 것이다.

서문운하가 바로 그 지극순음지체였다.

더구나 그녀는 그 몸을 가지고서도 이미 열일곱을 넘긴 지 이태나 되었다. 그것은 활염라라는 절세신의가 곁에 있지 않았다면 가능하지 않은 일이었다. 하지만 그의 그런 의술을 가지고도 그녀를 고칠 수는 없었다. 그리고 그나마 이젠 그것도 한계에 도달한 상태였다.

"미인요를 잡아와야만 하겠군요……."
한효월이 중얼거렸다.
"하지만 진이 폐쇄되어 나갈 수가 없지 않으냐?"
"길이 있겠지요."
한효월은 말과 함께 신형을 돌렸다.
그가 도달한 곳은 지난번 그들이 같이 진세를 변형시켰던 그곳이었다. 한효월은 그의 뒤를 졸래졸래 따라온 활염라를 쳐다보지 않고서 말했다.
"저 바위를 치울 수 있으면 이 진세의 봉쇄된 문호를 열 수가 있습니다."
"저 바위만 치우면 된다고?"
어이없는 듯 활염라가 말했다.
"그렇습니다."
"저 까짓 게 뭐가 어렵다고……."
말끝을 흐린 활염라는 대뜸 그 바위를 향해 달려들었다.
무리가 아닌 것이 그 바위는 지난번에 그가 번쩍 들어서 가져다 놓은 것이니 다시 옮기는 것은 일도 아니었던 것이다.
하지만 얼굴이 시뻘게지도록 용을 써도 바위는 꿈쩍도 하지 않았다. 얼마나 힘을 쓰는지 이마에서 굵은 땀방울이 뚝뚝 떨어지고 허연 김이 무럭무럭 그의 머리 위로 피어 올랐다.
"이, 이럴 수가?!"

활염라는 죽을힘을 다해도 바위가 꿈적도 하지 않자 마침내 기진맥진하여 그 자리에 털썩 주저앉고 말았다.

"너 지금 뭐 하는 게냐?"

그때서야 거기 당도한 오불관언 종무연이 참지 못하고 물었다.

"대체 이게 어떻게 된 거냐?"

활염라는 대답 대신 한효월을 바라보면서 갈라진 음성으로 물었다.

"그곳은 이 진세의 축입니다. 봉쇄되어서 누구도 움직일 수가 없는 금성철벽으로 변해 버렸지요. 밖에서도 안에서도 출입이 불가능하니, 보통의 힘으로는 어림도 없는 게 당연한 일입니다."

"난 믿지 못하겠다!"

자존심이 상한 듯 활염라 조과는 벌떡 일어났다. 동시에 그는 고함을 지르면서 바위를 향해서 일장을 쳐냈다. 가히 보는 사람을 놀라게 할 만한 일장이었다.

하지만 펑! 소리와 함께 신음과 함께 물러난 것은 바로 그였다.

"으윽……!"

그는 팔목을 움켜쥔 채로 얼굴을 일그러뜨렸다.

철벽을 친 듯했던 것이다. 힘없는 노인이 철벽을 쳤을 때 그런 고통을 느낄 것인가.

손목이 부서지는 것만 같았다.

"어, 어떻게 이럴 수가?"

활염라 조과가 믿을 수 없다는 듯 신음했다.

그가 믿을 수 없는 것도 당연했다.

그의 무공은 이미 노화순청의 경지에 달해서 일장으로 바위를 쪼개는 것은 일도 아니었다. 그는 수십 년 전부터 모종의 일로 세상을 등졌었다. 하지만 무공은 더욱 깊어져 지난날과 비교하기 힘들 정도였던 것이다.

"쯧쯧…… 저리 비켜봐. 그까짓 걸……."

지켜보고 있던 종무연이 달려들었다.

하지만 결과는 마찬가지.

"뭐 이런 게 다 있지?"

종무연은 혀를 내두르다가 눈이 커졌다.

그 앞에 한효월이 우뚝 서 있는데, 눈을 감고 있었던 것이다. 뿐만 아니라 바람이 별로 없음에도 그 옷자락이 절로 펄럭이고 주위의 안개들이 어떤 힘에 휘말려 이리저리 흩어지고 있었다.

"뭐, 뭘 하려는 거냐?"

그가 물었지만 한효월은 눈을 감은 채 아무런 말도 하지 않았다.

다만, 그에게서 일어나는 기세가 점점 강해져서 이젠 정말 거의 몸에서 폭풍이 불어 나오는 것만 같았다. 그 옆에 서 있는 종무연의 머리카락은 물론이고 옷자락까지 펄럭거릴 정도였다.

그때, 한효월이 눈을 떴다.

그의 눈에서 강렬한 신광이 쏟아져 나왔다.

그는 놀란 표정으로 자신의 바라보는 활염라 조과를 보며 손을 내밀었다.

"구양신침을 빌려주시겠습니까?"

어림도 없는 소리였다.

구양신침은 활염라가 자신의 목숨보다 아끼는 물건이었다.

구양신침의 양화지력(陽和之力)은 쓰는 사람의 능력에 따라 만년온옥(萬年溫玉)보다 더한 효력을 보일 수도 있고, 암기로 쓴다면 그 자체로 호신강기까지 녹여 버릴 가공할 힘을 보일 수도 있는 무가(武家)의 무가지보(無價之寶)이자 의가(醫家)의 무가지보일 수 있는 물건이었던 것이다.

그러나 뜻밖에도 활염라는 조금도 망설이지 않고 한효월에게 구양신침이 든 침통을 꺼내 건네주었다.

침통 속에는 모두 아홉 개의 구양신침이 들어 있었다.

한효월은 신광이 흘러나오는 눈빛으로 그 구양신침을 잠시 들여다보더니 암중에 길게 심호흡을 했다.

그리곤 구양신침 하나를 든 그가 잠시 그것을 들고 운기하자 금빛이던 구양신침은 점점 붉어져 나중에는 아예 핏빛처럼 붉어져 열기를 뿜어냈다. 그리고 한효월은 그 침을 그대로 자신의 가슴에다 박았다.

그것은 찔렀다가 아니라 정말 박았다는 말이 정확했다.

세 치 길이의 구양신침은 거의 침 머리가 보이지 않게 한효월의 가슴꽉 신봉(神封)을 파고들었다. 왼쪽 가슴 신봉혈에 구양신침을 박아넣은 한효월은 전신을 부르르 떨더니 다시 한 개의 구양신침을 들었다. 잠시 시간이 지나자 구양신침은 다시 피처럼 붉게 변했고, 이번에는 그의 오른쪽 가슴에 박혀들었다.

그리곤 세 번째 구양신침이 그의 거궐혈(巨闕穴)에 박히자, 그의 얼굴에 변화가 일기 시작했다.

침과 마찬가지로 붉게 변하기 시작했던 것이다.

네 번째 침이 그의 아랫배 기해(氣海)에 파고들자, 그의 얼굴은 붉다 못해서 홍시와 같았다. 누가 슬쩍 건드리기만 하면 그냥 터져 버릴 것만 같았다. 홍광(紅光)이 너무 강렬하여 마치 빛을 내는 붉은 옥을 보는 것 같을 정도였다.

다섯 번째 침을 집어 드는 것을 보자 활염라가 소리쳤다.

"더 이상 무리를 하면 전신이 터져 버릴 거야!"

한효월은 그의 말을 듣지 못한 듯 다섯 번째의 침을 자신의 천부(天府)에다 놓았다. 천부란 어깨 근육 조금 아래 팔뚝에 있는 혈도를 이른다.

여섯 번째 침도 오른쪽 어깨의 천부에 들어갔다.

놀랍게도 한효월의 전신은 이제 이글거리는 붉은빛으로 가득했다.

그런 상태에서 한효월은 활염라를 쳐다보았다.

활염라의 귓전에 그의 말이 들려왔다.

'명문혈에 침을 놓아주십시오.'

활염라의 얼굴이 아연실색, 굳어졌다.

그럴 수밖에 없었다. 명문혈이란 등에 있는 인체 내의 가장 중요한 구대사혈(九大死穴) 중 하나인 것이다.

'시간을 놓치면 안 됩니다.'

한효월이 침중하게 소리쳤다.

말이라곤 하지만 실제로는 입을 열지 않았고 전음지술로써 활염라에게 전달이 되었을 따름이다.

그러나 그 말이 무슨 뜻인지 활염라가 모를 리 없다.

한효월의 지금 저 상태는 당연히 정상이 아니었다.

그의 상처는 아직도 완전히 회복된 것이 아니었고, 체내의 중독도 겨우 해독을 한 상태. 제대로 힘을 쓰려면 아직도 보름은 있어야 했다. 전신의 상처도 다 아문 것이 아니다. 힘을 쓸 수 있는 처지가 아닌 것이다.

그런데 저런 현상이 일어나는 것은 그의 무공이 갑자기 대증(大增)

한 것이 아니라, 무리를 해서라도 진세를 뚫고 나가기 위해서 전신의 잠력(潛力)을 불러일으키려고 하기에 생긴 일이었다.

저 상태에서 전신잠력을 쓰면 어떻게 되는지 활염라는 잘 안다.

하지만 일단 잠력을 일으킨 이상, 멈출 수도 없다. 더 위험해지는 것이다.

그는 무거운 표정으로 진력을 일으켰다.

구양신침이 붉게 달아오르기 시작했다. 그리고 그 침은 한효월의 등 뒤 치명적인 사혈이라는 명문혈에 깊숙이 박혀 들어갔다.

그 순간, 한효월의 전신이 폭풍을 만난 조각배처럼 격렬하게 떨렸다.

휙휙―!

그의 옷자락이 찢어질 듯 펄럭이면서 강렬한 기운이 회오리치면서 일어났다. 붉은빛이 그의 전신을 온통 휘감았다. 붉은 폭풍이 그의 몸에서 일어나는 것만 같았다. 머리카락까지 붉어지는 듯 보였다.

"저, 저건 도대체?"

그 괴이한 현상에 오불관언 종무연이 입을 딱 벌렸다.

하지만 그 놀람은 활염라 조과에 비할 바가 아니었다.

"서, 설마? 태양절맥(太陽絕脈)이…… 아니었단 말인가?"

한효월을 쳐다보는 그의 눈은 커지다 못해서 퉁방울처럼 튀어나올 지경이었다.

잠시 숨을 고르듯 한효월은 눈을 감았다가 떴다.

그 눈빛마저 붉은 듯했다.

그의 전신이 붉게 불타오르고 있었다. 마치 용광로 속에서 뛰쳐나온 사람과 같았다.

이어, 그는 나직한 기합과 함께 양손을 앞으로 쳐냈다.

파팡!

그의 손짓에 따라 그 거대한 바위 양쪽에 있던 조금 작은 바위들이 크게 흔들리면서 약간 밀려났다. 그러자 강렬한 폭풍이 안개를 휘몰면서 일어났다. 그 힘이 얼마나 강하던지 활염라마저 그 자리에 서 있기 힘들 정도였다.

그러나 그 순간에 한효월은 이미 그 거대한 바위에 달려들어서 그 바위를 밀어내고 있었다.

쿠쿠쿠…….

그가 바위를 밀어대자 그 좌우의 계곡이 지진을 만난 듯 크게 뒤흔들리기 시작했다. 그리고 눈을 뜨기 힘들게 안개와 폭풍이 일었다. 그 위세는 심히 가공하여 주먹만한 돌멩이가 그 바람에 둥둥 떠 날아다닐 정도였다.

콰쾅!

어느 순간, 맹렬한 폭음이 일면서 갑자기 광풍이 일었다.

"으윽!"

긴장된 표정으로 한효월 쪽을 쳐다보고 있던 종무연은 그 광풍에 휘말려 뒤로 나동그라지고 말았다. 머리에서 불똥이 튀는 것 같았다. 넘어지면서 바위에다 뒷머리를 찧었던 것이다. 그것은 활염라 조과도 마찬가지라 그도 광풍에 휘감겨 뒤로 나가떨어진 상태였다.

그 위세는 실로 대단하여 한동안 아무것도 볼 수가 없었다.

잠시 후, 그 광풍이 자면서 주위에 자욱히 깔렸던 안개가 걷혔다.

그때서야 활염라 등 두 사람은 두 자가량, 바위를 밀어내고서 그 바위에 양손을 짚고 우뚝 선 한효월을 발견할 수 있었다. 옷자락이 갈기 갈기 찢겨져 거의 걸레 몇 조각을 걸친 듯한 모습이었다.

"무, 무슨 일이지?"

그 소동에 놀라 서문운하를 돌보던 송옥교가 달려왔다.

"괘, 괜찮으냐?"

종무연이 물었다.

천천히 한효월이 손을 내렸다.

동시에 그는 그 자리에 털썩, 무릎을 꿇었다.

한효월은 무릎을 꿇은 채 꼼짝도 하지 않았다.

펄럭이던 옷자락도 늘어졌고 그처럼 전신을 불태울 듯 타오르던 붉은 광채도 살 속으로 가라앉았다. 은은한 붉은빛이 잔적(殘迹)처럼 남아 있을 따름이다.

휘몰아친 광풍은 한참 만에야 가라앉았다.

"……?"

오불관언 종무연은 다시 활염라를 쳐다보았다.

대체 어떻게 된 셈인지 궁금했지만 계속해서 활염라가 인상을 긁으며 눈총을 주었기 때문에 입도 열지 못하고 기다렸었다. 그런데 이미 반 시진이나 흘러갔는데도 여전히 변화가 없자 참지 못하고 대답을 재촉한 것이다.

"아직 건드리면 안 돼. 체내의 기혈을 다스리지 못하면 바로 주화입마에 빠진다. 그냥 두고 보는 것밖에 할 일이 없다."

"도대체 이런 일은 보다가……!"

중얼거리던 종무연의 입이 벌어졌다.

한효월의 등, 그 명문혈에 활염라가 찔러 넣었던 그 구양신침이 저절로 밀려 나오고 있는 것을 보았던 것이다.

그리고 밀려 나온 침이 땅에 떨어졌다.

"저거……."

종무연이 또 참지 못하고 중얼거렸다.

땅에 떨어진 구양신침.

일진 광풍이 휩쓸고 지나간 그 땅에 떨어진 구양신침은 회색으로 변해 있었다. 은은한 금광이 번뜩여 밤에도 스스로 빛을 발하던 구양신침이 거무튀튀한 빛깔의 폐물처럼 보였다.

스으…….

소리도 없이 그 구양신침이 활염라의 손으로 빨려들었다.

"영기(靈氣)가 사라졌군……."

격공흡물(隔空吸物)로써 허공을 격하고 구양신침을 빨아들여 묵묵히 그것을 살펴본 활염라가 신음을 흘렸다.

과연이었다.

천지간에 가장 뛰어난 양화지력을 가진 원양석을 갈아 만든 구양신침은 이미 그 기운을 잃고 그저 평범한 침에 지나지 않았다. 그것을 증명하듯 활염라가 가볍게 힘을 주자 그 구양신침은 퍼석! 소리와 함께 그 손 안에서 부서져 버리고 말았다.

그때다.

"어쩔 수가 없었습니다."

침착한 음성이 들려왔다.

이제 이 서하곡에 사는 사람이라면 누구라도 그 음성의 주인공이 누군지 안다. 늘 침착하고 조용한 그 음성의 주인공은 바로 한효월이었다.

그가 몸을 일으키고 있었다.

"괜찮으냐?"

활염라가 물었다.

"불러일으킨 진기의 대부분을 진세를 깨뜨리는 데 썼으니 별무리는 없습니다."

"단순히 그렇지는 않을 텐데……?"

활염라가 미간을 찡그리면서 그를 보았다.

"잠력을 썼으니, 기력이 탈진됨은 당연한 일. 며칠 쉬면서 진기를 보충하면 됩니다."

한효월은 여전히 조용한 음성으로 말했다.

그의 얼굴은 참으로 묘하였다.

안색이 백지장처럼 창백한 가운데 그 피부 밑으로 붉은빛이 은은히 어려 있어, 창백한 것인지 혈색이 도는 것인지 짐작이 가지 않았다. 그의 코에서는 선혈이 흘러내린 흔적이 남아 있고 눈에 띄게 피곤해 보이는 모습이 지금 그의 상태가 어떤 것인지 말해 주고 있을 뿐이었다.

*   *   *

사흘이 지났다.

한효월은 그 시간 동안 탈진했던 몸을 추스르는 데 진력했다.

그가 전개했던 것은 도전음양대법(倒顚陰陽大法)으로써 마도(魔道)의 역천자혈지법(逆天刺穴之法)처럼 전신의 잠력을 일으켜 그 충돌로써 전신의 진기를 일시에 폭증시켜서 평소보다 수 배, 혹은 수십 배의 힘을 내는 방법이다. 그 후유증은 대단하여 심하면 죽을 수도 있고, 자칫 잘못하면 평생을 폐인으로 보낼 수도 있었다.

아무리 구양신침의 도움을 받았다 할지라도 정상이 아닌 상태에서 그렇게 무리를 했으니 괜찮을 리가 없었다.

그나마 다행인 것은 활염라가 곁에 있다는 점이었다.

그는 뛰어난 의술을 지닌 사람이었으므로, 한효월의 상태를 잘 알고 그가 회복할 수 있도록 최선을 다해주었다. 아마도 지난 수십 년 간 사람을 살리기 위해서 손을 쓰는 것은 외부 사람으로서는 한효월이 유일할 터였다.

석양이 드리운다.

은은한 안개가 깔린 서하곡. 바위에 반사된 노을의 붉은빛이 계곡을 아름답게 물들이고 있었다.

한효월은 그 노을을 받으며 편평한 바위에 올라앉아 운기조식에 들어 있었다. 지난 3일 간 그는 요기를 하는 시간을 제외하고는 줄곧 운기조식만 했다.

덕분에 창백했던 얼굴은 혈색을 되찾았다.

석양이 짙어질 때, 운기조식에 들어 있던 한효월은 눈을 떴다.

그의 눈빛은 전과 같이 고요했다.

아니, 고요한 가운데 어딘지 모르게 흔들림이 있어 보였다.

눈을 뜬 그는 묵묵히 자신의 손을 내려다보았다.

펼쳐진 손.

그 손가락을 천천히 움켜잡아 주먹을 만드는 그의 눈빛이 일렁인다.

'약속을 지키기 위해서 죽음을 각오하고 도전음양대법으로 전신의 잠력을 일으켰다. 하지만 뜻밖에도 부작용은 일어나지 않았다. 오히려 일신 공력은 한 단계 진보했다…….'

미미한, 아니, 씁쓸해 보이는 웃음이 그의 얼굴을 스친다.

'나무는 가만히 있고자 하나, 바람이 그냥 두지 않는다고 하더니…… 어쩔 수 없이 무공을 더 수련해야 한다는 것인가?'

주먹을 움켜쥐었던 그는 갑자기 손바닥을 뒤집었다.

다섯 손가락이 차례로 부채살처럼 펴지면서 붉은빛이 번쩍였다.

파파꽉!

4, 5장가량 떨어진 곳에 있던 바위에서 가벼운 음향이 일었다. 그것이 다였다. 더 이상 아무런 일도 일어나지 않았다.

"수인지력(燧人指力)…… 쇠라 할지라도 이 연환수인지력을 견딜 수는 없을 터이다……."

그가 다시 주먹을 움켜쥐면서 나직이 중얼거렸다. 그것은 그가 상처 입기 전까지는 수련한 적이 없는 무공이었다. 아니, 이 서하곡에 들기 전까지는.

그때였다.

한 가닥 바람이 일면서 활염라 조과가 황급하게 나타났다.

"나를 도와줘야겠다!"

"무슨……?"

한효월이 그를 쳐다보자 활염라 조과가 다급히 소리쳤다.

"하아가 위험하다. 구양신침이 없는 지금, 네가 아니면 그 아이의 생명을 연장할 수 있는 사람은 없다!"

"제가 말입니까?"

활염라가 발을 굴렀다.

"이런 빌어먹을! 몰라서 묻는단 말이냐? 네가 구양신침의 영기를 모두 체내로 받아들였기 때문에 구양신침은 이제 폐품에 불과하다. 더구나 네 몸은 그 자체로 이미 태양의 기운을 가지고 있는 상황이라……."

"제가 필요하다면 가보지요."

그의 말이 끝나기 전에 한효월은 몸을 일으켰다.

"빨리!"

활염라 조과의 신형이 번개처럼 사라졌다.

한효월도 그 뒤를 따랐다.

…….

정적만이 그 자리에 남았다.

평소라면 활염라 조과는 한효월의 수인지력을 받은 바위의 형상을 발견했었을런지도 몰랐다. 하지만 마음이 급한 그는 아무것도 보지 못했다. 바위에 남겨진 다섯 개의 지공(指孔)을. 그것은 마치 진흙 위에 새긴 듯 정교하기까지 했다.

*   *   *

"정말 괜찮을까?"

문을 닫고 나온 송옥교는 초조함을 감추지 못하고 말했다.

"……."

활염라 조과는 답하지 않았다.

그저 그가 방금 닫고 나온 그 방문을 굳은 얼굴로 바라보고 있을 따름이었다.

"뭐라고 말을 좀 해봐라, 이 돌팔이야! 네가 아니라, 너도 못하는데, 저 녀석이 정말 하아를 돌볼 수 있단 말이냐?"

곡의 입구를 살피는 것이 임무가 된 오불관언 종무연이 언제 왔는지

다그쳐 물었다. 근래에 보인 그의 태도를 보자면, 과연 그가 세상이 망해도 신경을 쓰지 않는다는 그 사람인지가 의심스러울 정도였다.

"다른 방도가 없으니까."

활염라의 답은 간단했다.

으스름한 어둠이 희미하게 방 안에 내려앉아 있다.

석양의 붉은빛은 창문을 통과하면서 흐려져 벌써 커놓은 등잔빛에 힘을 잃는다.

그 불빛 아래 서문운하는 누워 있었다.

침상에 누운 그녀의 모습은 참혹하였다.

엷은 침의(寢衣)만을 입은 그녀의 온몸은 거의 벌거벗었다고 해도 과언이 아니었다. 하지만 가슴을 뛰게 만드는 여자의 아름다움을 지금의 그녀에게서 찾는다는 것은 불가능했다.

그 오랜 세월의 투병 생활로 인해서 그녀의 온몸은 거의 뼈만 남도록 말라 있었다. 얼굴도 말라 광대뼈가 은은히 튀어나왔다. 아마도 안 아본다면 검불처럼 가벼울 터이다.

그럼에도 그녀가 지닌 아름다움은 여전히 남아 있었다.

얼굴의 윤곽도, 오똑한 콧날도, 창백하다 못해서 푸르른 빛을 띤 입술마저도 그 선의 선명한 아름다움은 사라지지 않았다. 눈을 감았지만 그 긴 속눈썹의 흔들림도 그것을 증명한다. 핏기를 찾아볼 수 없고, 뼈가 드러나 보일 정도로 마르지 않았다면 세상에 보기 드문 절세의 미인임에 분명하였을 터이다.

그 오랜 세월의 고난도 그녀의 타고난 아름다움을 죽여 버리진 못한 것이다. 그러나 이제 그 아름다움은 영원히 스러질 위기에 있었다.

한효월이 이 서하곡에 든 이후, 그녀가 제정신을 가지고 있는 것을 본 것은 거의 없었다.

첫날 그녀를 잠시 본 후부터 그녀는 심각한 상태에 빠졌다.

어쩌다 잠시 정신을 차린 것을 제외한다면 그녀는 오로지 활염라의 의술에 의지하여 겨우겨우 숨결을 이어오고 있을 따름이었다.

그리고 그것도 이제 한계에 달해 있었다.

거의 숨결이 느껴지지 않았고, 가슴의 기복도 보이지 않는다.

잠시 그녀를 내려다보고 있던 한효월은 긴 숨을 내쉬고는 손을 내밀어 그녀의 맥을 짚어보았다.

맥놀이가 보통 사람과 전혀 달랐다.

마치 얼음 덩이를 쥔 듯하여 아무것도 느낄 수가 없었다.

한순간이라도 그냥 넘어갈 수 없도록 위독한 상태였다.

한효월은 깊게 숨을 들이키고는 손을 내밀어 그녀의 가슴에다 댔다.

치익…….

기이한 음향이 그의 손과 그녀의 가슴 사이에서 일었다.

그의 손이 붉게 달아오르기 시작했다.

마치 붉은 무지개와 같은 기운이 그의 손에 어렸다.

조금 시간이 지나자 기묘한 현상이 일어나기 시작했다.

은은히 푸른빛까지 드러나 있던 서문운하의 전신, 거기에 변화가 일어나기 시작한 것이다. 그 처음은 당연히 한효월이 손을 댄 가슴팍에서부터였다. 흡사 봄을 만난 대지와 같이 그녀의 굳어 있던 몸이 서서히 한효월의 손바닥이 있는 가슴팍에서부터 풀리기 시작하였다.

그처럼 창백하던 얼굴에도 핏기가 돌아왔다.

대신 한효월의 얼굴에는 붉은빛이 어린 가운데 굵은 땀방울이 맺히더니 시간이 지남에 따라 뚝뚝 떨어져 내렸다.

그렇게 그녀의 몸에 일단 생기를 심어준 한효월은 잠시 망설이는 듯 하더니 그녀의 침의 아래로 손을 넣어 그녀의 단전에다 댔다.

그곳은 아직 얼음과 같았다.

미묘한 느낌이 전해졌지만 그런 것을 신경 쓸 상태가 아니었다.

반 시진가량이 흐르자 방 안은 등잔불 빛 외에는 빛을 찾을 수 없도록 어두워졌다. 칙칙, 하는 마치 단 쇠 젓가락을 물속에 넣는 듯한 괴이한 소리도 이젠 사라졌다. 한효월의 힘겨운 숨소리만 정적을 깨뜨릴 따름.

뚝.

한효월의 땀방울이 흘러내려 서문운하의 이마를 쳤다.

파르르…… 그녀의 눈까풀에 가는 떨림이 일었다.

그녀가 눈을 떴다.

잠시 눈을 깜박이던 그녀는 한효월이 자신의 가슴에 손을 얹고 있음을 깨달았다. 그리고 이내 다른 한 손이 자신의 아랫배, 단전에 닿아 있는 것을 느끼고 눈빛이 흔들렸다.

무슨 영문인지 알지 못하기 때문이다.

하지만 총명한 그녀는 한효월의 얼굴에서 연신 굵은 땀방울이 흘러내리고 있음을 보자 이내 상황을 짐작할 수 있었다.

그때, 한효월이 눈을 떴다.

두 사람의 눈이 그렇게 서로 마주치게 되었다.

사람이 아프면 정신적으로 피폐(疲弊)해진다.

그러면 몸도 마음도 찌들어 무너지게 된다. 그것이 하루 이틀이 아닌 수 년이라면 어떤 사람이라고 해도 견딜 수 없는 법이다.

하지만 서문운하는 달랐다.

그녀의 눈은 맑았다. 그리고 깊고 고요했다. 다만 그 눈 깊은 곳에 고통의 빛이 있을 따름이다.

하긴 그것이 정상일 터이다.

지금 그녀가 겪고 있는 고통은 보통 사람이 상상할 수 있는 정도가 아니었다. 더구나 하루 이틀이 아닌 바에야 어찌 고통의 빛조차 나타나지 않을 수 있으랴.

정신을 차린 그녀는 한효월의 얼굴을 지척에서 마주하자 잠시 당황하는 빛이었다. 더구나 자신의 가슴에 손을 댄 것을 느끼게 되자 더욱 그러했다.

"무례를 용서하시오. 치료를 위해서 어쩔 수 없이……."

한효월은 나직이 말했다.

"……."

서문운하는 입을 열지 않았다.

그저 조용히 눈을 감았을 뿐이다.

한효월은 그리고도 얼마 동안 운기를 계속하여 강한 열기로 그녀의 전신을 덮고 있는 한기(寒氣)를 몰아냈다.

처음 얼마 동안은 눈을 감고 있던 그녀는 몸이 녹기 시작하자 자신도 모르게 잠이 들어버리고 말았다. 한효월의 이마에서 흐른 땀방울이 얼굴 위로 계속 떨어지는 것도 알지 못하고…….

얼마나 시간이 더 지났을까.

마침내 한효월은 길게 숨을 내쉬면서 손을 거두었다.

그의 손이 닿아 있던 가슴팍, 봉긋한 그녀의 가슴을 덮은 침의는 그녀가 흘린 땀으로 젖어 그 젖가슴의 굴곡을 남김없이 드러내고 있었다.

오랜 투병으로 이십 대의 그 풍만함을 가지지는 못했지만 그래도 굴곡은 뚜렷했다. 게다가 도발하듯 곤두선 유실(乳實)의 선명함은 엷은 침의를 뚫고 튀어나올 듯하였다.

한효월은 나직이 한숨 쉬곤 이불을 끌어 올려 그녀의 가슴을 덮어 주었다. 그리곤 조용히 그녀의 손을 잡고는 맥을 짚었다. 잠시 그녀의 맥을 살피던 한효월은 길게 숨을 쉬고 그녀의 팔을 내려놓았다.

그가 침상을 떠나 문을 닫고 사라지자, 잠들었던 것으로 보였던 서문운하가 눈을 떴다. 한효월이 나간 방문을 바라보는 그녀의 눈은 여전히 깊고 맑았지만 묘한 흔들림을 보여주고 있었다.

'설마…….'

그녀는 어떤 생각을 떠올리곤 곤혹스러운 표정을 지었다.

하지만 그 생각은 오래가지 못했다.

그녀는 깊은 잠에 빠져들고 말았던 것이다. 그녀의 병세는 총명절세한 그녀의 모든 것을 무력케 만들기에 족하였다.

"어, 어떻게 되었느냐?"

한효월이 나오는 것을 보고 송옥교가 다급히 물었다.

"잠이 들었습니다. 상태가 좋지 않아 잠시 쉰 다음에, 추궁과혈(追宮過穴)을 한 번 더 하고 내일 날이 밝기 전에 한 번 더 한다면 잠시 동안은 별일이 없을 것 같습니다."

한효월의 말에 송옥교는 뒤도 돌아보지 않고 방 안으로 쫓아 들어갔다.

그녀가 사라지자 활염라 조과가 물었다.

"넌, 괜찮겠느냐?"

"괜찮습니다. 미인요를 잡는 것은 모레 만월이 되면 가도록 하지요."

말과 함께 한효월은 모옥을 벗어났다.

다시 밖으로 나온 그는 자리를 잡고 운기조식에 들어갔다.

그녀를 위해 쓴 힘은 막대하여, 다시 추궁과혈을 하기 위해서는 진기의 보충이 절실했다. 한효월은 품 안을 더듬다가 쓴웃음을 지었다. 하산할 때 가지고 왔던 단약들은 모두 이번 겁난에 잃어버렸다. 그런데도 부지간에 그것을 찾는 것이다.

운기조식에 들었던 한효월이 깨어난 것은 밤이 깊어서였다.

그의 앞에는 활염라 조과가 우뚝 서서 그를 보고 있었다.

"괜찮겠나? 연달아 진기를 과도하게 소모하면 탈진할 수도 있다."

"그런다고 죽지는 않을 겁니다. 하지만 서문 소저는 제가 나서지 않으면 죽을 겁니다."

말과 함께 한효월은 몸을 일으켰다.

저 앞, 어둠 속에 모옥이 그를 기다리고 있었다.

*   *   *

새벽이 밝아오고 있었다.

한효월은 본신의 진기를 일으켜 그녀의 전신에서 일어나는 한기를 몰아내고자 힘썼다. 지극순음지체에서 일어나는 한기는 참으로 순수한 선천(先天)의 음기(陰氣)였다. 그런 만큼 단순히 공력으로 누른다고 될 일도 아니었다. 외부에서 침입한 기운은 몰아내면 끝이지만 이것은 끊임없이 내부에서, 서문운하의 몸 자체가 생성해 내고 있는 것이라 몰아내도 몰아내도 끝을 보기 힘들었다.

지난밤에 다시 한 번 추궁과혈하여 한기를 눌렀지만 이 새벽에 보니 다시 그녀의 전신은 하얗게 변하다시피 되어 있었다. 한기가 심해서 서리가 한 겹 서린 듯 그렇게 그녀의 전신이 다시금 얼음 덩어리처럼 변해 있었던 것이다.

물론 처음보단 나았지만 실제로는 낫다고 할 수도 없는 상태였다.

그녀의 맥을 짚어본 한효월의 얼굴은 절로 굳어졌다.

예상과는 달랐기 때문이다.

그의 예상대로라면 지금쯤 그녀의 체내에서 생성되는 한기는 일단 그녀의 체내로 숨어들어야 했다. 그러나 전혀 그렇지 않았던 것이다. 이런 식이라면 끊임없이 진기를 주입하여 한기를 눌러야 한다.

"순양과혈지법(純陽過穴之法)이 효과가 없단 말인가?"

그의 입에서 신음 같은 중얼거림이 흘러나왔다.

"이미 늦었기 때문입니다……."

미약한 음성이 그 말에 답하듯 들려왔다.

놀라 보니 서문운하가 눈을 뜨고서 그를 보고 있었다.

"소저……?"

한효월의 놀란 얼굴에 그녀는 쓴웃음을 머금었다.

하긴 얼굴도 몰랐던 외간 남자에게 거의 벗은 듯한 침의 차림으로 몸을 내맡기고 있으니 처녀인 그녀가 어떻게 표정을 지어야 할 것인가. 어색하고 참담할 따름일 터이다. 하지만 그녀는 과연 평범하지 않아 비록 한효월에게 몸을 맡기고 누워 있어도 그 태도는 의연했다.

"저 때문에 너무 고생을 하시니 죄송하기 이를 데 없군요."

그녀의 말에 한효월은 가벼이 머리를 흔들었다.

"별말씀을, 그런데 아까 그 말은……."

한효월은 일부러 말머리를 돌렸다.

이런 마당에 말을 잘못하면 공연히 어색해지거니와, 또 다른 소리를 하고 있을 만큼 한가한 상황도 아니었다.

"제 몸은 이미 한계를 넘어갔습니다. 조 숙부와 다른 분들이 아니었다면 지금까지 살아남지 못했겠지요. 어떤 방법도 잠시 유예 조치일 뿐, 치료를 할 수는 없습니다. 이미 체내의 음기가 자생자행(自生自行)하고 있습니다."

그녀는 그 말을 하고는 힘든 듯 가쁜 숨을 토해냈다.

"제가 미인요를 구해올 동안만 참으시면 됩니다."

한효월의 말에 서문운하는 미미하게 웃을 뿐 답하지 않았다. 힘겨운 듯 눈을 감았던 그녀는 문득 다시 눈을 뜨면서 물었다.

"혹시 혈행보사지법(血行補瀉之法)을 아십니까?"

"조금 압니다."

"그럼 지금 족궐음간경(足厥陰肝經)에서 음기를 빼내실[瀉] 수 있겠습니까?"

그녀의 말에 한효월은 미간을 찡그렸다.

"족궐음간경은 다혈소기(多血少氣)한 혈맥인데, 거기서 음기를 빼버리면 기가 사라져 전신에 퍼진 음기를 몰아낼 방법이 없어질 겁니다."

미미한 웃음이 서문운하의 얼굴에 스쳐 갔다.

"대신 공자의 원양진력(元陽眞力)을 넣어주시면 됩니다. 그럼 제가 사흘 정도는 버틸 수 있을 겁니다. 문제는 그럴 수가 있는지……."

그녀의 말에 한효월은 굳은 표정이 되었다.

그 말에 일리가 있음을 알았기 때문이다.

그럴 수 있느냐는 말도 의미가 있었다. 그녀의 혈맥에 깃든 음기를 뽑아내고 자신의 원양진력을 집어넣는다는 것은 말은 쉽다. 그러나 실제로는 절고한 공력이 뒷받침되지 않는다면 어림도 없는 일이기 때문이다. 하지만 만약 성공한다면 그의 원양진력이 그녀의 체내를 돌면서 음기를 해소하면서 시간을 벌 수 있을 것이다.

해볼 만한 가치가 있었다.

"며칠 전이라면 몰라도 지금이라면 해볼 만합니다."

한효월은 말과 함께 그녀의 다리를 향해 손을 뻗었다.

여인의 다리는 남자에게 있어 특별한 의미가 있다.

미끈하게 뻗어 내린 다리를 보면 가슴이 뛰게 된다. 아무렇지도 않다면 남자가 아니라고 해도 과언이 아니었다. 잘록한 종아리에서 굴곡이 생기는 장단지를 지나 허벅지로 가게 되는 그 선은 그렇듯 의미가 특별하다.

하지만 지금 한효월의 눈 아래 드러난 서문운하의 다리는 그렇지 않았다. 제대로 걷지 못한 지 몇 년에다, 끝없이 시달리는 고통으로 인해 장작개비처럼 말라 뼈에 가죽을 씌운 듯한 다리를 보고 어떻게 가슴이 뛰랴.

그의 시선을 느낀 서문운하는 눈을 감았다.

중국에서 여인의 발은 정조대와도 같은 의미를 지닌다. 그것은 전족(纏足)이 보편화되면서 더욱 심해졌었다.

서문운하는 비록 전족을 하진 않았지만 발이 큰 것은 아니었다. 그렇다고 할지라도 그 발을 외간 남자에게 드러내고, 이제 그 다리까지 그에게 맡기고 있는 것은 그녀에게 있어 간단한 일만은 아니었다.

그렇기에 그녀는 눈을 감고 입술을 깨무는 것이다.

족궐음간경은 발가락의 대돈(大敦)에서 시작하여 복부의 위쪽 기문(期門)에서 끝이 난다. 모두 14개의 혈도로 구성되며 양쪽이라 28개의 혈이 있는 셈이다. 경맥의 성질은 을목(乙木)이라 음에 가깝다. 다혈소기하여 피의 양을 조절하는 기능을 한다. 오행(五行)으로 보자면 이제부터 한효월이 만져야 할 둘째 발가락에 자리한 행간(行間)이 화(火)에 속하며 무릎 옆의 곡천(曲泉)이 수(水)에 속하여 족궐음간경의 보혈(補穴)이다.

잠시 숨을 들이킨 한효월은 그녀의 이불을 들추고 침의를 걷어 올렸다.

종아리가 드러나고 허벅지가 드러났다.

뜻밖에도 침의를 걷어 올리자 그녀의 다리는 아직 탄력을 가지고서 그의 눈 속으로 뛰쳐 들어왔다.

뿌연 빛이 등잔 불빛 아래 차게 빛난다.

가슴이 뛰고 할 상황이 아니었고, 한효월 또한 그렇게 범속한 사람이 아니었다. 그는 그녀의 발가락을 움켜잡았다.

사람의 몸속 경맥에는 유주(流注)라고 하는 것이 있다.

정해진 시간에는 기와 혈이 그 경맥으로 흐른다는 것이다. 6자 5치의 이 족궐음간경은 축시(丑時:새벽1~3시)에 기혈이 지나게 된다.

흡자결을 운용하자 행간혈을 통해서 한효월의 체내로 그녀의 음기가 빨려 들어오기 시작했다.

원래 자침(刺針)이라 하여 침이나 뜸으로 보(補)와 사(瀉)를 행해야 하지만 지금은 강력한 힘으로 그녀의 기를 통제할 필요가 있는 데다가 그런 힘을 가졌던 구양신침을 한효월이 못쓰게 만들어 버려서 그가 직접 진기를 운용할밖에 다른 방도가 없었다.

그가 기를 빨아들이자, 그 기혈의 움직임으로 같이 흘러가던 혈기(血氣)가 정체되기 시작했다.

혈(血)!

피란 정체될 수 없다. 피가 흐르지 않는다는 것은 곧 죽음을 의미하기에. 한효월은 미리 준비하고 있다가 기가 사라진 그 위쪽 곡천혈을 통해서 자신의 원양진력을 밀어 넣기 시작했다.

단순히 밀어 넣기보다는 스스로의 힘으로 기혈을 움직이는 것이다.

한편으로는 음기를 빼내고, 다른 한편으로는 양기를 불어넣고……한효월의 안색이 얼마 지나지 않아 창백해졌다.

그러나 그 효과를 말하듯 서문운하의 안색은 홍조가 돌기 시작하였다.

한효월의 손이 곡천에서 천천히 족궐음간경의 혈도를 따라 올라오기 시작한다.

음포(陰包), 오리(五里), 음렴(陰廉)을 지나자 한효월의 손길이 조금 주춤해졌다. 음렴혈은 치부의 바로 곁에 위치하기 때문이다. 그냥 스치고 지나갈 수 있는 것은 아니다. 혈도에다 진기를 밀어 넣고 그 진기를 다시 경맥으로 흐르게 해줘야 하므로 쉴 새 없이 미미한 마찰이 일어나야 한다. 내공이 딸리는 사람은 손바닥을 비벼서 열을 낸 다음에 이런 일을 하지만, 그것은 그야말로 한심한 수준의 사람들이 하는 일에 불과하니 논외의 일이다.

…….

서문운하는 참으로 오랜만에 깊은 잠에 빠져들었다.

그녀의 창백한 얼굴에 은은한 홍조가 도는 것을 바라보던 한효월은 문득 그녀가 아름답다는 생각을 했다.

정말 그랬다.

창백했던 얼굴에 핏기가 돌자, 그것만으로도 그녀의 아름다움이 살아나는 것 같았다.

그녀의 잠든 얼굴을 잠시 바라보고 있던 한효월은 비틀거리는 걸음으로 그녀의 곁을 떠났다.

서하유연(棲霞有緣)

—미인요를 잡다
하늘이 정한 운명(運命)이니 누가 막을 것인가

서하유연(棲霞有緣)

삭망(朔望)이라 온통 어둠에 잠겼던 밤하늘은 만월이 떠오르자, 교교(皎皎)하게 세상의 어둠을 내리누르고 있었다.

쿠쿠쿵……

쏴, 쏴아아……!

그처럼 거세게 쏟아져 내려 천둥 같은 물소리를 일으키던 폭포와 급류들도 이젠 제자리를 찾았다. 폭포의 쿵쾅거리는 물소리도 아스라이 들려오고 산속에 자리한 이 깊은 소(沼)는 고요 속에 묻혀 있다.

둥~! 두다당당……

문득 어디선가 묘한 음률이 흐르기 시작한다.

낮고 가늘게 어둠을 타고 번져 가는 음률은 점점 구체화되면서 힘을 가지고 사방으로 퍼져 나갔다.

한 사람이 소가 내려다보이는 바위에 앉아서 칠현금을 타고 있었다.

그의 손가락이 움직일 때마다 바위 아래의 소가 출렁이는 것 같다.

여전히 허름한 장포(長袍).

머리를 대강 뒤에서 질끈 묶은 한효월이다.

그는 그렇게 바위 위에 단정히 앉은 채로 칠현금을 타고 있다.

"대체 저거 뭐 하는 거야?"

그 광경을 숨어서 지켜보고 있던 활염라가 참지 못하고 중얼거렸다.

그럴 수밖에 없었다.

벼르고 별러서, 드디어 미인요를 잡으러 서문운하를 돌봐야 할 송옥
교만 빼고 종무연까지 세 사람이 여기까지 다시 왔다. 그런데 악기를
하나 구해달라던 한효월은 마침 서문운하가 쓰던 칠현금을 가져와서는
하릴없이 달밤에 탄주(彈奏)만 하고 있으니 괴이하지 않을 수가 없는
것이다.

"망할…… 무슨 미친 짓인지 모르겠군! 미인요란 괴물이 제놈 연주
를 들으려고 나오기라도 한다는 건가?"

한참 듣고 있던 활염라는 어이가 없는 듯 다시 중얼거렸다.

그런데 시간이 지남에 따라 잔잔하던 소에서 물결이 이는 게 아닌
가?

쏴, 쏴아아…….

동그라미와 같은 물결이 번져 가던 소에서 뒤이어 파도가 일었다.

그리고는 정말 믿기지 않게도 그날 들었던 그 묘한, 아름다운 노랫
소리와 같은 것이 들리기 시작했다.

당, 다다다당…….

한효월의 손이 칠현금에서 급하게 뛰놀았다.

마치 실 위를 굴러가던 물방울이 튕겨져 사방으로 흩어지는 것만 같

은 느낌. 현음(絃音)이 급하게 일어나면서 한효월이 노래를 부르기 시작하였다. 맑고 힘있는 음성이었다.

여인의 눈에서 눈물이 흐른다.

급하게 달리는 그녀의 눈에서 흐르는 눈물은 바람에 씻겨 흩뿌려지지만, 그녀의 앞에 보이는 것은 안개뿐, 그처럼 바라던 정인(情人)의 모습은 보이지 않는다. 허우적거려도 사방을 둘러보아도 천지간에 남은 것은 오직 나 하나뿐…….

어이하나, 어이하나…….

이제 나는 어이해야 하나…….

그때였다.

어디선가 그녀를 부르는 음성이 들려온다.

그였다.

그가 저 앞에서 그녀를 손짓해 부르고 있었다.

다정한 음성, 다감한 몸짓.

그가 그녀를 부르고 있었다.

쿠쿠쿠쿠…….

물살이 용솟음친다.

아름다운 노랫소리와 같은 그 소리가 물 밖으로 뛰쳐나왔다.

물기둥이 그 서슬에 4, 5장이나 높이 치솟아오른다.

그 거대한 물기둥은 파도를 일으키면서 몸부림치듯이 한효월을 향해서 달려오고 있었다.

한효월은 그 물벼락을 맞으면서도 미동도 없이 금을 타고, 노래를 부르고 있었다.

어서 오라는 듯이.

쿠쿠쿠쿠…….

거대하게 치솟아올랐던 물보라가 잦아들었다.

그리곤 마침내 그 거대한 힘의 정체가 드러났다.

"맙소사! 저게 뭐냐?"

긴장된 표정으로 침을 삼키면서 그 광경을 보고 있던 종무연이 참지 못하고 중얼거렸다.

세상을 덮은 하늘.

그 하늘을 덮은 어둠을 밀어내면서 자리한 만월.

그 휘영(暉映)한 빛 아래, 그 빛을 받으며 나타난 것의 생김은 정말 상상을 초월했다.

쏴, 쏴아악!

거대한 파도가 소용돌이치면서 이는 가운데, 모습을 드러낸 것은 사악하고도 요염한 여자의 얼굴. 아니, 그렇게 보이는 얼굴이었다. 서너 자는 족히 넘어 보이는 긴 머리카락은 물기를 뿌리며 파도 속에서 해초처럼 사방으로 물살을 뿌리며 흩어진다.

그렇게 건들거리는 괴기(怪奇)한 머리는 파도 속에서 우뚝하다.

그 머리를 받치고 있는 것은 칠흑처럼 검디검은 긴 꼬리. 괴이하기 짝이 없게도 몸통은 없이 족히 1장이 넘어 보이는 그 꼬리인 듯한 것이 머리를 인다. 마치 머리만 사람의 형상을 한 거대한 뱀이 물속에서 튀어나온 듯한 모습이다. 하지만 그렇게 보자니 그 괴기한 얼굴 주위에서 흐느적거리는 저 두 개의 손과 같은 물건은 또 무엇이랴.

그 긴 머리의 괴물은 물속에서 솟구쳐 나오자 한효월을 노려보면서 몸을 흔들었다.

촤악촤악—

세찬 물살이 파도로 변해 사방으로 회오리쳐 나간다.

그런 가운데에도 낮고 아름다운 음색의 노랫소리는 그 괴물에게서 끊임없이 흘러나오고 있었다.

"뭐야? 저게 도대체 사람이야? 뱀이야?"

벌린 입을 다물지 못하고 있던 종무연이 신음을 내뱉었다.

다다당! 다당…….

한효월의 손놀림이 급해졌다.

노랫소리가 높아졌다.

그 앞에서 파도를 일으키는 괴물, 미인요의 몸짓도 커졌다. 그리고 그 노랫소리 또한 커졌다.

마치 서로 힘겨루기를 하고 있는 것 같았다.

그러한 미인요의 움직임을 보건대 한효월의 탄주와 노랫소리에 어떤 공제(控制)를 받고 있는 듯했다.

건들거리며 파도를 일으키던 미인요의 노랫소리가 더 커졌다.

휙휙—

돌연 질풍이 일었다.

흙먼지가 하늘을 가릴 듯 피어 오르면서 파도가 4, 5장 높이로 높이 치솟았다. 미인요의 몸체는 그 괴기한 긴 꼬리를 합해도 1장여에 불과했지만 그 힘은 가공할 만했다.

하나 더 놀라운 것은 그 다음에 벌어진 일이다.

스멀스멀 사방에서 풀들이 움직이더니 크고 작은 뱀들이 기어나오기 시작한 것이다. 뱀뿐만 아니었다. 지네도 있고 거미 같은 곤충들까지 그 종류는 참으로 다양했다. 그것들은 한효월이 있는 쪽으로 밀려들기 시작했다.

쉬이잇!

그 순간이다. 더 이상 참지 못하겠는지 한효월의 앞에서 전신을 흔들고 있던 미인요는 파도를 일으키면서 한효월을 덮쳐들었다.

땅!

순간, 한효월의 손가락이 칠현금의 현을 끊었다.

그 소리는 날카로운 비수와 같이 튕겨져 나가서 미인요를 공격했다.

"카악!"

미인요가 움찔했다.

하지만 그뿐, 미인요의 덮쳐드는 속도는 줄지 않았다.

따땅!

다시 현이 하나 끊어졌다.

허공을 가르는 미인요의 전신이 그때마다 꿈틀거렸다.

땅! 따당!!

칠현금의 현이 다시 끊어졌다.

마치 칼날을 튕겨내는 듯한 그것이야말로 고심하기 이를 데 없는 음공(音功)으로써, 현(絃)이 하나 끊어질 때마다 혼(魂)이 흩어지고 백(魄)이 으스러진다는 천지혼돈절(天地混沌絶)인 것이다. 하나씩 현이 끊어질 때마다 그 힘은 가공하게 강력해져 마지막 천지혼돈이 펼쳐지면서 일곱 번째의 현이 끊어지면 무엇도 살아남지 못한다는 전설이 있었다.

그럼에도 미인요는 한효월에게 그대로 달려들었다.

그 좌우에서 자신을 향해 날아드는 활염라 조과와 오불관언 종무연의 모습은 보지도 못한 듯이…….

"키이익!"

괴성과 함께 날아들던 미인요가 돌연 몸부림쳤다.

종무연의 손에서 날아간 그물이 미인요를 덮어버린 것이다.

미인요가 몸부림치자 그 힘은 가공하여 종무연이 전력을 다해서 버팅겨도 견딜 수가 없을 정도였다.

보통의 그물이었다면 찰나간에 찢겨져 버리고 말았을 엄청난 힘이었다. 하지만 그 그물은 미인요를 잡기 위해서 활염라가 특별히 고안하여 오랜 세월을 거쳐 만들어낸 것이다. 설산(雪山)의 빙잠(氷蠶)과 금정(金精)을 실로 뽑아내어 꼬아 만든 것이라 보검이라 할지라도 흠집조차 내기 힘들었다. 그러니 그물이 끊어질 리가 없다.

다만 그 강력한 힘에 종무연이 앞으로 휘청 끌려갈 따름.

종무연의 안색이 돌변하는 순간, 옆에서 세찬 휘파람 소리와 함께 무엇인가가 날아들어 미인요의 목을 휘감았다.

활염라의 낚싯줄이었다.

그 또한 빙잠사를 여러 겹 꼬아 만들어 가늘면서도 날카롭기 이를 데 없어서 마음만 먹는다면 사람의 목이라도 단숨에 잘라 버릴 수가 있었다.

"끼아아악!"

괴기롭기 이를 데 없는 비명이 미인요의 입에서 터져 나왔다.

고막이 터져 나갈 듯 날카로운 비명 소리였다.

그 소리의 위력은 참으로 놀라워서 물기둥이 솟구치고 일대의 공기가 찰나간에 폭장(暴張)했다. 바위가 쩍쩍, 갈라지고 초목이 으스러져 흩어지고 튕겨져 나갔다.

활염라 조과와 종무연의 능력으로도 충격을 받고 비틀거렸다.

바로 그 순간, 한효월의 손가락이 마지막 현을 끊었다.

쾅!

현을 튕기는 게 아니라, 벼락이 치는 소리가 나면서 그처럼 요동하던 미인요가 펄쩍 뛰면서 그대로 나동그라졌다.

그 충격은 활염라나 종무연도 같이 받았고, 그 가공할 위력을 말하듯이 떵떵, 소리와 함께 여기저기서 바위들이 쪼개져 사방으로 굴렀다.

그들을 향해 기어오고 있던 뱀이나 각종 독물들 또한 모조리 배를 드러내고 벌떡 누워 버렸다.

아무것도 살아남지 못했다.

가공할 위력이었다.

그 순간, 한효월이 날아올랐다.

그는 바람처럼 신형을 날려 그물을 쓰고서 바위 위에 쓰러져 꿈틀거리고 있는 미인요를 활염라의 낚싯줄로 칭칭 동여맸다.

"어서!"

한효월이 소리쳤다.

그 말에 정신을 차린 듯 활염라가 황급히 품속에서 금빛이 번쩍이는 소도(小刀) 하나를 꺼내 벼락같이 미인요의 미간을 갈랐다. 그 소도는 비할 바 없이 예리하여 그처럼 단단하다는 그물을 가르고 미인요의 미간까지 한꺼번에 갈라 버렸다.

참혹한 비명이 일면서 갈라진 곳에서 밝은 빛이 폭출되어 나왔다.

미인요의 얼굴은 사람이 깔고 앉는 포단만큼이나 컸다.

활염라는 그 미간으로 손을 집어넣었다.

바로 그 순간, 대접보다 더 큰 광구(光球)가 그 미간에서 폭출되었다.

그리고 그것은 막 그 미간으로 손을 집어넣으려던 활염라의 가슴을 채 피할 사이도 없이 가격해 버렸다.

"으악!"

다급히 손을 거두려 했지만 활염라의 입에서 터져 나온 것은 외마디 비명.

거대한 망치가 후려친 듯 활염라는 가랑잎처럼 날아갔다.

빛줄기처럼 뿜어져 나와 활염라를 한 방에 날려 버린 광구는 미인요의 머리 위에서 빙빙 돌았다.

"요물!"

뜻밖의 일에 일순 아연했던 종무연이 고함치면서 그의 성명절학인 뇌공추(雷公鎚) 권력(拳力)을 발휘하여 미인요를 공격했다.

펑펑!

바위를 모래처럼 부수고 쇠를 깬다는 그 뇌공추가 작열했음에도 미간이 갈라진 미인요는 끄떡도 없었다. 오히려 그 충격으로 정신을 차린 것처럼 그물 속에서 꿈틀거리며 머리를 드는 것이 아닌가.

"쉬이이—잇!"

머리를 드는 미인요의 눈에서 빛이 일었다.

그 사악한 외침에 종무연은 정신이 아득해졌다.

미인요의 외침에는 혼백(魂魄)을 잡아끄는 마력(魔力)이 있었다.

그 노랫소리에 이끌려 용소로 자진하여 빠져든 짐승이 어찌 하나둘일 것인가?

사람들도 예외가 아니었다.

그 노랫소리에 취하게 되면 정신을 잃어버리기 때문이다. 스스로가 죽는 것조차 알지 못하게 만드는 마력은 미인요의 그 감미로운 노랫소리에만 있는 것이 아니었다.

오죽하면 종무연과 같은 고수가 그 외침에 정신이 아득해질까.

종무연이 비틀 하는 순간, 미인요는 이미 한효월의 천지혼돈절에 당한 충격에서 거의 벗어나 머리를 들고 있었다.

미간이 갈라졌음에도 전혀 아무렇지도 않은 듯했다.

찰나, 붉은 광채가 전광과도 같이 머리를 드는 미인요의 그 갈라진 미간에 작열했다.

"꺄아아아—아—!"

구천에 사무치는 참혹한 비명이 터져 나왔다.

치켜들었던 미인요의 머리가 세차게 흔들거리더니 눈에서 빛이 꺼졌다. 그리고 그 머리 위에서 빙빙 돌던 광구에서 빛이 흐려지면서 광구가 아래로 떨어져 내렸다.

그것을 받은 것은 한효월의 손이었다.

그것이야말로 미인요가 수백 년 세월을 살아오면서 형성해 낸 영기의 결정인 내단(內丹)이었다.

그의 발 아래에서 살 타는 냄새가 진동을 했다.

갈라진 미인요의 미간이 불로 짓이겨 놓은 듯 타 들어가 있었다.

그것이야말로 한효월이 펼쳐 낸 수인지력에 의한 결과였다.

수인(燧人)이란 이 세상에 처음으로 불을 선보인 사람을 일컫는다. 삼황(三皇)의 하나로 알려진 그는 부싯돌[燧]로써 불을 일으키는 방법을 세상에 처음 전했다 하였다. 수인이란 바로 그러한 이름이 의미하듯 용암과도 같은 열기를 가지는 무공이다.

한효월이 수인지력을 얻게 된 것은 실로 우연이라 할 수 있었다. 그가 수인지력의 바탕이 되는 강력한 양화지력(陽火之力)을 얻게 된 것은, 전신의 잠력을 불러일으키기 위하여 도전음양대법을 시전하는 과정에서 구양신침의 영기를 모조리 흡수한 것에서 기인했기 때문이다.

"크으으……."

신음과 함께 한효월의 앞으로 활염라가 다가섰다.

창백한 얼굴, 수염에서부터 시작해서 앞섶까지가 토해낸 피로 붉게 얼룩져 있었다. 미인요의 내단에 공격당해 심한 내상을 입은 것이다.

"괜찮으십니까?"

한효월이 그의 형상을 보고 물었다.

"난 괜찮아. 내단은? 내단은 어떻게?"

묻던 그는 한효월이 손에 든 내단을 들어 보이자 전신을 떨었다.

"드, 드디어……!"

그는 격동을 참지 못하고 한효월의 손에 들린 내단을 움켜잡았다.

하지만 그것은 마음뿐, 비틀 하던 그는 다시금 선혈을 토해냈다. 심중에 격동이 일자 다시 내상이 흔들린 것이다. 그의 내상은 엄중했다.

"조심하십시오."

예상보다 그의 내상이 심한 듯하자 한효월이 그를 부축했다.

"이제 목적을 달성했으니 돌아가도록 하시지요. 시간을 지체하면 영기가 줄어들 겁니다."

"그, 그렇게 하세. 종가야, 넌 그놈을 들고 따라오너라."

한효월에게 부축을 받으며 활염라가 말했다.

그 말에 뜨악해진 종무연이 눈을 꿈벅였다.

"저, 저놈을 가져가잔 말이냐? 저 징그러운……."

"뭔 소리냐? 미인요는 천지간에서 다시 구하기 힘든 약재야! 한 점도 버릴 게 없단 말이다!"

활염라가 눈을 부릅떴다.

"도대체 이건……."

죽어 넘어진 미인요를 살펴보던 종무연은 몸서리를 쳤다.

보면 볼수록 괴이한 생김이라 보면서도 도대체 이게 무슨 동물인지 알 수가 없었던 것이다.

사람의 얼굴이라고 생각했던 것은 거대한 등판이었다.

수초처럼 뒤엉킨 것은 분명히 털이었지만 죽어 넘어진 그 형상은 아무리 봐도 여자의 얼굴이라고 보이지 않았다. 그 얼굴 옆으로는 물갈퀴가 달린 발이 두 개가 있었고, 그 아래 꼬리 쪽으로 다시 발이 또 있었다. 늘어진 꼬리는 정말 길어 1장이 넘어 보였다.

"정말 두꺼비란 말인가?"

종무연이 어이가 없어서 눈을 크게 떴다.

"반드시 두꺼비라고 하긴 힘들 겁니다. 이 미인요는 두꺼비와 교룡(蛟龍)의 잡종입니다. 제가 알기로는 삼목섬여(三目蟾蜍)와 지둔룡(地遁龍) 사이에서 태어났다고 하는데 어떻게 되어 노랫소리와 같은 마음(魔音)을 내는지는 아무도 모릅니다."

"세상에 참 별일이 다 많군! 아무리 삼목섬여가 대단한 놈이라고 해도 그렇지 어떻게 두꺼비가 룡과 붙어먹어?"

말을 하던 종무연은 사나운 송옥교의 눈초리에 황급히 입을 막았다.

그들은 미인요와 함께 서하곡으로 돌아와 있었다.

"도, 도저히…… 안 되겠군……."

옥합에 미인요의 내단을 담아 서문운하가 있는 방 안으로 들어갔던 활염라가 일그러진 얼굴로 모습을 나타냈다.

"내상이 심해서 시술을 할 수가 없어."

그가 가슴을 움켜쥔 채로 억지로 말했다. 문틈을 움켜쥔 그의 손이 떨고 있음이 보였다. 미인요의 내단에 당한 상세가 예사롭지가 않은 것이다.

"어, 어떻게 하죠? 시간을 지체하면 안 된다고 했잖아요?"

"미인요의 내단은 다른 것과 달라, 놈의 순음지양은 주인과 연결되어 있지 않으면 얼마 지나지 않아 공기 중에 산화되어 버리고 말게 되오."

활염라의 말에 송옥교의 얼굴이 창백해졌다.

"그럼?"

대답 대신 활염라는 한효월을 쳐다보았다.

"자네가 해주게."

"제가 말입니까?"

한효월이 눈을 크게 떴다.

밤은 아직도 깊다. 방 안에는 약 향(藥香)이 가득하고 등잔 아래는 서문운하가 그린 듯 조용히 누워 있다.

한효월은 난감한 표정으로 침상에 누운 서문운하를 보았다.

겨우 벌어놓은 사흘의 시간은 이제 하루도 남지 않았다.

그가 주입한 순양진기에 의지하여 살아 있기는 하지만 깨어 있는 시간보다는 혼수상태에 들어 있는 순간이 더 많은 그녀였다. 지금도 마찬가지였다. 잘하면 한 번 정도 더 깨어날 수가 있겠지만, 아마도 그 다음에는 다시 깨어날 수 없을 터이다.

잠시 그녀를 내려다보고 있던 한효월은 옥합을 열었다.

거기에는 순음지양이라고 불리는 미인요의 내단이 들어 있었다.

한효월은 그녀의 결후(結喉)를 살짝 눌렀다.

그녀의 입술이 벌어졌다.

한옥(寒玉)으로 만든 옥합에 들어 있던 내단이 한효월이 섭물진기에 의해서 옥합에서 슬쩍 떠올라 그녀의 입속으로 들어갔다.

"이런."

한효월이 난감한 기색을 떠올렸다.

내단이 너무 컸다.

비록 단기(丹炁)가 사라져 크기가 많이 줄었지만 여전히 그녀의 작은 입으로 들어갈 수는 없었다. 그가 진기로 겨우 밀어 넣기는 했지만 결후를 눌러도 넘어가지를 않았던 것이다.

미인요가 살아온 세월은 거의 천 년이나 되었다.

그렇게 오랜 세월 쌓아온 수련으로 만들어진 내단이니 그것이 입속에 들어간다고 해서 간단하게 녹지도 않는다. 원래대로 한다면 법제(法製:약의 성질을 그 쓰는 경우에 따라 알맞게 바꾸기 위하여 정해진 방법대로 가공 처리하는 일을 말한다. 연단(練丹)과는 조금 다른 의미를 가진다)하여 가장 효력을 높게 해야 할 터이다. 그러나 언제 숨이 끊어질지 모르는 중환자를 두고 그럴 시간은 없었다.

잠시 망설이던 한효월은 그녀의 입술에다 자신의 입을 댔다.

진기로서 내단을 녹여 그녀의 입속으로 넘기려는 것이다. 밖에서 내단을 녹여 넘기려 한다면 자칫 공기 중으로 기화하여 사라져 버릴 염려가 있었다.

그만큼 까다로운 영성(靈性)을 가진 것이 바로 그 순음지양이었다.

입술이 맞닿자 마른 입술의 까칠한 느낌이 입술을 타고 전해진다. 가슴이 뛰는 것은 잠시, 한효월은 그녀의 입술을 누른 채 운기하여 미인요의 내단을 녹이기 시작했다. 그의 진기를 받자 잠시 꿈틀거리며 저항하던 내단은 이내 녹아버렸다.

그 다음은 한효월이 진기로 그 기운을 밀어 넣는 작업.

한효월의 진기와 어울린 순음지양이 그녀의 내부로 밀려 들어가자 그녀의 전신이 격하게 떨렸다. 전신을 얼음과 같이 지배하고 있는 음기와 양기가 충돌을 시작한 것이다.

한효월은 그녀의 입술에 대고 있는 자신의 입술을 떼지 않았다.

뗄래야 뗄 수가 없었다.

입술을 떼는 순간, 영기가 모조리 몸 밖으로 쏟아져 나올 것이기 때문이다. 아직 경맥 속으로 그 기운을 모두 도인(導引)하지 않은지라 그녀로서는 그 기운들을 다스릴 수가 없는 것이다.

하긴 도인한다고 할지라도 그 기운이 그녀의 체내에 기본적으로 자리한 선천음기(先天陰氣)와 어우러져야 하는데 그런 능력이 지금의 그녀에게 있을 리가 없다.

그런데 문득 한효월이 괴이한 행동을 하기 시작했다.

한참을 그녀의 입에 자신의 입술을 대고 진기를 운행하고 있던 그는 어느 순간인가부터 손을 움직여 그녀의 전신을 더듬고 있었던 것이다. 미약하지만 봉긋하게 솟아오른 그녀의 가슴을 만지다가 부드럽게 그녀의 가슴을 감싸면서 손을 미끄러뜨려 그녀의 배를 거쳐서 아랫배까지…… 그 손길은 마치 애인의 몸을 애무하는 것과 같았다.

설마 하니, 그가 갑자기 치한이라도 된 것일까?

그의 손길이 시간이 지남에 따라 조금씩 더 힘을 더하는데, 괴이하게도 정신을 잃고 꼼짝도 하지 않던 서문운하가 나직한 신음과 함께 꿈틀거리기 시작하는 것이 아닌가!

창백했던 그녀의 안색에 미미하게 혈색이 돌기 시작한 것은 바로 그때부터였다.

반면 그녀에게 입맞추고 있는 한효월의 안색은 창백했다.

뿐만 아니라, 그의 이마에서는 굵은 땀방울이 맺혀 뚝뚝 흘러내렸다. 눈썹에 맺혔던 땀방울이 눈으로 흘러 들어가도 그는 굳은 얼굴로 끊임없이 두 손을 움직여 그녀의 전신을 만지고 있었다.

처음 그가 만졌던 그녀의 전신은 얼음처럼 차고 딱딱했었다. 하지만 이제 그녀의 몸은 온기가 돌아왔고, 정말 여인의 몸처럼 부드럽게 변하고 있었다.

신기한 변화였지만 실제로는 한효월이 진기의 소진을 무릅쓰고 펼치고 있는 추궁과혈의 결과였다. 천방지축으로 날뛰던 미인요의 순음지양을 자신의 순양진기로써 다스려 그녀의 경맥으로 밀어 넣고, 그것을 경맥유주에 따라서 천천히 그녀의 전신으로 운통(運通)시킨다. 말은 쉽지만 그것은 얼음 속을 따뜻한 입김으로 녹이고 들어가는 것만큼 지루하고 힘든 작업이었다.

진기가 임맥(任脈)을 관통하자, 그녀의 몸은 더워지기 시작했고, 독맥(督脈)을 달구자 기가 흐르기 시작했다.

그녀의 입에서 신음 소리가 흘러나온 것은 그때부터다.

창백했던 몸에는 핏기가 돌고, 전신에 생기가 돌아왔다.

그렇게 전신으로 퍼진 진기는 한효월의 이끔에 따라 다시 그녀의 단전으로 돌아갔다.

한효월은 그녀의 단전에 댄 손에다 힘을 주었다.

뜨거운 진기가 밀물처럼 쏟아져 들어갔다.

그의 인도에 따라 전신을 돌다가 단전으로 밀려 들어간 미인요의 순음지양은 그 마지막 일격에 산산이 분해되어 마치 폭발하듯이 그녀의 전신으로 흩어져 나갔다. 그것은 좁은 협곡을 통과하던 급류가 대해(大海)로 나온 것과 흡사했다.

"후우……."

마침내 한효월은 길게 한숨을 내쉬며 머리를 들었다.

긴 입맞춤이 끝난 것이다.

이제 그 진기만 다스리면 대공(大功)은 이루어지는 것이다.

바로 그 순간, 그녀가 눈을 떴다.

지척지간에서 두 사람의 눈이 마주쳤다.

"나, 나는……."

한효월이 일순 당황하여 더듬거렸다.

막 입술을 떼는 순간이라고는 하지만 그녀의 단전에는 아직도 그의 손이 붙어 있었고, 아직 뗄 단계가 아니었다. 진기가 완전히 안돈된 다음이라야 손을 뗄 수가 있었던 것이다.

그런데, 바로 그 순간 괴이한 일이 발생했다.

그녀와 눈이 마주치자 전신이 용광로 속에 들어간 듯이 후끈 달아오르는가 싶더니 어떤 원초적인 힘이 불끈 솟아오르는 것이 아닌가.

그것은 바로 욕정(欲情)이었다.

'무슨 이런……!'

말도 안 되는 일에 한효월이 경악하는 순간, 돌연 그의 진기가 그의 의도와는 상관없이 무서운 기세로 서문운하의 경맥 안으로 빨려 들어가는 것이 아닌가. 마치 거대한 동공이 그를 빨아들이는 것만 같았다.

'이건?!'

한효월의 안색이 돌변했다.

뿌옇게 동녘이 밝아오고 있었다.

하지만 방 안으로 들어간 한효월은 나오지 않았다.

송옥교의 얼굴은 초조함으로 인해 거의 사색이었다.

종무연도 연신 서성이고 있었다. 그나마 조용한 사람은 활염라뿐이었다. 그는 영단 몇 알을 복용하고 잠시 운기조식을 한 다음, 한결 나은 모습이었다. 한효월에게 치료를 부탁하던 사람이라고는 생각하기 힘들 정도로 생생해 보였다.

"대체 언제까지 기다려야 하는 거지?"

"안 들어가 봐도 되겠어요?"

종무연이 참다 못해 입을 열자, 거의 같은 순간에 송옥교도 입을 열어 물었다.

"가긴 어딜 들어가? 대공을 망칠 일 있나. 시간이 된 듯하니, 밖으로 나가지."

"바, 밖으로 나가다니?"

종무연과 송옥교가 눈이 휘둥그레져서 물었다.

"나가라면 나가. 자세한 것은 나가서 설명해 줄 테니까…… 여기서 신방 엿볼 일 있나?"

이어지는 활염라 조과의 말에 두 사람은 더욱 벌린 입을 다물 수가 없었다. 도무지 이해가 되지 않는, 될 수가 없는 말이었던 것이다.

치료에서 갑자기 신방이 가당키나 한 말인가?

"절…… 안으세요……."

한효월은 그의 귓전을 파고드는 서문운하의 말에 놀라 그녀를 내려다보았다. 그의 얼굴은 이미 치밀어 오르는 욕정을 견디지 못하고 흉하게 일그러진 상황이었다. 얼굴은 홍시와 같고, 숨결은 풀무와 같았다. 그의 평소 수양을 생각한다면 그것은 있을 수 없는 일이었다.

서문운하의 얼굴도 붉게 달아올라 있었다.

늘 창백하던 그녀의 얼굴은 그것만으로도 충분히 아름다웠다.

"무, 무슨 소리요?"

"……."

대답 대신 서문운하는 손을 들어 그의 목을 감았다.

그리고는 눈을 감은 채 그의 목을 잡아당겼다. 그녀의 입술이 조금 벌어지면서 가쁜 숨결이 흘러나왔다. 뜨거운 열기가 느껴졌다. 그녀의 얼굴에도 참기 힘든 욕정의 빛이 피어 오르고 있었다.

별것 아닌 힘이다.

하지만 지금의 한효월에게 그 힘은 항거불능의 절학과도 같다.

누르고 눌렀던 욕정이 미친 듯 터져 나왔다.

그의 얼굴이 그녀의 얼굴로 떨어져 내렸다.

그의 입술이 미친 듯 그녀의 입술을 탐했다. 그것은 이미 치료를 위한 것이 아니었다. 그리고 그의 덜덜 떨리는 손길은 그녀의 그 얇은 침의를 휴지 조각처럼 그녀의 몸에서 걷어내고 있었다.

두 사람의 입술이 마주하는 순간, 그녀의 단전에 달라붙었던 손이 떨어졌지만 언제 손이 떨어졌는지도 알지 못했다.

거대한 불화산과도 같은 열기가 그를 휘감고 있었다.

말라비틀어진 나뭇둥걸과 같이 윤기를 잃어버린 그녀의 몸이었었다. 여인의 그 아름다운 육체를 상상할 수 없었던 그녀의 몸이다. 누가 그런 육체를 보면서 욕정을 일으키겠는가.

더더구나 한효월과 같은 수양을 가진 사람이라면……. 그런데 정작 상황은 전혀 그렇지 않았다.

그는 미칠 듯한 욕정을 제어하지 못하고 그녀의 몸을 탐하다가 거칠게 그녀에게로 몸을 실었다.

"아!"

서문운하의 입에서 갑자기 신음이 터져 나왔다.

한효월이 그녀와 하나가 되어 움직이기 시작했다.

침상이 비명을 지르고 등잔불이 두 사람의 움직임에 못 이겨 금방이라도 꺼질 듯이 깜박거렸다. 그 가운데에서 활염라가 나가면서 켜둔 작은 향로에서 피어나는 은은한 향기만이 방 안을 감싸고 있었다.

정말 너무도 뜻밖에 시작된 정사(情事).

그 정사는 한순간의 폭풍이 아니었다.

거대한 해일과도 같이 음양의 파도가 두 사람의 움직임에 따라 높고도 높게 그렇게 치고 또 치고 있었다.

그것은 놀랍게도 밤을 새고 그 다음날까지 계속되었다.

은은한 저녁 노을이 서하곡에 깃들어 있다.

서하곡의 노을은 절벽에 부딪치면서 절경을 만들어낸다.

그 노을 속에 자리한 모옥은 말 그대로 한 폭의 그림과 같았다.

활염라 등의 세 노인은 그 모옥의 밖에서 눈을 멀뚱거리면서 모옥을 바라보면서 시간을 죽이고 있었다.

"이건…… 말도 안 된다. 말도 안 돼……."

오불관언 종무연은 연신 머리를 젓고 있었다.

근래에 들어 보인 그의 행동을 보자면 누가 그를 일러서 오불관언,

옆에서 누가 죽어도 남의 일에 참견하지 않는 사람이 그임을 믿을 수 있으랴.

하지만 말이 되지 않았다.

제아무리 오불관언 할아버지라도 입을 닫고 있을 수가 없는 일이었다.

말도 되지 않는 일이라고, 그와 송옥교는 펄펄 뛰었었다. 그러나 활염라의 설명에 그들은 이해를 하고자 했었다.

그런데, 그런데 이건 너무 심하다.

정사를 시작한 지가 대체 얼마인가?

아무리 정력이 절륜하다 할지라도, 어떻게 지난밤부터 시작해서 지금까지…… 밤을 샌 것도 모자라 황혼이 드리울 때까지 쉬지 않고 정사를 치를 수가 있다는 건가. 사람이 할 수 있는 일이 아니었다.

처음에는 단순히 말이 안 되는 일이라고 했었다.

하지만 이젠 걱정이 되기도 하고 겁도 나는 것이 송옥교와 오불관언의 생각이다.

"찬 바람조차 제대로 쐬지 못하던 하아인데…… 설사 정상이 되었다 할지라도, 아무리 나았다고 할지라도 그 몸으로 어떻게……."

송옥교는 차마 말을 잇지 못하고 모옥으로 가려 했다.

그 앞을 막아선 것은 활염라 조과였다.

"가서 뭘 어쩌겠다는 거요? 방으로 들어가서 둘을 갈라놓기라도 하겠다는 것이오?"

"그럼, 이대로 있으란 건가요?"

"이제 와서 뭘하겠다는 게요?"

그녀의 앞을 막아선 채로 활염라 조과가 머리를 흔들었다.

"우리가 할 수 있는 건 아무것도 없소. 어차피 모든 건 하아의 뜻이오. 당신도 알지 않소? 하아가 우리 셋을 합친 것보다 훨씬 더 똑똑하다는 걸. 그 아이가 이 모든 것을 꾸민 이상, 우리는 그저 기다릴 수밖에 없소."

"도대체 이건……."

송옥교는 신음을 흘렸다.

말도 안 되는 일이지만, 다른 방도가 없음을 그녀는 잘 알고 있었다.

서문운하가 원한 일이라면 그들로서는 막을 수가 없었다.

그녀는 지병(持病)으로 인해 하루 중에 겨우 한두 시진밖에 제정신을 차리지 못했다. 그러나 그 잠시의 시간에 보이는 서문운하의 능력은 보통 사람이 며칠을 두고 고민해도 따라갈 수 없는 놀라운 것이었다. 어려서부터 그녀를 키운 그들이었지만, 그녀의 재지(才智)에는 그저 입을 벌릴 수밖에 다른 방도가 없었다. 그런 그녀가 원한 일이라니 기다릴 수밖에 없다.

그것은 활염라도 마찬가지였다.

그녀가 시키는 대로 한효월의 앞에서 심한 부상을 당한 것처럼 연극을 했다.

그리고 예정대로 한효월을 자기 대신 그녀가 있는 방으로 들여보냈다.

그가 켜두고 나온 향로에서 타 들어가는 향은 유둔정(悠遁情)이라 불린다. 처음에는 아무렇지도 않지만 오랫동안 맡게 되면 체내의 기혈을 들끓게 하는 효능이 있었다. 말이 좋아서 기혈을 조장(助長)하는 것이지, 실제로는 강력한 최음(催淫) 작용이 있어서 어떻게든 치밀어 오른 욕정을 풀지 않고는 견딜 수 없는 것이다. 그러나 그런 유둔정이라 할지라도 한효월의 평소 수양이라면 그처럼 속절없이 무너지지는 않았을 터였다.

거기에는 누구도 알지 못하는 또 하나의 이유가 있었다.

사람으로서는 도저히 이해할 수도, 납득할 수도 없는 그 장시간의 정사(情事)가 가능했던 근본적인 이유.

'난들 알겠나? 그 아이의 속을 누가 알 것인가…….'

활염라 조괴는 미간을 찡그렸다.

생이 붙어 있는 한, 그녀를 지키겠다고 약속했었다.

지금까지는 그녀를 살리기 위해서 시도 때도 없이 동분서주하느라 그 약속을 지킨다는 생각을 하지 않아도 그 약속에는 충실했었다. 그러나, 그녀가 회복되고 나면 어떻게 될 것인지는 누구도 알지 못할 일이다.

참으로 오랜 정사.

모옥 안의 두 사람은 황혼녘이 되어서야 서로를 부둥켜안은 채, 깊은 잠에 빠져들었다.

쇠라고 할지라도 어찌 견딜 것인가.

폭풍(暴風)!

두 사람의 정사는 말 그대로 폭풍이라 불리워 부족함이 없었다.

아니, 무엇으로도 형용하기 힘들다고 함이 더 옳을까. 하긴 사람이 밤을 새워서, 그것도 다음날 황혼녘까지 정사를 한다는 것은 그 어떤 정력가라도 상상하기 어려운 일이다.

더구나 이제 겨우 생사의 간두(竿頭)에서 겨우 목숨을 건져 올린 서문운하라면 그것만으로도 이미 견딜 수 없을 것이었다. 더구나 남자라고는 처음 맞아들이는 처녀인 그녀라면…….

그런데 상황은 전혀 그렇지 않았다.

거의 뼈에다 가죽만 씌워놓은 듯 그렇게 참혹했던 그녀는 한효월을 처음 맞아들이면서 힘에 겨워 헐떡였었다. 한효월이 맹수와 같이 돌진하면 돌진할수록 견딜 수 없어 거의 숨이 끊어질 듯 가쁜 숨을 몰아쉬면서 늘어진 채로 신음을 하였었다.

그런데 시간이 지날수록, 상황은 달라졌다.

금방이라도 숨이 끊어질 듯 그렇게 고통스럽던 신음 소리는 점점 열락(悅樂)에 찬 숨소리로 변해갔고 그냥 늘어진 채 한효월을 맞던 그녀의 몸에도 생기가 돌고 힘이 솟았다. 더 놀라운 것은 그것이 단순히 그렇게 변한 것이 아니라 시간이 지나면서 신체 자체가 변하기 시작했다는 점이다. 그처럼 말라 볼품이 없었던 몸에 윤기가 흐르고 살이 붙었다. 겨우 여인의 형체만 갖추고 있던 그녀의 유방이 마치 거짓말처럼 부풀어 올랐다.

그렇게 하여 그 긴 정사의 폭풍이 끝난 황혼녘에 이르러서 서문운하는 이미 완벽한 몸매를 지닌 여인이 되어 있었다. 그 오랜 정사로 인해 지쳐 떨어진 한효월의 밑에 눌린 그녀의 유방이 풍만함을 이기지 못하고 팽팽히 밀려 나올 정도로.

땀으로 젖은 그녀의 몸은 이미 명공(名工)의 손길이 닿은 조각과 같았다.

그렇다고 세간에 알려진 채양보음(採陽補陰)의 악독한 어떤 대법을 시행하여 그렇게 된 것도 아니었다. 만약 그렇다면 한효월은 이미 뼈만 남은 시신이 되어버렸을 터이다.

달콤한, 아니, 정말 깊은 잠.

한효월은 그 잠에서 깨어나다가 괴이한 느낌에 정신이 번쩍 들었다.

몸을 움직이자 괴이한 느낌이 하체에 전해지면서 미끈하고 푹신한 느낌이 느껴졌다. 눈을 뜬 그는 지금 그가 깔고 있는 것이 무엇인가를 알고는 정신이 아득해졌다.

'맙소사!'

그처럼 총명한 그였지만, 지금의 상황에서 무슨 말을 어떻게 해야 할는지 짐작조차 가지 않았다. 그의 밑에 깔려 있는 것은 바로 서문운하였던 것이다. 그것도 실오라기 하나 걸치지 않은…….

당황한 그는 몸을 일으키려다 그녀와 눈이 마주치자 놀라 더듬거렸다.

"나, 나는…… 이, 이건……."

그의 어쩔 줄 모르는 태도에 먼저 정신을 차리고 있던 서문운하는 미미하게 얼굴을 붉혔다.

"자책하지 마세요. 당신의 잘못이 아니에요. 아!"

갑자기 그녀가 나직이 신음했다.

당황해서 허둥거리던 한효월이 그녀를 누르고 있는 몸을 일으키려다가 그녀의 풍만한 가슴을 누르고 말았던 것이다.

"미, 미안하오. 이, 이건……."

한효월은 더욱 당황하여 허둥거렸다.

하지만 당황해 허둥거릴수록 그의 손에 만져지는 것은 그녀의 나신이었고, 몸에 닿는 것도 그녀의 나신이었다.

그가 어쩔 줄을 모르고 쩔쩔매자 서문운하는 오히려 웃고 말았다.

그녀가 웃자 한효월은 순간, 멍청해졌다.

눈앞에 수천, 수만 송이의 꽃송이가 일제히 꽃망울을 터뜨린 듯한 착각이 일어났던 것이다.

아름다웠다.

그냥 아름다운 것이 아니라, 가히 절세(絕世)였다.

"저 때문에 부담을 느끼지는 마세요. 이 모든 것은 당신의 책임이 아니고 제가 꾸민 것이니까요."

서문운하가 말했다.

"왜 이런 일을……."

한효월이 나직이 신음했다.

대강 정신을 차리자 그들은 떨어졌다.

말만 떨어진 것이지, 실제로는 한효월이 그녀의 위에서 내려와 옆으로 누웠다는 것이 달라졌을 뿐이다. 그리고 그런 그의 품에는 서문운하가 안겨 있었다.

서문운하의 눈망울은 흑요석과 같이 맑고 투명했다.

땀에 젖은 머리카락 몇 가닥이 이마를 가린 그녀의 얼굴은 정말 절세라는 말 이외에는 무엇으로도 형용키 어렵도록 아름다웠다. 가뭄에 시달리던 장미가 물을 만나 꽃을 피운 것만 같았다.

"그런……."

한효월은 신음을 흘렸다.

서문운하의 설명을 듣자 그는 상황을 이해할 수가 있었다.

왜 자신이 그처럼 스스로를 억제하지 못하고 그녀에게 선불 맞은 멧

돼지와 같이 달려들었던 것인지.

"언제 알았소?"

그녀의 말을 듣고 있던 한효월이 물었다.

"절 치료해 주던 날이요."

"보는 것만으로 내가 지극순양지체(至極純陽之體)임을 알았다는 것이오?"

한효월이 믿기지 않는 듯 다시 물었다.

"확신을 가질 수는 없었어요. 진맥을 해본 것도 아니니까……. 하지만 조 할아버지에게 몇 가지를 물어보고서 그럴 것으로 생각했어요."

그녀의 말에 한효월은 머리를 저었다.

"당신은 참으로 무모하군. 내가 만약 지극순양지체가 아니었다면……."

"어차피 제 선택은 그것뿐이었어요. 당신에게 진 빚을 갚기 위해서도 저를 위해서도……."

서문운하가 그의 가슴에 얼굴을 묻은 채 중얼거렸다.

한효월은 그녀의 머리카락을 쓰다듬으면서 길게 한숨 쉬었다.

"당신은 내게 빚을 진 것이 없소……."

"아뇨…… 나는 알고 있어요…… 당신이 나를 위해서 큰 희생을 했던 것을……."

서문운하가 중얼거렸다.

그 말을 끝으로 그녀는 다시 깊은 잠에 빠져들었다.

잠시 잠에서 깨어나긴 했지만 그녀는 너무 지쳐 있었다. 그 오랜 세월 동안 병마에 시달렸던 그녀에게 있어 그 격렬한 정사는 실로 견디기 힘든 중노동에 다름이 아니었기에.

"……."

한효월은 자신의 가슴에 얼굴을 묻은 그녀를 물끄러미 내려다보았다.

마치 백옥을 깎아 내린 듯 매끄러운 그녀의 등이 눈에 들어온다. 어젯밤의 그 서문운하라고는 상상도 하지 못할 변화다.

한효월은 알고 있었다.

그녀의 몸에 생긴 이 변화가 바로 자신과 그녀가 음양화합(陰陽和合)을 하면서 생겨난 음양상조(陰陽相助)에 의한 것임을…….

한효월은 길게 탄식했다.

"당신은 쓸데없는 짓을 했소. 지극순음지체와 순양지체가 만나서 음양화합을 하면 음양상조 작용에 의해서 모든 것이 정상으로 된다는 것은 속설일 따름이오. 비록 당신이나 내게 당장 도움이야 될지 모르겠지만, 그것이 어찌 당신의 순결에 비길 수가 있겠소……."

그의 말에 대답이라도 하듯, 서문운하의 둥그런 둔부의 아래쪽은 붉게 물들어 있었다. 그와의 정사로 인해 흘린 순결의 상징이다. 단순히 흘린 몇 방울의 앵혈(鶯血)이 아니었다. 너무도 격렬한 정사였기에 하혈을 한 듯 그렇게 흐른 선혈이 그의 눈을 쏘고 있었다.

"어차피 나는 오래 살 수 없는데……."

한효월은 다시금 길게 장탄식을 하면서 조용히 몸을 일으켰다.

그가 몸을 일으키자 그녀의 나신이 눈부시게 드러났다.

정말 다른 사람의 몸을 보는 것만 같다.

그는 손을 내밀어 그녀의 맥을 살펴보았다.

고요했다.

이제 당분간 위험은 없을 것이다.

잠시 곤혹스러운 표정으로 앉아 있던 한효월은 옆에 있는 작은 탁자에 놓인 지필묵으로 일필휘지, 몇 자를 적어놓고는 무거운 표정으로 잠든 서문운하를 바라보았다.

"미안하오……."

그는 길게 탄식을 하고는 방문이 아닌 창문으로 나가 버렸다.

한 가닥 산들바람이 밖에서 불어오는가 싶더니 창문이 닫혔다.

불도 켜지 않은 어둠이 방 안으로 내려앉는다.

그 어둠 속에 잠든 서문운하의 감긴 눈에서 어느 사이 맑은 눈물이 소리없이 흘러내리고 있었다.

인생무궁(人生無窮)

−떠나는 인연
이제 우리 이별(離別)하니
　　　　　삶이 끝나도 만나지 못하리

인생무궁(人生無窮)

(미안하오.

변명 따위는 하지 않겠소.

나는 강호에 몸담은 몸이라, 나와 같이 있게 된다면 나를 찾는 사람들로 인해 소저는 편할 날이 없게 될 것이오. 비록 위험은 벗어났다고 하지만 아직 정상이 아니니, 조용한 곳을 찾아서 건강을 되찾도록 하시오.)

한효월이 남긴 편지는 간단했다.

말 그대로 용사비등하는 필체, 어둠 속에서 간단히 휘갈긴 듯한 글씨임에도 쓰는 사람의 품격이 살아 있는 행서(行書)였다. 그러나 어찌 보면 무책임하기 이를 데 없는 글이 아닐 수 없었다.

규중의 처녀.

비록 여염집의 여인은 아니라 할지라도, 처녀를 취하고 그냥 훌쩍 떠나다니, 있을 수 없는 일이었다.

하얗게 질린 송옥교가 이놈 다리몽둥이를 분질러 버린다고 뛰쳐나
간 게 무리도 아니었다.

은근히 한효월을 좋아해서 그를 편들던 종무연마저 분기탱천하여
눈앞에 그가 있으면 당장이라도 잡아 죽일 태세였다.

오직 활염라 조과만이 묵묵, 입을 다물고 있을 따름이다.

산들거리는 바람결이 제법 차갑다.

바람은 안개를 헤집고, 흐트러진 귀밑머리를 흔들어놓는다.

아침 햇살이 아직 아스라이 저 멀리 산속 어둠을 밀면서 부풀어 오
르고 있다. 거대한 비석을 거꾸로 꽂아놓은 듯한 절벽에 가린 하늘이
동쪽으로부터 노을빛으로 물들어 마치 해가 지는 듯한 착각이 일었다.

서문운하는 고요한 얼굴로 하늘을 쳐다보고 있었다.

그녀가 있는 곳은 얼마 전까지 한효월이 운공을 하던 자리. 그녀의
손에 들린 것은 한효월이 써두고 간 편지.

고요한 듯한 그녀의 얼굴은 어찌 보면 무심해 보인다.

하지만 뿌옇게 움터오는 동녘을 바라보는 그녀의 눈빛은 크게 일렁
이고 있었다. 제아무리 기녀(奇女)라 하나, 지금 상황에서 아무렇지도
않다면 거짓일 터이다.

〈인생대대무궁기(人生代代無窮己)

강월년년망상사(江月年年望相似)

부지강월조하인(不知江月照何人)

단견장강송류수(但見長江送流水) …….〉

그녀는 한효월이 남긴 편지의 마지막 구절을 다시 보았다.

편지의 마지막에 남겨진 한 수의 싯구는 뜬금없는 것이었다.

하지만 학식이 과인한 서문운하는 그것이 장약허(張若虛)의 춘강화월야(春江花月夜)의 뒷부분임을 보는 순간에 알았다. 그 시는 남녀의 이별, 그 한(恨)을 그린 것이다. 그러나 그렇다고 한효월이 단순히 그녀를 떠남이 아쉬워서, 남긴 글일 리는 없다.

서문운하는 길게 한숨 쉬었다.

총명절정한 그녀는 이미 거기에 담긴 뜻을 짐작하고 있었기 때문이다.

인생은 대대로 영원함이 없으니, 강달은 해마다 바라보아도 같구나.

강달은 누구를 비쳐 왔는가, 강물은 전과 같이 흘러만 가는데…….

싯구의 뜻은 강물 위에서 빛나는 달은 여전하되, 사람은 이미 예전의 사람이 아니라는 뜻이다. 단순히 남녀의 상사가 아니라, 자신을 살아서 다시 보기 어려우리라는 뜻을 표하고 있음을 알기에 서문운하는 가슴이 저며왔다.

한효월 또한 지극순양지체였다.

서문운하로서는 어떻게 된 것인지 명확히 알지 못하지만 그녀와 다른 점은 그가 자신의 지극순양지체를 눌러두고 있었다는 것. 그래서 겉으로는 태양절맥처럼 보였던 것이다.

그러나 미인요를 구하기 위해서 진을 깨뜨려야 하자 한효월이 전신의 잠력을 불러일으켰고, 그 과정에서 구양신침의 힘을 빌렸다. 구양신침이 그의 몸속에서 녹아버린 것은 바로 그의 몸이 지극순양지체였기에 일어난 일이었다.

그러나 그 폐해는 실로 적지 않았다.

체내의 잠력을 격발시키자 그가 살아갈 수 있는 시간이 급격히 단축되었던 것이다.

서문운하는 절세의 재지를 가진 여인이었다. 그녀는 잠시 정신을 차렸던 상황에서 여러 가지를 생각해 본 다음, 몇 가지 안배를 남기고 다시 정신을 잃었다.

그 안배는 바로 한효월과의 합환(合歡)을 위한 것이었다.

세상에는 잘못 알려진 것이 있다.

그것은 바로 지극순양지체와 지극순음지체가 만나 합환한다면, 둘 사이의 천형(天刑)이 사라지고 모든 것이 순조롭게 변한다는 점이었다. 그렇게 되면 얼마나 좋은 일일까마는 실제로는 그렇지 않았다.

둘의 합환은 순양(純陽)과 순음(純陰)의 만남이라 가히 상상할 수 없는 일이 일어날 수 있었다.

바로 한효월과 서문운하가 거의 하루 동안 정사를 나눈 일 등을 의미한다. 자석의 음양극이 만나듯 둘이 만나게 되면 필연적으로 서로를 원하게 된다. 거기에 약간의 충동만 가해진다면 견딜 수가 없게 되는 것은 필연.

한효월이 최음제에 견디지 못하고 그녀를 덮친 것은 바로 그 때문이었다.

서문운하는 결코 음탕한 여인이 아니었다.

하지만 지금의 그녀가 한효월을 도울 수 있는 방법은 오직 그것뿐이기에 그런 결심을 할 수밖에 없었다. 그녀에게 조금만 더 생각을 할 여유가 있었다면 상황은 다르게 진행되었을 수도 있었다. 그러나 일각, 심하면 반 각 만에 다시 정신을 놓고 혼수상태에 들어가는 그녀인지라 자포자기의 심정이 절반쯤 있었던 것도 사실이었다.

한효월이 약속 때문에 생면부지의 자신을 구하기 위해서 생의 단축까지 무릅쓴 것을 알게 되자, 그녀로서는 무엇인가 보답을 해야만 했다.

그렇지 않고서는 그녀의 자존심이 용납을 하지 않았다.

부드럽고, 착해 보이는 그녀였지만 실제로 그녀의 성격은 매우 굴강했고, 천재들이 다 그렇듯 다른 사람에게 빛을 지고는 견디지를 못했다. 그렇게 해서 두 천재의 우연이자 필연인 합환은 성사되었다.

아침 안개가 점점 짙어졌다.

싸아한 아침 바람이 안개를 보듬으며 그녀에게로 밀려왔다.

귀밑머리가 흩날린다.

어제까지만 해도 상상도 할 수 없었던 일이다.

밖에 나와서 이런 바람을, 이 시간에 맞는다면 큰일이 났을 것이기에.

그러나 이젠 그 바람이 싱그럽다. 그 바람을 맞으며 상쾌한 기분을 느낄 수가 있는 것이다.

'당신이 아니었다면 나는 이렇게 살아날 수 없었을 거예요. 설사, 다시는 당신을 보지 못한다고 하더라도 나는 당신을 잊지 못할 거예요, 결코⋯⋯.'

첫 남자를 어찌 잊으랴.

더구나, 그 격렬한 정사의 의미는 단순히 그녀를 처녀에서 여인으로 만들기만 하는 것은 아니었다.

지극순음지체의 여인은 평범한 남자를 맞아들일 수 없다. 지극순양지체의 남자를 만나지 않는다면, 설사 결혼은 할지라도 아이는 가질 수 없는 것이 그 예정된 운명이다.

"바람이 차구나. 들어가자."

문득 자애한 음성이 들려왔다.

송옥교였다.

그녀가 두툼한 외투를 그녀의 어깨에다가 걸쳐 주면서 말하고 있었다.

"괜찮아요. 몇 년 만에 이런 기분을 느끼는지……."

"무리하면 안 된다. 넌 아직도 환자다."

"알았어요."

서문운하는 그녀를 향해 가벼이 웃어 보였다.

이제부터 시작이었다. 지금부터 무리할 필요는 없다.

"아!"

고개를 끄덕이고 몸을 일으키던 서문운하는 나직한 신음과 함께 신형을 비틀거렸다. 아랫배가 끊어지는 것만 같았다.

"무슨 일이냐?"

놀란 송옥교가 그녀를 부축했다.

"괜찮아요. 아무 일도 아니에요."

서문운하가 미미하게 얼굴을 붉히며 말했다.

그 기색을 보자 송옥교는 대강 상황을 짐작할 수가 있었다.

너무 격렬한 정사로 인해서 제대로 움직이기가 거북한 것이다.

"그 죽일 놈이 널…… 그러고도 말도 없이 떠나다니, 어디 다시 만나기만 해봐라!"

그녀가 이를 갈았다. 앞에 한효월이 있다면 금방이라도 패 죽일 듯한 기세였다.

바로 그때, 그녀들의 앞에 한 사람이 별안간 나타났다.

"무슨 일예요?"

송옥교가 서문운하를 부축한 채로 물었다.

그들의 앞에 나타난 것은 활염라 조과였다.

"수상한 놈들이 곡구에 나타났소! 넌 어서 안으로 들어가거라."

활염라 조과가 서문운하를 보면서 말했다.

"수상한 자들이라니?"

"나도 잘 모르겠소. 하지만 전에 나타났던 그놈들 같아 보이는데……."

"그 자들이 다시 나타났단 말예요?"

송옥교가 놀라 소리쳤다.

"그들이 곡구로 진입했나요?"

서문운하가 활염라를 보면서 물었다.

"주변에서 얼쩡거리는데, 이미 안으로 들어오기 시작했다……."

폐쇄되었던 진은 이미 한효월이 깨뜨린 상태다.

적이 난입해 온다면 가볍게 볼 일이 아니었다.

적을 막는 진세가 남아 있긴 하지만 봉쇄된 상태가 아닌지라 진도지학에 조예가 있는 자라면 진세를 뚫고 들어올 것이고, 그렇게 되면 아직 몸도 추스르지 못한 서문운하를 보호하면서 그들을 막아야 할 것이니 걱정이 되지 않을 수가 없는 것이다.

"종 할아버지가 바깥을 살피고 있나요?"

서문운하가 물었다.

"그래, 나더러 널 안으로 피신시키라고 보냈다."

"절 그곳으로 데려다 주세요."

"무슨 소리냐?"

활염라의 눈이 휘둥그레졌다.

아침녘이면서도 안개는 여전히 자욱하다.

비록 봉쇄되었던 진세가 깨어졌다고는 하더라도 그 운무를 생성하고 있던 진세는 그대로 있어서 안개가 사라지지 않고 있는 것이다.

서하곡의 입구, 안개 속에서 흑의인들이 소리없이 움직이고 있었다. 그 숫자는 대략 열은 넘는 듯한데, 계곡에 가리워 명확하지 않았다.

서문운하는 바위에 기댄 채로 그들의 움직이는 모습을 바라보고 있는데, 그 옆에는 마땅찮은 빛이 역력한 종무연과 외투를 덮어주느라 정신없는 송옥교, 그리고 조과 등의 모습이 보였다.

"저들은 이미 진세를 뚫고 들어오고 있군요. 누군가 진세를 아는 사람이 있는 것 같아요."

잠시 그들을 살펴본 서문운하가 말했다.

"그때 그놈들 같은데, 어디서 또 기어나온 거지?"

밖을 내다보던 활염라가 중얼거렸다.

"아마, 뚫고 들어올 방도가 없으니까 척후만 남기고 떠났다가 미인요 때문에 조 숙부님들이 출곡하는 걸 보고는 사람들을 불러온 걸 거예요."

"놈들이 여기까지 오는 시간이 걸렸다는 거로군……."

그럴 수도 있겠다는 듯 활염라가 고개를 끄덕였다.

"언제까지 이놈 들고 서 있냐?"

그때, 서문운하의 등 뒤에 서 있던 종무연이 툴툴거렸다.

그러고 보니 그는 손에다 자기 키만한 돌덩이를 들고 있었다.

"지금요."

서문운하가 손가락을 들어 간방(艮方)을 가리켰다.

그러자 종무연은 들고 있던 돌덩이를 던졌다.

쾅!

어른이 품에 안을 만한 그 돌덩이는 4, 5장을 날아가 땅에 떨어지는 순간에 믿기 힘든 굉음을 일으켰다. 단순히 무게로 인한 소리가 아니었다. 그것을 증명하듯 다음 순간, 계곡이 크게 흔들리는가 싶더니 안개가 하늘을 가리며 피어났다. 거의 눈앞의 사람을 알아보기 힘들 정도였다. 진세 안으로 들어왔던 자들에게서 당황한 외침이 터져 나왔다.

"어떻게 된 거냐?"

아예 햇빛마저 가릴 듯 안개가 끊임없이 일어나는 것을 보고는 종무연이 참지 못하고서 물었다. 자신이 던진 돌덩이 하나가 그런 위력을 발휘할 수 있을 줄은 상상도 하지 못했던 까닭이다.

"다시 진을 봉쇄한 거예요."

서문운하의 말에 세 노인은 과연…… 하듯 고개를 주억거렸다.

시선을 돌린 서문운하는 그늘진 눈길로 안개 속에서 움터오는 새벽 하늘을 올려다보았다.

'이것은 여기에 사람이 있음을 알리는 미련한 짓…… 하지만 그 사이에 당신은 조금 더 안전하게 멀어질 수 있겠죠…….'

　　　　　*　　　　　*　　　　　*

"윽!"

흑의인 하나가 눈을 부릅떴다.

격렬한 충격에 입에서는 피분수가 튀어나갔다.

그리고 그 충격을 이기지 못하고 그는 팔랑개비처럼 땅바닥을 데굴데굴 굴러 거대한 고목에 머리를 부딪고는 늘어져 버리고 말았다.

그 옆에는 또 한 사람의 흑의인이 그 모습으로 늘어져 있었다.

한효월은 방금 그가 쓰러뜨린 그들에게로 다가갔다. 품속을 뒤지자 생각했던 대로 예의 동패(銅牌)가 나타났다. 서정동위십이(西征銅衛十二). 제천교의 서정후 휘하 동위 12호라는 소리일 터이다.

서하곡을 떠난 뒤, 은밀히 그를 따르는 기척을 느끼고 그들을 쓰러뜨린 것이다. 하나는 그를 유인하고 다른 하나는 그사이에 도주하려 했지만 그의 손을 피할 수는 없었다.

픽!

그가 손을 흔들자 그 동패가 옆에 있던 바위 속으로 절반쯤 박혀들었다.

그것과 함께 그는 신형을 날려 그 자리를 떠났다.

그가 떠나자 죽은 듯 늘어져 있던 자들 중 하나가 몸을 일으켰다.

"크으……."

그는 가슴을 움켜쥔 채로 일어나 비틀거리며 그 자리에서 사라졌다.

그가 사라지자 그 자리에는 전혀 뜻밖에 한효월의 모습이 다시 나타났다. 그는 흑의인이 피를 흘리며 멀어져 가는 모습을 바라보다가 시선을 들어 저 멀리 보이는 선하곡을 보았다.

'내가 종적을 드러낸 이상, 더 이상 서하곡을 찾지는 않겠지.'

그 생각을 끝으로 그는 정말 그 자리를 떠났다.

서하곡의 봉쇄를 풀고 미인요를 잡아오는 과정에서 그들의 눈을 피할 순 없다고 생각했었다. 그래서 그는 서하곡을 떠나면서 일부러 종적을 드러냈던 것이다.

과연 그의 생각대로 저들은 그를 발견하고 따라왔다.

그 뒤는 바로 지금과 같이 자신의 행적을 명확히 알려주는 일.

그렇게 되면 서하곡에 남은 서문운하 일행은 안전하게 정양을 하고서 그 자리를 떠날 수 있을 것이었기 때문이다. 하지만 천하없는 그일지라도 서문운하가 자신과 같은 생각을 할 줄은 짐작할 수 없는 일이었다.

"이렇게 떠날 수밖에 없음을 용서하시오."

한효월은 나직이 중얼거렸다.

그 순간, 그의 신형이 그 자리에서 바람처럼 사라졌다.

그 움직임은 지난날보다 훨씬 더 빨랐다.

기승대명(奇僧大鳴)

─기승을 만나다
죽음의 마수(魔手)는 개방을 피로 물들이다

기승대명(奇僧大鳴)

대체 어디까지 흘러왔었던 것인지…….

한효월은 산을 내려와 작은 현(縣)에 들어간 다음 영빈루(迎賓樓)라는 작은 주루에 들어간 다음에서야 그가 숭산(嵩山) 경내에 있음을 알았다. 숨 가쁜 추격을 당하고 정신을 잃고, 미인요로 인해서 서문운하를 만나는 등 일련의 사태가 너무 긴박하여 장소에까지 신경을 쓰질 못했던 것이다.

말은 주루이지만 실제로는 길가에 겨우 형상만 갖추어놓은 주점이라 안주도 산채(山菜)이고, 술도 싸구려밖에는 없었다. 그러나 한효월은 어차피 술을 마시기 위한 것이 아니었다. 간단한 요기로 충분했다.

술잔을 쥔 늘 고요하고 맑았던 그의 얼굴에는 어딘지 그늘이 져 있었다.

그럴 수밖에 없다.

한 여인을 취한 다음이다.

어떻게 하든 자신의 행위에 책임을 져야 했다.

비록 그것이 자신이 원해서 한 일은 아니라 할지라도 이미 일이 벌어진 이상, 그 책임을 면할 수는 없었다. 회피한다면 사내대장부가 아니다. 사정이 어떻든간에 자신이 한 일에 대해서는 무조건 책임을 져야 하기 때문이다. 그러나 지금의 그는 그럴 수가 없었다. 그래서 그는 그녀를 떠나왔다.

그것이 그를 괴롭게 했다.

지극순양지체.

그 축복(?)받은 신체로 인하여 그는 그 나이의 어느 누구도 성취할 수 없는 능력을 가졌다. 그러나 그로 인해 나타난 부작용은 수명의 단축. 스승인 경월선인이 그처럼 심혈을 기울여도 결국 그의 수명을 연장하는 것에 그쳤을 뿐, 고치지는 못했다. 그나마도 그가 어릴 때 만년빙어(萬年氷魚)라는 기물(奇物)을 복용했기에 가능하였다. 그렇지 않았다면 지금의 서문운하처럼 하루하루를 죽음과 입맞춤하면서 살아야 했을 터이다.

백 년을 가도 한 사람 보기 힘들다는 그 지극 체질의 두 사람이 만나 합환을 한 다음에도 결과는 마찬가지였다.

속설에는 두 신체(神體)의 남녀가 만나서 결합한다면 음양상조(陰陽相助)로 인해 두 사람의 고질이 치료됨은 물론, 무한한 공능이 생긴다 하였다.

하지만 실제로는 그렇지 않았다.

두 사람이 같이 생활한다면 분명히 혼자 있는 것보다는 수명이 연장되고 그 지닌 바 능력도 향상이 될 것이다. 그러나 그뿐, 결국 시간을 받아놓은 것에는 변함이 없었다.

미인요의 내단을 복용하고, 한효월의 순양지기를 받아들인 서문운하는 어쩌면 좀 더 오래 살아갈 수 있을런지도 몰랐다.

한효월의 경우는 달랐다.

원래 만년빙어를 복용하면서 경월선인이 다스린 그의 몸은 몇 년 간은 큰 무리를 하지 않으면 문제가 없는 상태였다.

그렇기에 그는 무리를 할 수 없었다. 높은 무공을 지니고 있지만 오랫동안 진력을 극한에 이르도록 운용할 수도 없다. 당장 문제가 생기는 까닭이다. 한효월이 다른 사람과 싸울 때, 급히 서두르는 것은 바로 그 때문이었다.

그런 그의 몸은 심한 상처를 입으면서 전체적인 조화가 뒤틀린 상태였다. 그런 데다가 더해 봉해진 진세를 깨뜨리기 위해서 도전음양대법으로 전신의 잠력을 억지로 불러일으킨 다음인지라 그의 몸은 이미 만신창이였다.

그대로라면 이미 6개월을 견디기 어려울 상태였다.

대신 잠력이 격발되면서 지극순양지체의 힘이 발동하여 그의 능력은 전보다 가일층 높아졌다. 커다란 물동이에서 작은 구멍으로 물이 새면 물이 다하는 것이 오래간다. 그러나 큰 구멍으로 물이 새면 물줄기는 세차게 쏟아져 금방 물동이가 비는 것과 같다고 할 수 있을 것이었다.

그럼에도 그는 담담했다.

어차피 생사에 크게 마음을 두지 않고 있었기 때문이다.

한데, 그 상황을 짐작한 서문운하가 그런 일을 벌일 줄이야.

그러나 어쨌든 그로 인해 그는 체내의 기혈을 안돈할 수 있게 되었다. 서문운하와의 그 상상을 절하는 정사로 내상을 다스리고 상처를 입기 전으로 돌아갈 수 있었다는 의미다. 음양이 상조한 것이다. 그러나 그뿐, 그것이 모든 것을 해결할 수는 없었다.

어차피 정해진 순서일 뿐, 짧아졌던 생이 다시 전과 같이 조금 더 길어진 것이 그에게 무슨 큰 의미가 있을 것인가.

그렇기에 그는 강호에 나왔었다.

얼마 남지 않은 목숨이니, 그 목숨을 바쳐서 강호의 평화를 지키고, 많은 사람들을 좋게 해줄 수 있다면 그 또한 보람되리라 생각했던 것이다. 오랫동안 닦아왔던 학문이 과연 어디까지인지 궁금하기도 했었다.

하지만 서문운하의 일은 그런 범주가 아니다.

그녀는 아마도 자신보다 좀 더 오래 살 수 있을 것이다.

그러나 그녀의 옆에 있으면서 그녀를 지켜줄 수 없는 바에야 그녀의 곁에 얼마간 더 있다고 해서 그것이 무슨 의미가 있으랴. 더구나 시시각각 그를 노리는 자들이 있는 바에야. 그럴 바에야 차라리 그녀의 곁을 빨리 떠나는 것이 오히려 그녀를 위하는 길이 아니랴.

그것이 그녀를 떠나온 그의 생각이었다.

"후우……."

한효월은 부지중에 길게 한숨을 내쉬었다.

모든 것에서 달관했다고 스스로 자부했었건만, 그렇지 않은 모양이었다.

그때였다.

"정말이야?"

곁에서 놀란 음성이 들려왔다.

"그렇다니까 그러네! 오면서 못 봤나? 거지라곤 씨를 찾아볼 수가 없잖던가? 어디든 거지 모습만 나타나면 그 순간 다 돼진다니까 그러네……."

"대체 누가 요즘 그렇게 성세(盛勢)를 자랑하고 있는 개방을 건드린다는 건가?"

숙덕거리던 음성들이 놀란 탓인지 커졌다.

한효월이 고개를 들어보자 영빈루에 자리한 다섯 개의 탁자 중 두 개를 차지한 7, 8명의 장한들이 심각한 얼굴로 이야기를 나누고 있었다. 20대에서 40대까지 연령층은 다양하지만, 제각기 병장기를 가지고 있다. 바깥쪽에 표차(鏢車)가 있었던 것을 상기한다면 아마도 그들은 표행(鏢行)에 나선 표사(鏢師)들일 터이다.

표사란 교통이 발달하지 않았던 당시, 표물(鏢物)이라 불리는 물건들을 일정 장소까지 운반해 주고 그 대가를 받는 사람들을 일컫는다. 사방으로 다니는 것이 그들의 직업이니 자연히 보고 들은 것이 많을 수밖에 없다.

하지만 지금 그들이 나눈 이야기는 가벼이 들어 넘길 것이 아니었다.

개방이라니…….

"뉘시오?"

중년의 표사가 경계의 빛으로 한효월을 바라보았다.

그도 그럴 것이 한쪽에 앉아 있던 서생 차림의 그가 난데없이 다가와 물어볼 것이 있다니 그를 다시 보게 된 것이다.

한효월은 이 양가구(楊家口)에 들어서 가장 먼저 한 일이 옷을 갈아 입는 일이었다. 그의 옷이 너무 낡아 오히려 다른 사람의 눈에 띄었기 때문이다. 그렇다고 해서 화려한 옷이 아니라, 전과는 달리 평범한 회색 문사복을 하나 사 입었을 따름이다. 늠연한 모습이라기보다는 자리를 정하지 못한 낙척서생(落拓書生)의 모습.

그러나 그의 천생 기품은 여전하여 자세히 그를 눈여겨보면 조용한 태도가 역시 남달라 보였다.

"지나가던 사람입니다. 결례임은 압니다만 제가 개방에 볼일이 있어 그쪽으로 가던 차라……."

한효월의 말에 중년인 일행은 비로소 그들의 눈앞에 있는 이 닭 한 마리 잡을 힘도 없어 보이는 젊은 서생이 무림 중의 일원임을 의심하게 되었다.

"무림인이오?"

"그렇다고도 할 수 있겠지요."

한효월이 고개를 끄덕였다.

한효월은 굳은 얼굴로 신형을 날리고 있었다.

그의 예측대로 중년인은 금사표국(金獅鏢局)이라는 하남 일대에서는 그런대로 이름을 얻고 있는 표국의 표사였다. 그들은 낙양에서 개봉까지 표물을 호송해 주고 돌아오던 길이었다. 그 와중에 중년 표사는 심상찮은 소문을 듣게 되었다고 하였다.

결국 그가 아는 것은 많지 않았다.

그도 소문을 들은 것에 불과하였기 때문이다.

그것을 확인하는 것은 간단했다.

근처에 있는 개방분타로 가보는 것.

그래서 그는 지금 점원에게 근처의 개방분타를 수소문한 다음에 그곳으로 달려가고 있는 중이었다. 양가구는 양씨 일족이 모여 사는 마을이라 개방의 분타 따위가 있을 리 없다. 가장 가까운 곳은 숭산경 내의 등봉현(登封縣)의 지타(支陀)였다.

숭산 일대에는 소림사의 힘이 미치는 곳이다.

천여 년을 이어온 그들의 힘은 생각보다 크다.

비록 산문(山門) 밖의 일에 상관하지 않는다고는 하지만 소림권(少林拳)을 배운 속가의 제자들이 그 수를 더해서 은연중 숭산 일대에서 그들이 가지는 영향력은 타의 추종을 불허한다. 그러니 그 숭산의 관문이라고 할 수 있는 등봉현 내에 마련된 개방의 지타에 무슨 일이 생겼을 리는 없을 터이다.

그러나, 한효월이 등봉현에 도달하여 개방의 지타라는 낡은 이랑묘(二郎廟)에 당도했을 때에 그를 맞이하는 사람은 아무도 없었다.

대체로 개방의 분타나 그 분타 하부 조직인 지타에는 문턱에서 옷을 벗어 들고 이를 잡는 거지들이 있기 마련이다. 겉보기야 이를 잡는 것이지만 그들이 바로 손님을 맞고 주변을 감시하는 눈이었다.

그런데 이 시간에 아무도 없다니?

한효월은 망설이지 않고 바로 이랑묘의 담장을 날아 넘었다.

이랑묘의 규모는 제법 그럴듯했다.

서너 간의 묘당(廟堂)에다가 퇴락했지만 담장이 묘당 사이를 잇고 있어서 지금이라도 잘 보수한다면 다시 묘(廟)로써의 기능을 할 수 있을 것 같았다.

하지만 담을 넘어 채 십여 걸음도 가지 않아 한효월은 그 자리에 굳어지고 말았다.

계단에 돋아난 풀, 그 풀 위에 엎어진 시신을 발견한 것이다.

허름한 옷차림은 그가 개방의 소속 제자임을 증명이라도 하는 듯했다.

피가 그의 몸에서 계단을 타고 흘러내려 굳어 있어 이미 죽은 지 상당한 시간이 흐른 모양이었다.

일별한 순간에 그것을 깨달은 한효월은 다급히 내원의 담을 넘었다.

그리고 그의 입에서 신음이 흘러나왔다.

피바다가 그의 눈앞에 펼쳐져 있었다.

부서진 문짝, 허물어진 담장에 무너진 벽 등 엉망이 된 격투의 현장에는 얼핏 봐도 스무 명은 되어 보이는 거지들이 각양각색의 모습으로 죽어 널브러져 있었던 것이다.

"이런……"

신음을 흘리던 한효월의 안색이 달라졌다.

무슨 기척을 느낀 것이다.

'신음 소리?'

그 소리가 들린 것은 묘당의 안쪽이었다.

한효월의 신형이 묘당 안으로 바람처럼 날아들었다.

낡고 벽 여기저기가 부서져 하늘이 보이는 그 묘당의 안에는 한 폭의 지옥도가 펼쳐져 있었다.

붉은 선혈이 사방으로 흩뿌려진 가운데, 엎어지고 포갠 시체가 나뒹굴고 있었던 것이다. 그 죽은 형상은 바깥쪽보다 더욱 참혹했다. 머리가 터지고 가슴이 뭉개지고, 팔이 꺾어져 거대한 쇠절구를 휘둘러 사람을 쳐 죽인 듯 그렇게 거지들이 끔찍하게 죽어 있었다.

그 숫자는 모두 일곱 명.

굳은 표정으로 잠시 주위를 둘러보던 한효월은 앞에 있는 거지 한 사람의 상태를 살펴보았다.

나이는 서른 남짓?

강력한 타격을 받은 듯 가슴이 뭉개져 갈비뼈가 완전히 안으로 함몰되어 있었다. 입에서 토해낸 선혈이 말해 주듯 타격을 받는 순간 훌쩍 날아갔다가 벽에 부딪친 다음에 앞으로 거꾸러져 죽은 모습이었다. 앞으로 쓰러졌다가 그 충격으로 반쯤 하늘을 바라보는 상태로 죽은 그는 공포와 분노가 함께 어우러진 눈을 감지 못한 채 부릅뜨고 있었다.

다 마찬가지였다.

밖에서 쫓겨 들어왔다가 더 이상 피할 곳을 찾지 못하고 대항하다가 항거 불능의 상대에게 맞아 죽은, 그런 형태였다.

그것을 말해 주듯이 시체들 대부분이 묘당의 끝 부분에 몰려 있었다.

한효월은 그 시체들 중 하나를 옆으로 옮겼다.

그 중년 거지의 시체 밑에 깔린 다른 하나의 시체. 그 시체의 손이 가늘게 떨리고 있었다. 아직 살아 있는 것이다.

한효월은 그의 가슴을 눌렀다.

뜨거운 진기가 그의 가슴으로 스며들자, 그가 쿨럭, 기침과 함께 검붉은 피를 토해내면서 신음이 새어 나왔다. 좀 전에 그가 들었던 소리는 바로 그가 흘려낸 신음인 듯했다.

한효월의 진기가 내부로 스며 들어가자 그 거지는 눈을 떴다.

심맥을 잇는 한 가닥 진기가 남아 있을 뿐, 숨이 끊어지는 것은 시간 문제였다. 그가 살아 있는 것은 다른 사람보다 행운이라서가 아니라,

그의 내공이 다른 사람들에 비해서 보다 강했기 때문이었다.

"크으으…… 어, 어서 피하……."

그는 정신을 차리자마자 피를 토하면서도 손을 휘저으려 했다.

마음뿐, 손이 제대로 움직이지 않는다.

"이젠 괜찮습니다. 그대로 움직이지 마십시오."

한효월의 말소리가 들리자 그는 눈을 꿈벅이면서 한효월을 바라보았다. 그의 모습이 제대로 보이지 않는 듯했다.

"쿨럭쿨럭…… 뉘시오? 크윽……."

그의 입에서 선혈이 흘러나왔다.

"한효월이라고 합니다."

"한효…… 월……?!"

그 이름을 되뇌이던 그의 눈에 갑자기 빛이 일었다.

"설마, 하, 한 공자…… 망산의 그 한 공자란 말이오?"

"그렇습니다. 이게 대체 어떻게 된 일인지 말씀해 주시겠습니까? 누가 이런 짓을 한 것인지?"

"그, 그들이…… 크윽!"

한효월의 물음에 갑자기 중년 거지의 눈에 공포의 빛이 떠올랐다. 심중의 격동을 말하듯 입에서 핏물이 주르르 흘러나왔다. 검붉은 피였다. 피를 토해낼 기력도 없어서 흘러나온다는 것은 이미 마지막이라는 뜻. 그 핏속에는 내장 토막까지 섞여 있었다.

"진정하고 말을 해보십시오. 누가 이런 일을 한 것인지?"

한효월이 다시 진기를 배가하면서 다급히 말했다.

"크, 크윽! 그들, 그들……!"

중년 거지는 안간힘을 다해 말을 하다가 눈을 부릅떴다.

그것이 마지막이었다.

한효월이 진기로 도왔지만 죽은 사람의 영혼을 불러올 수는 없었다.

결국 누군가가 정말 개방을 공격하고 있다는 것 외에는 아무것도 알아낸 것이 없는 셈이다.

그런데 바로 그 순간이다.

"아미타불! 참으로 악독한 심사로다!"

그의 뒤에서 천둥과도 같은 외침 소리가 들려왔다.

난데없이 들려온 소리에 놀란 한효월이 고개를 들었다.

한 사람이 눈을 부릅뜬 채로 한효월을 노려보고 있었다.

서른이나 되었을까?

민대머리와 몸에 걸친 승복은 그가 승려임을 말한다.

하지만 부릅뜬 고리눈과 얼굴을 온통 뒤덮은 고슴도치와 같은 수염, 족히 7척에 이르는 당당한 체구에다 우뚝 짚고 있는 쇠고리가 철렁거리는 철환장(鐵環杖)은 수도승이라기보다는 마치 수호전의 노지심(魯智深)의 환생을 보는 것만 같았다.

"죽어가는 사람을, 그것도 모자라 아예 숨을 끊어놓는다는 건가? 그러고도 하늘이 무섭지 않은가? 가증한 악도(惡徒)로다!"

우락부락한 청년 승은 고함과 함께 수중의 선장을 휘둘러 한효월을 쳐왔다.

휘잉―

가공할 바람 소리가 그 장세(杖勢)에서 일었다.

원래 선장(禪杖)이라는 것은 중병(重兵)에 속한다. 더더구나 얼핏 봐도 쇳빛이 번쩍이는 저런 선장이라면, 정말 저것이 빈철선장(鑌鐵禪杖)이라면 슬쩍 스치기만 해도 뼈가 부러지고 피가 튀리라.

더구나 그의 팔힘은 놀라울 정도라 앞으로 한 걸음 나서면서 선장을 휘두르자, 철환장은 단숨에 일진 광풍을 동반한 채로 한효월의 지척에 이르렀다. 마치 폭풍이 갑자기 몰아닥치는 것만 같았다.

"멈추시오!"

그가 그렇게 다짜고짜 손을 쓸 것은 미처 생각지 못했던 한효월은 놀라 소리치면서 왼쪽 발로 바닥을 슬쩍 미는 탄력으로 몸을 쭉 펴서 금리도천파의 일식으로 찰나간에 1장가량이나 그 자리를 벗어났다.

"아미타불! 악도! 그럴 줄 알았느니."

그런데, 그 청년 승은 마치 기다리고나 있었다는 듯이 껄껄 웃으면서 쳐오던 선장을 뒤집어 반대로 쳐가는 것이 아닌가. 길이가 8척이나 되는 빈철선장을 수수깡 막대를 휘두르듯이 하고 있었다.

한효월은 자신의 웅변이 빨랐음에도 자신이 오히려 그의 공세 안으로 뛰쳐든 꼴이 되었음을 알고 상대의 무공이 평범하지 않음을 깨달았다. 그의 신형이 선풍전(旋風轉)의 수법으로 빙글 반 바퀴 도는 순간 그는 손에서 부드러운 경력을 발출해서 선장을 밀면서 다시 소리쳤다.

"멈추시오, 난 범인이 아니오!"

그의 무공은 이미 한차례 대진(大進)하여 이 한 수라면 충분히 그 청년 승을 물러나게 할 수 있었다.

하지만, 상황은 그의 예측대로 되지 않았다.

원래 생각대로라면 청년 승은 한효월의 밀침에 비틀거리면서 뒤로 물러나야 했다. 그러나 청년 승의 선장은 조금도 흔들림없이 빙글 원을 그려 그 힘을 해소하더니 수없는 동그라미를 만들면서 한효월을 공격해 오는 것이 아닌가.

찰나간에 한효월의 신형은 그 동그라미 안에 갇혀 버리고 말았다.

한효월의 안색이 돌변했다.

선장이 미미하게 떨림에 따라 철환장에 달린 쇠고리가 떨리면서 작은 원을 그리고, 그 원들은 다시 선장의 끝이 흔들리면서 만들어내는 경력의 원과 하나가 되어 가공할 힘으로 증폭되어 그에게 쏟아지고 있었던 것이다. 그나마 한효월이었기에 그것을 알아볼 수 있었지, 다른 사람이라면 그것조차 알아볼 수 없었으리라.

윙윙!

가공할 경풍이 한효월을 휘감았다.

"이렇듯 무경우하다니!"

한효월이 침중한 안색으로 꾸짖으며 일장을 쳐냈다.

꽝!

장세(掌勢)와 장세(杖勢)가 부딪치자 폭음이 일며 일진 광풍이 묘당 안을 휩쓸었다.

"복마장(伏魔杖)…… 소림사에서 오셨소?"

충격으로 전신을 부르르 떤 한효월이 굳은 얼굴로 물었다.

대답 대신 청년 승이 중얼거렸다.

"과연 독고 맹주의 절옥장력은 명불허전……."

독고해의 독문 절옥장력은 금석을 잘라 버릴 정도로 날카롭고도 강력한 것이었지만, 그의 철환장은 끄떡도 없었다. 그리고 한효월과 정면으로 격돌했음에도 그는 채 반 걸음도 물러나지 않았다.

"귀하가 한효월, 한 시주이시오?"

그가 한효월을 바라보면서 물었다.

난데없이 나타나서 자신을 공격한 청년 승, 우락부락하여 도무지 말이 통하지 않을 것 같던 산도적 같은 형상을 한 그가 단번에 자신을 알아보자 한효월은 놀라 다시 한 번 그를 살펴보지 않을 수 없었다.

생김새는 여전하다.

그 모습이 어디 갈 리가 없는 것이다. 그러나 다시 보니 달랐다. 그의 우락부락한 눈 깊은 곳에는 침착한 빛이 갈무리되어 있어 보이는 것과는 달리 조급한 성품이 아닌 듯했다.

"저를 아십니까?"

한효월이 되물었다.

스스로의 신분을 시인하면서 상대의 신분을 묻는 의미다.

"대조 사형으로부터 한 시주에 대해서 귀가 닳도록 들었소이다. 핫하하하…… 과연 명불허전! 인중지룡(人中之龍)이란 사형의 말씀이 틀리지 않았구료, 반갑소이다! 나는 소림의 대명(大鳴)이외다."

청년 승은 껄껄 웃으며 한효월의 어깨를 쳤다.

그의 힘은 대단하여 웬만한 사람은 그대로 엎어지고 말 정도였다. 어깨를 한번 휘청한 한효월은 어리둥절한 빛이 되어 그를 보았다.

그가 생각하는 수도자는 고요하고 부드러운 산바람과 같은 사람이었다.

그런데 이런 승려라니!

더구나 대(大) 자를 쓰는 것을 본다면 당대 소림방장인 대광 대사와 동배(同輩)라는 의미였다. 그 문파의 일대제자(一代弟子)라면 아무리 나이가 적어도 쉰은 넘었을 터였다. 현 소림 장문인의 나이가 칠순이라는 점을 감안한다면 더 더욱 그러했다. 그런데 이 청년 승의 나이는 자세히 보니 서른이 아니라 그보다 더 젊은 듯하지 않은가.

하지만 한효월이 입을 열 틈은 없었다.

스스로 대명이라 밝힌 청년 승은 한효월의 말을 기다리지 않고 짙은 눈썹을 찡그린 채로 주위를 돌아보면서 물었기 때문이다.

"누가 이런 짓을 한 것인지 짐작이 가시오?"

한효월은 얼떨떨하여 그를 쳐다보았다.

"소생을 의심하지 않습니까?"

그 말에 대명은 머리를 저었다.

"이 상황을 보고도 한 시주를 의심할 리가 있겠소? 아무래도 그들이 개방을 목표로 정한 것 같소이다."

"그들이라면 제천교의 짓이라는 겁니까?"

"그들이 아니라면 당대 무림에서 누가 개방을 이렇듯 정면으로 공격하겠소? 그들은 개방에 의해서 연이어 좌절을 겪었으니 결코 그냥 있을 리가 없겠지⋯⋯."

화라락―

세찬 불길이 인다.

그 불길에 몸을 맡긴 채 수십 구의 시신들은 말이 없다.

사람이 불이 타고 고기 익는 냄새가 난다. 그것은 참으로 역겨운 경험이라 하지 않을 수 없었다.

한효월은 대명과 어깨를 나란히 한 채로 그 광경을 본다.

그들 둘은 시체들의 사인을 조사한 다음, 따로 무덤을 만들지 않고 이랑묘의 뜰에서 화장을 하고 있는 것이다.

"망산의 대참변 이후, 개방과 제천교는 곳곳에서 충돌했었소. 얼마 전에는 본 산과 얼마 떨어지지 않은 웅이산(熊耳山) 경내에서 양 파가 격돌했는데, 그 싸움에서 제천교의 오방후(五方侯) 가운데 북벌후는 심한 타격을 받고 구사일생 도주했다고 하오. 개방의 황엽, 황 방주가 직

접 나서서 일구어낸 결과였다고 하는데, 그 이후 강호는 갑자기 괴이할
정도로 조용했었소. 그리고 얼마 전부터 사방에서 개방이 공격받기 시
작했소."

대명의 설명에 한효월은 고개를 끄덕였다.

북벌후와 황엽이 싸웠다는 곳이 웅이산 경내라면 아마도 자신이 있
던 서하곡 밖에서 일어난 싸움인 듯함을 느꼈기 때문이다. 그 말만으
로도 그는 당시의 상황을 거의 유추해 낼 수 있었다.

'또 빚을 졌군……'

한효월은 내심 황엽에게 다시 미안했다.

"대사는 강호의 사정을 매우 잘 알고 있군요."

그가 대명을 바라보면서 묻자 그는 껄껄 웃으며 대꾸했다.

"이 나이에 대사는 무슨. 그냥 대명이라고 부르시오. 어차피 부르라
고 있는 이름이 아니겠소? 어떤 잡종이냐?"

대답하던 그는 갑자기 고함치면서 수중의 선장을 뒤쪽으로 집어 던
졌다.

쏴아앙!

맹렬한 바람 소리를 일으키면서 선장이 묘당의 담장에 자리한 거송
(巨松)을 향해 날아갔다.

콰앙!

우렛소리를 동반한 채로 날아간 선장이 담장을 산산조각 냈다.

폭음과 함께 장정이 품고도 모자랄 소나무의 밑동이 뚝 부러져 굉음
을 내지르면서 담장과 함께 넘어갔다. 솔잎이 사방으로 흩날리며 일진
질풍이 이는 가운데 거기서 희뿌연 그림자 하나가 날아올랐다.

그가 날아오를 것을 짐작이라도 하고 있었던 것처럼 선장을 집어 던

진 순간에 대명은 이미 그곳에 당도하고 있었다.

"게 섰거라!"

그리고 그는 날아오르는 회영(灰影)을 향해서 호통을 치면서 일권을 내질렀다.

그의 호통은 천둥과도 같았다.

게다가 그의 호통에 못지 않게 그의 일권 또한 강력무비했다. 그 권력은 강력한 돌풍을 일으키면서 막 날아오르는 회영에게 당도하고 있어 회영은 내려서거나 그 권력을 막아낼 수밖에 없었다. 어떻게하든 내려설 수밖에 없도록 계산된 한 수인 것이다.

그러나 상대의 대응은 전혀 뜻밖.

회영은 빙글 몸을 돌리는 사이에 대명의 일권, 천하에 이름 높은 소림사의 72종 절예(絶藝) 중 하나인 백보신권을 등판으로 그대로 맞아 버린 것이다.

펑!

일진 폭음이 이는 순간, 회영이 시위를 떠난 화살과 같이 단숨에 10장을 가로질러 날아가 버렸다.

그 바람에 뒤이어 몸을 날린 한효월도 허탕을 치고 말았다.

"이럴 수가?"

자신의 일격이 어떤 위력을 가진 것인지 너무도 잘 아는 대명은 어이가 없는지 일순 그 자리에 굳어져 버렸다.

하지만 한효월은 넘어지는 그 거송의 나뭇가지를 차고는 날아올라 바람과 같이 그 자리에서 사라지고 있었다. 찰나적인 순간에 이미 추운축전의 경공을 발휘하여 회영의 뒤를 따라간 것이다.

"명불허전이군!"

봉새와 같이 사라지는 그 모습을 보고 대명은 감탄을 했다.

하지만 그가 손을 떨치자 일격에 소나무와 담장을 무너뜨린 그의 철환장이 살아 있는 것처럼 그의 손으로 날아들었다. 그의 철환장은 다른 선장과는 달라 전체가 빈철이다. 그런 무게를 능공섭물(凌空攝物)로 빨아들일 수 있는 그의 공력은 실로 놀랍다고 하지 않을 수 없었다.

철환장을 빨아들인 그는 그 철환장으로 거세게 땅바닥을 한 번 찍었다. 그리고 그 반동과 발구름을 이용하여 신형을 날렸다.

그 움직임은 줄에 꿴 듯 자연스럽기 이를 데 없다. 승포 자락이 거세게 펄럭이는 가운데 그는 훌훌 담장을 넘어 한효월의 뒤를 따랐다. 말로는 긴 듯하지만 실제로는 한효월이 사라지자마자 그의 뒤를 따른 셈이다.

하나 그렇듯 빨랐음에도 회영은커녕, 한효월의 모습조차 보이지 않았다.

대명은 길게 심호흡을 하고는 주위를 돌아보았다.

그의 눈빛이 깊게 가라앉으면서 빛을 발했다.

마치 천지가 그의 전신으로 폭풍과 같이 달려드는 것 같았다. 빛과 소리들이 있는 그대로 그에게 보이고 들렸다. 좁쌀이 바위와 같이 커지고 개미의 움직임이 지축을 울린다. 바로 달마역근경(達摩易筋經)상에 기재된 천시지청(天視地聽)이라는 최상승의 내가공부였다.

그의 나이를 감안한다면 실로 믿기지 않는 경지.

쏴아아—

그의 신형이 방향을 잡고 날기 시작했다.

그는 채 20여 장을 가지 않아 숲 속에 우뚝 서 있는 한효월을 발견했다. 숲으로 가려 있어서 그가 보이지 않았던 것이다.

"놓쳤소?"

대명이 물었다.

한효월이 그를 돌아보았다.

침착한 얼굴이었다. 하지만 그의 얼굴은 굳어 있었다.

"대단한 자로군요. 숲 속으로 들어선 순간에 종적이 묘연해져 버렸습니다."

"어떤 자인지 모르겠군. 나의 백보신권은 설사 금종조(金鍾罩)를 연성했다 할지라도 몸으로 견디기 힘들 텐데, 그걸 얻어 맞은 채로 유유히 사라질 수가 있다니……."

대명이 굳은 얼굴로 중얼거렸다.

그들 두 사람의 앞에서 몸을 빼낼 수 있다는 것은 정말 놀라운 일이 아닐 수 없었다.

스스스……

한 가닥 바람이 숲 속을 휘몰고 흙먼지를 말아 올린다.

한효월과 대명은 굳은 얼굴로 주위를 돌아보고 있었다.

그중 한효월이 살펴보고 있는 것은 그들이 있던 곳에서 5장가량 떨어진 측백나무 옆에 있는 바위.

오랜 세월 그 자리에서 불피풍우(不避風雨)하여 이끼가 잔뜩 낀 바위에는 마치 누가 새긴 듯한 발자국이 하나 선명했다. 깊이는 반 푼이나 되는데, 주변의 돌이 부서져 있음으로 보아 그 발자국의 주인공이 바위를 밟을 때 신형이 안정되지 않았으리라.

하지만 그것만으로도 그 발자국의 주인공이 놀라운 능력의 소유자임을 증명하고도 남음이 있었다.

"대단한 내력이로군······."

그 발자국을 살펴보던 한효월이 중얼거렸다.

"충격을 받긴 한 모양이군! 난 또 하늘에서 내려온 금강역사(金剛力士)나 되는 줄 알았더니······ 하지만 묘하군? 그런 수준이라면 아무리 충격을 받았더라도 그렇게 깊게 발자국을 남기진 않았을 텐데······."

대명이 괴이하다는 듯 중얼거렸다.

그의 말대로였다.

백번을 양보하여 충격을 받고 이런 흔적을 남겼다 할지라도, 바위를 딛고 그 탄력으로 신형을 날리는 디딤돌로 썼을 터이다.

그런데 마치 쇳덩이로 내려찍듯이 이렇게 무식하게 바위에다 발자국을 만들다니?

신형을 조절할 수 없을 정도의 내상을 입었다면 여기에 발자국을 남기면서 그대로 밑으로 굴러 떨어져야 했겠지만 그는 흔적도 없이 사라져 버린 것이다.

"몸이 쇳덩이로 만들어졌을 리는 없을 텐데······."

한효월도 그 말에 덧붙이듯 중얼거렸다.

그 말에 대명은 부지중에 괴이한 표정이 되었다.

그러고 보니 상대의 몸을 쳤을 때, 마치 철벽을 치는 듯한 느낌을 받았었던 것이다. 생각할수록 묘한 일. 그런 정도의 능력을 지닌 자가 발각되자마자 그렇게 죽어라고 꽁무니를 뺀 것도 괴이쩍었다.

"어쩌면······ 보통 사람이 아닐런지도 모르지요."

생각에 잠겨 있던 한효월이 중얼거렸다. 괴인이 사라질 때 어디선가 다급한, 묘한 음향을 들려왔던 것 같기도 했다.

"아미타불, 설마 그가 귀신이라도 된다는 거요?"

"귀신은 아니지만 특별한 연체(練體)를 거친 사람일 수는 있겠지요. 도검을 두려워하지 않는 어떤……."

"흐음……."

생각에 잠겨 있던 대명이 불쑥 물었다.

"혹시 그자가 누군지도 알 수 있겠소?"

한효월의 얼굴에 희미한 웃음이 번졌다.

"그것까지야 어떻게 알 수가 있겠습니까?"

"그런가? 핫하……."

너털웃음을 터뜨린 대명은 문득 정색을 했다.

"나는 이제부터 사문으로 잠시 돌아갈 예정인데, 한 시주는 어디로 갈 생각이시오?"

"상황이 심상치 않은 듯하니, 개방으로 가볼까 합니다."

"인연이 닿는다면 다시 보게 되겠지! 아미타불, 보중(保重)하시오."

합장을 해 보인 그는 미련없이 등을 돌렸다.

"……."

한효월은 묘한 눈길로 등을 보이며 사라지고 있는 대명을 바라보았다. 선장을 어깨에다 처억 걸치고는 휘적휘적 걸어가는 모습이 그야말로 노지심이고 무송이다.

대명(大鳴), 고함 소리라는 법호부터 좀 괴이하지만 그의 행색은 참으로 묘한 데가 있었다. 소림사의 승려라기보다는 강호의 호걸과도 같은 기풍이 절절했던 것이다.

'특별한 사람이군…….'

그의 뒷모습을 바라보고 있던 한효월이 생각했다.

하지만 그는 미처 알지 못했다.

그가 어떤 사람인지.

대명은 당대 소림사 장문인의 막내 사제로서 무공 부분에서 지난 백여 년 이래 최고로 손꼽히는 기재였다. 아니, 그 정도를 넘어서 아예 무공광(武功狂)이라고 불릴 정도로 무공에 미쳤다고 전해졌다. 소림 나한전(羅漢殿)에서의 무공 수련이 가장 빨랐던 사람이 그였으며, 목인방(木人房)을 최단시간 내에 통과해서 세상에 나온 사람이 또한 그라고 알려져 있는 것이다.

第九首

장계취계(將計就計)

－적진에 숨어들다
개방은 제천교의 기습(奇襲)에
궤멸 위기에 놓이지만······.

장계취계(將計就計)

소림사(少林寺).

무림에 몸을 담은 자 모르는 사람이 누가 있을까.

달마(達摩)라는 이름을 모르는 자 또한 누가 있을 것인가.

숭산(嵩山) 소림사라는 이름은 무림의 태산으로 자리한 지 오래. 하지만 무림이 아닌 이름 그대로의 소림사 또한 불가의 거대한 도량으로서 우뚝하다.

바로 선종(禪宗)의 본산이라는.

한효월과 헤어진 대명은 바람처럼 몸을 날려 소림사에 당도하였다.

그의 신분은 나이에 걸맞지 않게도 소림사 장문인의 사제이니 그 배분이라면 소림사에서 장배(長輩)에 속한다. 그러니 그의 출입을 막는 사람은 아무도 없었다.

그의 발길이 향하는 곳은 후원이다.

대[竹]가 우거지고 속세를 벗어난 청량함이 느껴진다. 인적이 드물어 고요가 감돌아 흐른다.

"돌아오셨습니까?"

문득 대명보다 나이가 많은 승려 하나가 그의 앞에 나타나 반장(半掌)의 예를 갖춘다. 장문인 대광 대사의 시자(侍者)인 덕조(德助). 그가 이 자리에 있는 것은 하등 이상할 것이 없다. 이곳은 소림사 방장실 앞인 까닭이다.

"음, 장문 사형께선?"

"예, 지금 계시지 않습니다."

"계시지 않다니?"

"화산의 무림대회에 가셨습니다."

대명의 얼굴에 의아한 빛이 떠올랐다.

"무림대회? 화산에 무슨 무림대회가?"

"소승으로서는 잘 알지 못하겠습니다. 장문인 이하, 혜원 사숙조 등 고수들과 같이 가신 걸로 압니다."

"으음……."

대명이 미간을 찡그렸다.

그가 이번에 산을 내려갔던 것은 난데없는 무림맹주의 죽음 때문이었다. 그로 인해 장문인이 급거 산을 내려갔다가 맹주부의 변고로 인해서 소리없이 돌아왔었다. 그리고는 장보도의 일로 다시 고수들을 파견했고 이제는 장문인이 다시 화산으로 움직였다.

역대로 이렇게 급박하게 소림사가 움직인 적은 없었다.

대명은 그러한 상황의 내용을 알 수 있는 위치에 있었다.

그러나 그는 원래 그런 쪽으로는 관심이 없었다. 이번 운수행(雲水行)은 운수가 주가 아니라 장문인의 부탁으로 강호의 동정을 알아보기 위해서였었다.

그런데 막상 돌아오니 장문인이 없는 것이다.

"그런데 혜원 사숙조께서도 같이 가셨단 말인가?"

"예."

대명의 얼굴이 묘해졌다.

혜원 사숙은 소림사 최고 배분을 자랑하는 사람 중 하나다. 평소에 장로원에서 기거하며 사내의 일에 상관하지 않은 지가 이미 십 년. 그런데 그런 그가 왜 무림대회에를 갔다는 것인가.

"으음, 혜도(慧濤) 사백께 가봐야겠군······."

생각에 잠겨 있던 그가 중얼거리자.

"저······."

"왜? 무슨 다른 할 말이라도 있나?"

"혜도 사백조께서도 안 계십니다."

"혜도 사백께서 안 계시다니? 어딜 가셨단 말이냐? 설마 사백께서도 화산에 같이 가셨다는 말이냐?"

대명은 얼떨떨한 빛으로 되물었다.

"그건 아닌 듯····· 소승은 잘 알지 못합니다."

"설마 날 속일 생각은 아니겠지?"

대명이 눈을 부라렸다.

흉광이 번뜩인다.

"아, 아닙니다. 소승이 어찌······."

그의 기색을 본 덕조가 황망히 손을 내저었다.

평소 규범 따위에 구애받지 않는 그의 성격을 잘 아는 까닭이다.

"그럼 말해 봐. 설마 혜도 사백께서 장문 사형과 아무런 의논도 없이 산을 떠나셨단 말이냐?"

"그건……."

"호오, 말을 못하겠다는 겐가?"

대명이 성큼 한 발자국 다가서자 덕조는 흠칫, 입을 열었다.

"그게 아니라 정말 알지 못합니다. 다만……."

"다만?"

"다만…… 혜도 사백조께서는 장문인과 뭔가 의논을 하신 다음에 나한전의 제자들을 거느리고 먼저 떠나시고 장문인께서는 혜원 사숙조님과 같이 화산으로……."

"가만! 뭐라고? 나한전의 제자들이라고 했나?"

"예."

"혜도 사백께서 나한전의 제자들을 거느리고 떠난 게 사실인가?"

"그, 그렇습니다만……."

덕조는 당황한 빛으로 말끝을 흐렸다.

"같이 가신 게 아니란 말이지……."

"소승은 더 이상 아는 게 없습니다. 정말 아무것도……."

"……."

대명은 더 이상 그의 말을 듣고 있지 않았다.

그가 더 아는 것이 없든 있든 그것은 큰 문제가 아니었다.

혜원 사숙이 장문인 대광 대사와 같이 산을 떠난 것도 뜻밖이다. 그러나 혜도 사백까지, 더구나 나한전의 제자들을 거느리고 떠나다니…….

'이게 대체 무슨 일이야?

대명의 얼굴이 심각해졌다.

그럴 수밖에 없었다.

나한전의 제자들이라면 소림사의 정예 고수들을 의미한다. 장문인이 그들을 이끌고 나갔다면 또 그런대로 이해가 가능하다. 그런데 장로원에 틀어박혀 있어야 할 혜도 사백이 그들을 이끌고 갔다면 그걸 대체 어떻게 생각해야 한다는 말인가.

"망할!"

갑자기 대명이 발을 굴렀다.

덕조가 놀란 눈을 끔벅거리는 순간에 대명의 얼굴이 무섭게 그의 눈앞으로 들이닥쳤다.

"사, 사숙……!"

덕조가 놀라 캑캑거렸다.

대명은 그의 멱살을 바짝 움켜잡은 채, 그의 눈을 들여다보았다.

"말해 봐. 이 일에 대해서 알고 있을 만한 사람이 누구지?"

"그, 그걸 소승이 어찌……."

"모른다는 말만 하면 그 뒤는 나도 책임 못 져. 무슨 뜻인지 알지?"

대명이 고리눈을 부릅떴다.

덕조의 반질반질한 대머리에서 식은땀이 솟아났다.

일단 생각한 것은 무조건 밀고 나가는, 도무지 타협이라고는 알지 못하는 대명의 성품을 잘 알고 있는 까닭이다. 그의 앞에서 입을 다물고 있지 못할 것임을 잘 알고 있기에 그는 불호를 욀 수밖에 없었다.

아미타불, 나무아미타불 관세음보살…….

저 멀리서 바람에 흔들리는 풍경(風磬) 소리가 아스라이 들려오고 있었다.

*　　　*　　　*

　객잔(客棧).

　만화루(萬華樓)라는 이름이 붙은 이 객잔의 이름은 그럴듯하지만 실제로는 초라했다. 식사를 할 수 있는 작은 주루의 2층에 자리한 이곳은 주루의 계단을 올라와 그 복도에 자리한 작은 방 10여 개가 고작이었다. 문을 열고 나서면 바로 난간 아래로 주루가 내려다보이는 형태였다.

　그 만화루 이층의 방 한 칸에서 한효월은 탁자 위에 놓인 주사위 두 개를 내려다보고 있었다.

　점 하나와 점 셋의 수를 보이고 있는 주사위를 내려다보고 있는 그가 문득 나직이 중얼거렸다.

　"창어지괘(蒼魚之卦)…… 고기가 푸른 물을 만났으나 그 푸른 물이 하늘을 의미하는지 물을 의미하는지 알기 어렵다. 푸른빛이라 길괘(吉卦)에 해당하지만 바로 결과를 얻기 어려우니 시간을 두고 일을 진행시켜야 한다는 의미."

　그가 길게 한숨을 내쉬었다.

　"유성이 녀석에게 현재로서는 그리 큰 위험이 없다는 뜻인가?"

　주사위를 내려다보던 한효월은 침상에 길게 누웠다.

　대명과 헤어진 그는 길을 재촉하다가 100여 리 떨어진 이곳에서 오늘 밤을 보내기로 했다.

　그런데 투숙한 이 객잔 탁자에 마침 주사위가 놓인 것을 보고 간단히 운세를 본 것이다.

아마도 먼저 있었던 사람이 일행과 주사위 놀음을 한 듯하지만……
개방의 일도 궁금하고 유성의 일도 궁금했던 그는 나타난 운세를 보자
일단 개방 쪽 일을 알아보기로 마음을 정했다.

시일이 지나 유성의 뒤를 따라갈 단서가 사라진지라 초조했지만 이
창어의 괘는 서둘면 오히려 해가 된다는 의미가 포함되어 있으므로, 그
대상이었던 유성의 행방을 찾아가는 행로는 일단 뒤로 미루고 과연 개
방과 제천교 사이에 어떤 일이 일어났는지 알아볼 생각이었다.

그의 해석이 맞다면 유성의 행방은 저절로 알아질 것이기에.

그는 보지 않았어도 개방과 제천교의 충돌이 왜 서하곡의 앞에서 일
어났는지 알고 있었다.

자신을 찾아 개방에서 출동하였기에 일어난 일일 터이다. 그것을 알
고 있는 이상, 이 일을 모른 척할 수가 없었다. 더구나 당금의 형세에
있어서 개방의 존재는 매우 중요하다는 게 그의 판단이었으므로.

생각을 정리한 한효월은 침상에 길게 누웠다.

얼마 만에 이렇게 누워보는지 생각이 나지 않을 지경이다.

눈을 감자 갖가지 생각들이 명멸했다.

그에게 있어 첫 여자인 서문운하.

그녀의 아름다운 얼굴이 선명하게 눈앞에서 피어 오른다.

그리고 다시 그 얼굴 위에 겹치는 또 다른 여인의 얼굴. 중조산 무우
곡에 남겨두고 온 얼굴이다.

이심환(李尋環).

스스로의 한계를 잘 알기에 가까이 가기를 거부했던 여인이었다.

서문운하의 얼굴 위로 그녀의 얼굴이 갑자기 떠오름은 또 왜일까?

그녀가 행복을 찾아가기를 바라며 연락도 하지 않고 무우곡을 떠나왔었다. 그런데 서문운하와의 일로 10여 년을 지기(知己)로서 지낸 그녀에게 문득 죄책감이라도 들었던 것일까……

나직이 한숨 쉬던 한효월은 문득 미간을 굳혔다.

"개방…… 복명(復命)……."

옆방에서 나직이 이야기하는 소리가 들려왔던 것이다.

가물가물 잠의 나락으로 빠져들던 그의 정신이 번쩍 깨어났다.

공력을 운기하여 청력을 높였으나 더 이상 소리는 들리지 않았다.

그러자 그는 잠시 생각을 굴리다가 자리에서 일어나 그 소리가 들린 옆방을 노려보았다. 그의 눈이 어둠 속에서 투명하게 빛을 발하기 시작했다.

사물을 투과할 수 있는 천조신안이었다.

하지만 그가 천조신안을 운기하기 시작하자마자 가벼운 인기척이 일더니 그 방 쪽에서 사람의 기척이 사라졌다.

'창문?'

한효월은 급히 창문으로 다가섰다.

검은 그림자 둘이 앞서거니 뒤서거니 하면서 어둠 속에서 지붕을 타고 사라지고 있었다.

한효월의 신형도 다급하게 창문을 빠져나갔다.

검은 그림자들의 신형은 매우 빠르게 마을을 벗어났다.

반 시진가량을 어둠 속에서 질주하자 그들의 앞으로 100호 정도의 촌락이 하나 나타났다. 하지만 그들은 그 촌락이 아니라 그 촌락 외곽에 자리한 커다란 도관(道觀)으로 향했다.

그들은 망설이지 않고 그 도관의 후전으로 스며들었다.

〈무진궁(無眞宮).〉

혹의인 두 사람이 당도한 도관의 이름이다.

규모는 그리 크지 않았지만 전원과 후원이 구분되어 있었고, 숲으로 둘러싸인 후원 쪽으로는 불도 켜 있지 않았다. 하나 그 후원의 어둠 속으로는 뜻밖에도 암중 경계가 삼엄했다.

한효월이 숲 속에 은신하자 그가 따라왔던 혹의인들 둘은 어둠 속에서 나타난 혹의인에게 신패(信牌)를 보이고는 후전으로 들어갔다.

조금 시간이 흐르면서 다시 십여 명이 신패를 확인하고는 후전으로 들어가는 모습을 볼 수 있었다.

잠시 생각에 잠겨 있던 한효월은 소리도 없이 오던 길을 되돌아갔다.

채 반각이 지나지 않아 검은 그림자 하나가 나타났다.

한효월은 불쑥, 그의 앞에 나타났다.

"누구요?"

그가 주춤 뒤로 물러서면서 경계 태세를 취했다.

"왜 이렇게 늦은 거요?"

한효월이 음성을 차갑게 바꾸어서 물었다.

"그, 그건……."

그의 물음에 당황해 대꾸하려던 혹의인은 놀란 빛으로 물러서려다가 그만 앞으로 쓰러졌다.

한효월이 소리도 없이 손을 써 그의 가슴팍 현기혈(玄機穴)을 찔러 버렸기 때문이다. 현기혈은 사람의 구대훈혈(九大暈穴) 가운데 하나로서 점혈이 되면 정신을 잃고 쓰러지게 된다.

그를 제압한 한효월은 그를 안고 숲 속으로 들어갔다.

그의 품속을 뒤져 보자, 몇 가지 물건과 함께 동패 하나가 나왔다. 거기에는 북벌동위구(北伐銅衛九)라고 새겨져 있었다.

"과연 제천교였군."

중얼거린 그는 흑의인의 현기혈을 풀어주었다.

그는 나이 마흔 정도였는데, 얼굴은 조금 긴 편이지만 평범한 용모로 장도(長刀) 하나를 차고 있음을 보아 도법을 수련한 것 같았다. 한효월의 기습을 알아차린 것으로 보아 무공은 그리 약하지 않을 터였다.

"끄응……."

정신을 차리던 그는 한효월을 발견하고 급히 일어나려고 했지만 손가락 하나 까딱할 수 없음을 느끼자 굳은 얼굴로 그를 쏘아보았다.

"당신은……."

"무진궁에서 누구를 만나기로 되어 있나?"

한효월이 물었다.

"그건……."

"긴말은 서로를 피곤하게 할 뿐이지."

한효월이 그를 노려보았다.

과아아~

어둠 속에서 강렬한 눈빛이 전광과도 같이 그를 압도하며 일어났다. 그 눈빛에 어린 기세는 그 장한을 마치 살모사 앞에서 떨고 있는 개구리처럼 만들기에 족한 위력을 가지고 있었다. 심신을 압도당해서 입을 열지 않고 배길 수가 없도록 하는.

잠시 후, 한효월은 그의 옷을 벗겨 입고 장도까지 차고서 무진궁에 이르렀다.

그자는 2, 3일 후에나 깨어날 것이었다.

마침 그의 앞으로 흑의인 한 사람이 신패를 보이고 통과를 하던 중이라 그는 걸음을 조금 빨리해서 그의 뒤를 따르면서 신패를 내보였다.

아무 말 없이 좌우에서 나타났던 두 흑의인이 담장 그늘로 숨어들었다.

앞서가는 흑의인을 따르면서 한효월은 주위를 살펴보았다.

무진궁의 내전은 전원과 담장으로 격리되어 있는데, 전원과 통하는 문은 닫혀 있었다.

그뿐, 주위는 어둠에 묻혀서 아무도 없는 것 같았다.

앞선 흑의인은 옆도 돌아보지 않고 내전의 전각 안으로 들어갔다.

한효월도 주위를 살펴보기보다는 안으로 따라 들어갈 수밖에 없었다.

겉보기로는 불도 꺼진 것 같지만 실제로는 창문에다 두터운 천을 드리운 것뿐, 내전의 안쪽으로는 등잔이 밝혀져 있어서 전혀 어둡지 않았다.

내전에는 열대여섯 명의 흑의인들이 숨소리도 내지 않고 바닥에 앉아 있었다. 포단도 없는 바닥이었지만 누구 한 사람 불평은 없었고, 한효월의 앞서 들어온 흑의인도 들어온 순서대로 그 뒷자리에 그냥 앉았다.

그것을 본 한효월도 그 뒤에 따라 앉았다.

아무래도 앞자리보다야 뒷자리가 사방을 살펴보기에 편할 것이다.

한효월이 들어선 다음에 두어 명이 더 들어왔고 앞쪽에서 차고 날카로운 음성이 들려왔다.

"모두 모였느냐?"

말소리와 함께 흑의몽면인 한 사람이 내전의 신상 옆에 달린 문에서 걸어 들어왔다.

등불이 사방 벽에 밝혀진 가운데, 어둠에 묻힌 곳에서 그가 걸어나오자 마치 어둠 속에서 불쑥 튀어나오는 듯 보여 괴이했다.

그의 뒤를 따라 흑의검수들 둘이 나타나 호위하듯 좌우로 벌려 섰다.

그 가운데 선 흑의몽면인은 한 자루 보검을 옆구리에 찼고 몽면 속에서는 음성만큼이나 차가운 눈빛이 흘러나오고 있었다.

"예, 모두 도착했습니다."

흑의인 한 사람이 일어나 그를 향해 복명했다.

노자신상 앞에 우뚝 선 흑의몽면인은 주위를 둘러보면서 싸늘히 입을 열었다.

"이제부터 본 성주가 너희들을 인솔한다. 모든 일은 내 지시를 따르되, 한 치라도 어긋난다면 법대로 처리할 것임을 명심하도록. 시간이 없으니 바로 출발하기로 하겠다."

흑의몽면인의 음성은 차고 날카로웠다.

그리고 그의 왜소한 몸매는 남자의 것이 아니었다.

"누구 질문있나?"

그녀가 차가운 눈길로 사람들을 쓸어보았다.

"……."

조용했다.

아무도 시선을 들어 그녀와 눈을 마주치지 않았고 묻는 사람도 없었다. 원래 제천교의 조직 자체가 상좌(上座)가 하는 일을 물을 수 없도록 되어 있었기에 물을 이유도 없었다.

그가 그런 말을 하는 것은 이들이 자신의 직속 부하들이 아니었기 때문이다.

'요광성주……'

한효월은 그런 그를 보면서 내심 흠칫하여 중얼거렸다.

뜻밖에도 나타난 그 흑의몽면인은 요광성주였던 것이다.

그녀는 제천교 내의 제천칠성 중 하나다.

한효월이 알기로 제천교의 중심 세력인 오방후와 그 제천칠성들은 사이가 그리 좋은 것이 아니었다. 그런데 그런 그녀가 오방후 중 한 사람인 북벌후의 부하들을 통솔하게 된 것은 실로 의외라 할 만했다.

'대체 무슨 일이기에?'

고개를 숙이고 있던 한효월은 그녀가 내전을 벗어남을 보자 그녀의 뒷모습을 보면서 생각에 잠겼다.

한효월은 그녀가 자신을 알아볼까 해서 고개를 숙인 채 감히 들지 못했었다.

그녀가 자신의 앞으로 스쳐 지났기 때문이다.

*　　　　*　　　　*

내전을 벗어난 그녀가 앞서 신형을 날리자 다른 사람들은 일제히 그 뒤를 따랐다.

상당히 훈련이 잘된 고수들이었다.

이십여 명의 사람들이 한꺼번에 달려가고 있음에도 인기척은 전혀

나지 않았다. 들리는 것은 빠른 속도로 달림으로 인해서 이는 옷자락 나부끼는 소리뿐.

그들은 어둠 속을 뚫고서 밤을 도와 숲을 가로질렀다.

그들이 걸음을 멈춘 것은 거의 100여 리를 주파한 다음이었다.

어둠은 여전히 세상을 덮고 있었다.

저 멀리 여명이 쫓아오고 있겠지만 아직은 어둠을 밀어낼 힘을 가지지 못했다.

"잠시 쉰다."

그들을 앞서 이끌던 흑의인이 요광성주의 명에 따라 말했다.

흑의인들이 모두 숲 속에, 바위에 기대앉아 휴식에 들어갔다. 사람에 따라서는 품속에서 건량을 꺼내서 씹는 사람도 있었다.

한효월은 되도록 요광성주에게서 떨어진 곳에 앉아서 운기조식하는 척, 눈을 감고 있었다. 누군가가 말을 걸어오면 곤란하기 때문이다.

'어디로 가는 것이기에 이렇게 밤을 도와 가는 것일까?'

한효월은 앞선 몇 사람이 흩어졌다가 다시 모이는 것을 보고 내심 생각했다.

그렇게 급하게 달려오다가 여기서 쉰다는 것은 목적지가 멀지 않다는 것을 의미라고 그는 생각하였다.

그의 그런 생각은 과연 어김이 없었다.

그들의 목적지는 그곳에서 10여 리가량 떨어진 농원(農園)이었다.

어스름한 어둠 속에 자리한 농원은 십여 채의 농가가 모여 있었다.

조금 떨어진 곳에 창고로 보이는 서너 채의 건물이 있고, 바람을 막는 잡목 숲을 등지고 서너 채의 농가가 보인다. 그중 가운데 있는 농가는 다른 곳보다 조금 규모가 컸다.

요광성주 일행은 농가가 바라보이는 언덕배기 숲 속에서 그들을 기다리고 있던 일행과 합류하게 되었다.

어둠 속인지라 얼마나 되는 인원인지는 알 수가 없지만 사방에서 은밀히 움직이고 있는 자들을 느낄 수 있었다.

얼핏 보이는 인원만 해도 적지 않았다.

'무슨 일을 꾸미는 것일까?'

굳이 생각을 굴려보지 않아도 그들의 목표가 눈앞에 내려다보이는 농가임을 알 수는 있다. 그러나 과연 그들이 이렇게 은밀히 움직이면서 치려는 대상이 누군지 알 수가 없는 것이다.

요광성주를 맞이한 것은 숲 속에서 나온 흑의인이었다.

그는 각듯한 예를 갖추며 그녀를 앞쪽으로 안내했다.

한효월 등은 그 자리에서 몸을 숨긴 채로 명령을 기다리게 되었다. 아무런 설명도 없지만 그들은 그것이 당연한 듯 흩어져 숲 속에 몸을 숨겼다. 그러나 흐트러진 움직임도 잡담을 하는 사람도 없었다. 옆 사람을 상관하지도 않았다. 눈을 감은 채로, 혹은 눈을 뜬 채로 그들이 배당받은 자리에서 묵묵히 명령을 기다릴 따름이었다.

그것이 다행이었다.

만약 그렇지 않다면 중간에 끼어든 한효월은 스스로를 숨길 수 없었을 것이기 때문이다.

요광성주가 안내된 곳은 그들과 4, 5장가량 떨어진 곳이었다. 그런 정도의 거리라면 한효월의 능력으로 충분히 동정을 엿볼 수가 있었다.

한효월은 가늘게 눈을 뜨고서 요광성주가 간 쪽을 바라보았다.

"예상보다 늦었군."

침착한 음성이 그녀를 맞았다.

녹삼을 걸친 문사였다.

매부리코에 길고 날카로운 눈매. 짧은 팔자수염. 전형적인 모사의 생김을 가진 그는 제천교의 오방후 중 북벌후였다.

그가 있는 자리에는 요광성주보다 먼저 온 몇 사람의 흑의인들이 모여 있었다.

그들의 앞쪽, 좀 더 정확히 말해서 관목 숲 언덕 아래쪽으로는 바로 어둠 속에 자리한 그 농장이 내려다보인다. 이를테면 이 자리는 그 전체를 조망할 수 있는 요지인 셈이었다.

"동위(銅衛)를 인솔해 오느라고 늦었어요. 그 명령을 내린 사람은 후야(侯爺)가 아니던가요?"

요광성주가 말을 받았다.

"곧 날이 밝을 거요."

옆에서 한 사람이 낮고 날카로운 음성으로 말했다.

마치 장작개비처럼 마른 사람이었다.

그는 흑포(黑袍)에다가 풍덩한 흑건을 뒤집어써 전신에 드러난 것은 흑건 속에서 빛나는 음산한 두 눈뿐이었다. 어둠 속에서 마치 늑대의 것처럼 빛을 발하는 그의 두 눈은 보는 사람을 섬뜩하게 만들고 남음이 있었다. 바람이 불어올 때마다 흑포가 펄럭거리니 마치 허수아비에다 옷을 걸쳐 놓은 듯하여 더욱 괴기하였다.

"이제 모두 도착했으니 정확히 일각 후에 공격을 시작하도록 합시다."

북벌후가 말했다.

"그가 저 농원에 정말 있는 건가요?"

시선을 돌려 어둠 속에서 자리한 농원을 힐끗 내려다본 요광성주가 물었다.

"물론."

"그는 행적이 표홀한 자예요. 그간 수없이 우리 일을 방해했지만 한 번도 능동적으로 그를 잡을 수가 없었는데, 어떻게 그가 은신하고 있는 곳을 알아낸 거죠?"

음산한 웃음이 북벌후의 얼굴에 떠올랐다.

"한번 당했다고 계속 당한다면 말이 안 되지! 제아무리 개방이라고 해도 어찌 본 교의 이목을 벗어날 수야 있을까? 준비하시오."

그가 손에 들었던 섭선을 탁, 치고는 시선을 돌렸다.

오늘의 일을 계획한 것은 그였고 이 일의 책임자도 그였다.

일단 일이 시작되면 그의 말에 따라 움직여야 했다.

요광성주가 자신의 곁을 따르는 수신호위에게 나직이 명을 내렸다.

저 멀리서 어둠이 새벽에 쫓겨 흩어지고 있었다.

원래 이 농원 주변에는 경계가 있었다.

특히 농원을 내려다볼 수 있는 이 산등성이에는 당연히 주위를 감시 하는 척후가 있기 마련이다. 이곳이 단순한 농원이 아니라면 그것은 너무도 당연한 일.

그래서 제천교에서 가장 먼저 한 일이 바로 척후를 처리하는 것이었 다. 외부로 통하는 연락망을 차단하고, 그들이 의도한 대로 공격을 한 다면 그야말로 독 안에 든 쥐 꼴이라 결코 요행을 바랄 수가 없었다. 더구나 오늘을 위해서 제천교는 이미 만반의 준비를 해오던 차였다.

첫 번째로 명령을 받은 것은 한효월 등이 속한 동위였다.

그들은 중간 책임자인 동령(銅令)의 명령 일하에 최대한 은밀히, 또한 가장 빠르게 농장을 향해서 달려갔다.

마치 검은 물결이 아래로 쏟아져 내려가는 것 같았다.

한효월도 예외가 될 수 없어 거기에 묻혀 같이 달려가야 했다.

그 와중에 한효월은 요광성주가 북벌후와 이야기하는 것을 들을 수 있었다.

"그들이 습격당하는 것을 전혀 모르고 있는 건가요?"

요광성주의 물음에 북벌후가 나직이 웃었다.

"개방의 황엽은 결코 간단한 자가 아니지. 바보가 아닌 바에야 그들도 이미 준비를 하고 있을 거요. 하지만 저들 동위의 타초경사(打草驚蛇) 일격에 그들의 반응이 어떨지 한번 두고 보는 것도 재미있겠지? 거기에 신경을 빼앗기는 사이에 어떤 일이 일어날 것인지…… 후후후……."

그 말에 한효월은 내심 놀라 하마터면 뒤를 돌아볼 뻔했다.

이제 보니 그들은 개방을, 그것도 개방 방주를 막다른 곳에 몰아넣고 그를 사냥을 하기 위해서 병력을 집중하고 있었던 것이다. 그냥 개봉으로 개방총단을 찾아갔었더라면 허탕을 치고 말 뻔했다.

한효월은 조금 신형을 빨리해서 다른 사람과 보조를 맞추면서 마침 옆을 스치는 나무를 이용, 슬쩍 북벌후 등이 있는 자리를 쳐다보았다.

방금까지 있었던 그 흑포괴인이 찰나간에 보이지 않았다.

'타초경사라…….'

한효월은 그 말을 되뇌었다.

말 그대로 풀을 건드려 뱀을 놀라게 한다는 뜻이다.

병가(兵家)에서는 가장 바보 같은 짓으로 여겨지는 그 말을 저자가 회심의 미소를 지으며 하는 이유는 대체 무엇일까?

한효월이 생각을 굴리고 있는 사이에 그들 스무 명은 이미 목표인 농가에 도달하고 있었다.

앞선 두 사람이 조금도 망설임없이 농가의 문을 박차고 안으로 달려 들어갔다. 농가의 문은 제법 튼튼했지만 무림고수의 발길질을 견딜 만큼 튼튼할 수는 없었다.

쾅! 소리와 함께 문이 안쪽으로 떨어져 나갔다.

그리고 그들 둘은 날듯이 장도를 휘두르면서 안으로 덮쳐 갔다.

쨍쨍!

날카로운 금속성이 안에서 터져 나왔다.

하지만 비명도 무엇도 그것으로 끝이었다.

아무 소리도 들리지 않았다.

그들이 달려 들어감과 동시에 뒤를 이어 두 명이 바닥으로 몸을 굴려 안으로 들어갔지만 그들에게서는 금속성마저 들리지 않았다. 그저 깊은 물에 조약돌이 빠져 버린 듯이 고요할 따름.

농가는 세 채가 연결되어 있었다.

앞에 한 채는 정문처럼 자리했고, 뒤의 두 채는 앞채에 연결된 담장 안에 같이 있었다.

다시 말해 앞의 한 채는 대문과도 같은 곳이고, 뒤의 농가들은 본가의 가족이 사는 후원이라 할 수 있었다. 그곳으로 가기 위해서는 첫 농가를 돌파하여 농가의 마당을 지나야만 했다.

그러니 습격은 당연히 첫 번째 농가에서부터 시작되기 마련이다.

그런데 상황은 전혀 예측과는 달리 전개되고 있었다.

북벌후는 이런 상황도 이미 계산에 둔 듯했다.

그가 신호를 보내자 동위가 첫 번째 농가를 덮치고 있는 동안에 좌우에서 검은 그림자들이 담장을 넘어 뒤쪽 농가로 밀려 들어갔다. 그 숫자는 실로 적지 않아서 4, 50명이나 되었다. 검은 물결이 노도와 같이 어둠을 타고서 밀려드는 것 같았다.

　그런데도 상대방에게서는 아무런 대응의 움직임도 보이지 않았다.

　그저 집 안으로 들어서는 사람만 사라질 따름이었다.

　괴기하기 이를 데 없었다.

　뒤쪽에 있던 한효월은 다시 두 명의 동위가 문 안으로 덮쳐 들어가는 순간에 그들의 뒤를 따라 바람처럼 첫 번째 농가의 안으로 들어갔다.

　짙은 어둠이 시야를 가로막았다.

　농가의 안은 불빛 한 점 없었다.

　창문까지 모두 봉해서 전혀 빛이 들어오지 않았다.

　안으로 들어서는 사람은 밝은 곳에서 암흑 속으로 들어가는 것이니 일시지간 시력을 상실할 수밖에 없는 상황. 그런 상태에서 공격을 당하니 실제로는 습격을 하는 것이 아니라 오히려 습격을 당하는 것과 같았다.

　한효월은 앞선 동위의 뒤를 따라 안으로 들어서는 순간에 그가 쓰러지는 것을 볼 수 있었다.

　직도(直刀)를 휘두르며 안으로 덮쳐 들어갔던 두 명의 동위는 안으로 들어서는 순간에 앞에 쓰러진 동료의 시체에 발이 걸려 주춤하다가 목을 부여잡고 쓰러졌다.

　한효월은 그것이 어둠 속에서 날아드는 암기로 인한 것임을 알아볼 수 있었다.

비도(飛刀) 따위가 아니었다.

어둠 속에서 소리도 없이 날아드는 암기를 피하는 것은 결코 쉬운 일이 아니다. 더구나 겨우 암기를 피한 다른 동위는 채 신형을 가누기도 전에 억눌린 신음과 함께 전신을 격렬히 떨었다.

그의 심장을 깊숙이 찌르는 검으로 인해서였다.

쨍!

한효월은 자신의 목젖을 향해 날아드는 암기를 쳐냈다.

그 순간, 다시 옆에서 검이 날아들었다.

놀라울 정도로 잘 훈련된 연수합격(聯手合擊)이었다.

암기를 날리고, 그 틈에 다시 쾌검(快劍)이 공격하고…… 어떤 고수라도 순간적으로 어둠이 찾아든 이런 상황에서는 정말 피하기 어려운 공격이었지만 이미 무공이 한 단계 달라진 한효월에게까지 위협이 될 수는 없었다.

그는 슬쩍 신형을 이동하면서 수중의 장도로 상대의 검을 막아냈다.

그리고 그가 뭐라고 막 입을 열려고 할 때였다.

"윽……!"

갑자기 그를 공격하던 검수(劍手)가 나직한 신음을 흘리며 쓰러졌다.

뿐만 아니라 약간 앞쪽에서 연신 암기를 날리던 자도 비명을 지르며 쓰러지는 것이 아닌가.

한효월이 주춤하는 사이에 제천교도를 공격하던 세 명의 개방고수가 속절없이 쓰러져 죽었다. 한효월은 이미 이 집 안에서 그들을 공격하던 개방고수가 모두 네 명임을 알아본 상태였다.

셋이 쓰러지자, 결국 한 명만 남은 셈이었다.

자리를 잡고 공격하던 네 명의 고수 중 세 명이 한꺼번에 쓰러져 버리자 상황은 돌변하여 동위들은 찰나간에 집 안을 장악하면서 안으로 몰려들었다.

"손을 멈춰."

동위 대여섯이 한꺼번에 달려들자 홀로 남은 개방고수가 나직이 소리쳤다.

하지만 이 상황에서 누가 그 말을 들을 것인가.

그러나…….

"그만둬. 그는 한편이다. 공격하지 마라!"

차가운 음성이 들려오자 동위들은 모두 무기를 거두고 뒤로 물러났다.

그 집의 뒤쪽 문이 열리며 수신흑의대의 호위를 받으며 한 사람이 천천히 안으로 들어서고 있었다.

"좋아, 좋아…… 아주 좋군!"

그는 주위를 둘러보면서 나직이 웃었다.

그야말로 바로 북벌후였다.

이제 보니 그는 뒤쪽에서 지시만 하고 있는 것이 아니라 직접 움직이고 있었던 모양이다.

그 점은 한효월의 예상을 뛰어넘었다.

그리고 이제부터 그의 앞에서 벌어지는 일들은 더욱 그러하였다.

"황엽은 안에 있나?"

북벌후가 앞에 선 개방고수에게 물었다.

"그렇…… 소."

개방고수가 잠시 침묵하다가 고개를 끄덕였다.

그의 얼굴을 본 한효월은 하마터면 신음을 흘릴 뻔했다.

그 개방고수는 다른 사람이 아닌 개방의 옥면무영 호일랑이었던 것이다.

'설마······.'

한효월은 눈앞의 사실을 믿을 수가 없었다.

다른 사람도 아닌 옥면무영 호일랑, 개방의 방주 황엽의 사제인 그가 개방을 배신하다니······ 어찌 있을 수 있는 일이란 말인가.

보면서도 자신의 눈을 믿기 힘든 일이었다.

그러나 집 안의 개방고수들을 쓰러뜨린 사람은 정말 옥면무영 호일랑이었다. 그가 뒤에서 손을 쓰자 나머지 고수 셋은 영문도 모르고 쓰러져 버리고 말았던 것이다.

다음 대 개방의 방주로까지 지목되던 옥면무영 호일랑.

그가 개방을 팔고, 사형인 개방주 황엽까지 제천교에 넘길 위인일 줄이야!

"좋아, 오늘 황엽을 잡는다면 네 공이 크니, 반드시 교중에 중용(重用)될 수 있을 것이다."

북벌후가 그를 칭찬했다.

그 말에 옥면무영 호일랑의 얼굴이 조금 일그러졌다.

"나는······."

뭔가 말을 하려던 그는 길게 한숨 쉬고는 북벌후를 쳐다보았다.

"그보다······ 나와의 약속을 잊지 마시오."

말을 하는 그의 얼굴은 어딘지 모르게 일그러져 있는 듯했다.

"물론이지, 자 그럼 가보기로 할까? 앞장서 길을 열도록 하지!"

북벌후가 음침히 웃으며 고개를 끄덕였다.

앞서라는 의미다.

그의 턱짓에 따라 옥면무영 호일랑은 한차례 발을 구르더니 밖으로 뛰쳐나갔다.

"빨리 그의 뒤를 추격해라!"

북벌후가 차갑게 소리쳤다.

엉거주춤해 있던 동위들이 그 명령에 몸을 돌려 방금 나간 옥면무영 호일랑의 뒤를 추격하기 시작했다.

한효월도 거기에 속해 있었다. 막 신형을 돌리던 그는 바닥에 쓰러진 회의인, 개방의 고수 하나의 손이 미미하게 움직이는 것을 얼핏 보게 되었다.

'배신을 했으되, 아직 정리(情理)는 남아 있었던가?'

한효월이 내심 신음하였다.

개방고수는 즉사하지 않은 듯했다.

아마도 마지막 순간에 손에 사정을 남겨둔 듯하지만 그가 살아 있음이 발각되는 즉시 죽음을 면치 못할 터였다. 그러나 지금의 상황은 매우 긴박하여 어쩌면 그가 살아 있는 것을 발견하지 못할 가능성도 있었다.

한효월이 동위와 함께 앞서 가는 옥면무영 호일랑의 뒤를 추격하여 첫 번째 농가를 빠져나가는 순간에 북벌후의 뒤쪽으로 한 사람이 나타났다.

바로 요광성주였다.

"언제 그를 포섭한 거죠?"

그녀는 고함을 지르면서 앞을 가로막는 흑의인들을 돌파하고 있는 옥면무영의 모습을 바라보면서 물었다.

"본 교가 하고자 한다면 무슨 일은 못하겠소?"

북벌후는 음산히 웃었다.

"오늘 황엽은 결코 내 손을 벗어나지 못할 거요. 그는 가장 믿었던 사제에게 배신을 당하면서 뼈저리게 후회를 하게 되겠지. 감히 본 교에 대항하려 들었던 것을…… 흐흐흐……."

그는 회심의 미소를 지으며 바깥을 내다보았다.

아직은 때가 아니라고 생각하는지 그는 바깥을 내다볼 뿐, 모습을 드러낼 생각이 없는 듯했다.

'오늘 이 농원으로는 모두 오로(五路)의 인마가 당도했는데, 현재 모습을 드러내고 공격하고 있는 것은 불과 이로(二路)의 인마일 뿐이니…… 나머지는 어디에 있는 거지?'

요광성주는 오방후 중에서 가장 심기가 뛰어나다는 북벌후의 능력을 인정하지 않을 수 없었다.

이미 교중의 고수들이 모습을 드러내고 있어서 그녀의 위치는 전과 같지 않았다.

"감히…… 비키지 못하겠느냐!"

옥면무영 호일랑은 고함과 함께 수중의 타구봉을 휘둘러 앞을 가로막는 흑의인들을 공격했다.

그의 공력은 이미 경지에 올라 그가 전력을 다하자 땡그렁! 하는 소리와 함께 앞을 가로막던 흑의인의 검이 뚝 부러져 나갔다. 흑의인들이 피를 뿌리며 튕겨졌다.

수십 명의 흑의인들 사이를 헤치며 달려가는 그의 무공은 가히 신위라 불리울 만했다.

하긴 그럴 수밖에 없었다.

흑의인들은 그를 죽이지 않도록 명령받고 있었기에.

그렇게 해서 옥면무영 호일랑은 삽시간에 뒤쪽에 자리한 농가에 도달하게 되었다.

"문을!"

농가에 당도한 그가 소리쳤다.

옥면무영 호일랑이 가히 인해(人海)의 숲을 헤치면서 당도하자 굳게 닫혀 있던 농가의 문이 열리면서 그를 맞아들였다. 맞아들였을 뿐 아니라, 두 명의 회의인이 나와서 그가 무사히 안으로 들어갈 수 있도록 엄호했다. 너무도 당연한 일이었다.

하지만 허장성세로 장도를 휘두르며 그 뒤를 따르는 한효월은 내심 다급하기 이를 데 없었다.

말 그대로 늑대를 집 안으로 들여놓고 있는 것이기 때문이다.

이 시점에서 자신의 진면목을 드러내어야 할지 아닐지 순간적인 판단이 서지 않았다. 그가 스스로를 드러내어 안으로 치고 들어가면 지금 상황에서는 누구도 막을 수 없을 것이고, 옥면무영 호일랑의 배신을 응징할 수도 있을 터였다.

와장창!

흑의인 하나가 창문을 깨고 안으로 날아 들어갔다.

그것을 본 한효월은 바람처럼 그 뒤를 따라 농가 안으로 들어갔다. 우선 안으로 들어가 저들의 눈을 피하면서 대처를 할 생각인 것이다.

두 채의 집이 연결된 농가는 예상보다 넓었다.

농가의 안에는 이미 10여 명의 흑의인들이 난입하여 싸움을 벌이고 있었고 7, 8명의 회의인들이 그들을 맞아 싸우고 있었다.

어둠 속이지만 그들이 바로 방주를 호위하는 수신구룡 중 몇과 개방의 고수임을 알 수 있었다.

그런데 괴이하게도 안으로 진입한 흑의인들이 제대로 손을 쓰지 못하고 쓰러지고 있었다. 무공에 현격한 차이가 나서라기보다는 뭔가 이상한 향기가 농가 내에 가득 차 있는 듯했다.

한효월 또한 그 향기를 맡는 순간, 그것이 미혼향의 일종임을 깨닫고 급히 숨을 멈추었다.

어둠 속에서 안으로 들어서는 순간에 이런 향기를 맡고 아찔해지면 그 다음은 치명적일 수밖에 없었다. 그제서야 흑의인들이 힘을 쓰지 못하고 쓰러지는 이유를 알 수 있었다.

쩅쩅! 무기 부딪는 소리와 비명이 뒤섞여 급박하게 들리는 가운데 차가운 빛이 번뜩이면서 막 안으로 들어선 한효월을 향해 날아들었다.

한효월은 날아든 대도를 자신의 장도로 슬쩍 밀어내고는 옥면무영을 찾았다.

그는 이미 개방의 고수들 쪽으로 물러나 있었다.

"조심하시오!"

한효월이 소리치면서 그쪽으로 덮쳐 갔다.

순간이다.

"농가 안에 미혼향이 가득 차 있다! 숨을 쉬지 마라!"

어디선가 다급한 외침이 터져 나왔다.

와장창!

회의인들이 막고 있던 문짝이 부서지면서 흑의인들 10여 명이 한꺼번에 몰려들었다. 그들의 숫자가 급증하자 개방의 고수들은 이미 약속한 바가 있는 듯 일제히 안쪽으로 물러섰다.

'황 방주는 어디 있는 걸까?'

한효월은 주위를 둘러봐도 그가 보이지 않자 괴이했다. 그의 성품이나 무공으로 보아 이렇듯 수하들의 뒤에 숨어 있을 리가 없기 때문이다.

옥면무영이 그들과 같이 안쪽으로 사라지는 것을 본 한효월은 다급하게 그 뒤를 쫓았다.

횡횡― 좌우에서 도검이 날아들었다.

"비키시오."

그들이 수신구룡 중 두 사람임을 알아본 한효월은 나직이 소리치면서 수중의 장도를 쳐냈다.

"윽?"

쨍, 쨍! 도광이 번뜩이는 가운데 두 사람이 그 힘을 이기지 못하고 비틀 뒤로 물러나 경악으로 눈을 부릅떴다. 한효월의 일도에 실린 힘이 가공하여 하마터면 그 충격으로 들고 있던 도검을 떨어뜨릴 뻔했기 때문이다.

그들을 물리친 한효월은 다른 흑의인들보다 가장 먼저 안쪽으로 진입할 수가 있었다.

그곳은 일종의 객청(客廳)으로써 격전이 벌어지고 있는 전청보다 규모는 작지만 그 농가를 지킬 수 있는 요충이라 할 수 있었다.

그런데 한효월이 그곳으로 들어가는 순간, 펑! 하는 굉음과 함께 객청의 한쪽 벽이 터져 나가면서 한 무리의 흑영이 질풍처럼 쇄도해 들어오는 것이 아닌가.

"으악!"

마침 그쪽으로 물러나 있던 개방고수가 다급히 수중의 철곤을 휘둘렀지만 그의 입에서 터져 나온 것은 단말마의 비명.

미처 상상치 못했던 일.

이 농가의 벽은 상당히 두터워서 무림고수라고 할지라도 쉽사리 돌파할 수 없는 것이라 흑영의 출현은 그만큼 갑작스러울 수밖에 없었다. 그야말로 허를 찔린 형태이고, 앞을 경계하면서 뒤로 물러서던 개방의 고수들은 뒤를 공격당한 셈이라 거의 속수무책이었다.

"으아악!"

또 다른 개방고수가 비명을 질렀다. 그의 머리가 마치 깨진 수박처럼 앞선 흑의인의 손에 의해 터져 나갔다.

나타난 사람은 다름 아닌 북벌후와 같이 있다가 사라진 그 흑포인이었다.

그 흑포인은 검은 유령과도 같이 달려들고 있는데 한효월과 같이 움직이고 있는 동위와는 차원이 다른 고수였다. 더구나 그의 뒤에는 그와 같이 움직이는 흑포인이 다섯이나 더 있었다.

"물러나!"

옥면무영이 수중의 검을 앞선 그 흑포인에게로 던지면서 소리쳤다.

"흥!"

흑포인이 코웃음 치면서 날아든 검을 손으로 움켜잡았다.

옥면무영이 날려 보낸 검에는 진기가 실려 고막을 찢는 파공성이 울려 퍼졌음에도 불구하고 흑포인은 마치 수수깡 막대를 잡듯 그 검을 잡았고, 놀랍게도 그의 손에 잡힌 검은 깨진 얼음 조각처럼 부서져 내렸다.

자신을 향해 날아든 옥면무영의 검을 그렇게 부수면서도 그는 앞으로 덮쳐 가는 기세를 늦추지 않았다.

마치 검은 파도가 사납게 덮쳐 가는 것 같은 기세였다.

그의 등장은 확실히 의표를 찔렀다. 균형을 이룬 형세가 삽시간에 큰물에 방죽이 허물어지듯이 무너져 버렸다. 서너 명의 동료가 쓰러지는 가운데 전세가 기울자 개방고수들은 망설이지 않고 뒤로 물러났다.

"크크크……."

그것을 보자 음산한 웃음이 흑포괴인에게서 흘러나왔다.

그 웃음소리의 여운이 채 사라지기도 전에 그는 이미 문 쪽으로 물러선 개방의 고수를 덮쳐 가 그 손을 내밀고 있었다.

괴이한 경력이 그 손에서 소용돌이치면서 일어났다.

'으윽!'

개방의 고수들은 방주의 수신호위인지라 무공이 약할 리 없었다. 그럼에도 불구하고 그의 눈에 절망의 빛이 떠올랐다. 흑포괴인의 무공은 괴기하기 이를 데 없어서 어떻게 피할 수가 없었던 것이다.

뒤로 물러날 수조차 없었다. 괴이한 흡력이 흑포괴인의 손에서 일어나 그를 잡아당기고 있었기 때문이다. 그는 이를 악물고 마지막 힘을 다해서 양손을 연달아 쳐냈다.

찰나.

흑포괴인의 눈빛이 흉포히 일그러졌다.

갑자기 개방고수의 뒤에서 한 사람이 불쑥 나타나 그를 향해서 일장을 쳐왔던 것이다. 그 위세는 실로 간단치 않아서 흑포괴인도 쉽사리 볼 수가 없었다.

"크와악!"

흑포괴인은 괴성과 함께 갈고리처럼 뻗어냈던 양손을 끌어 잡아당겼다.

콰쾅!

폭음이 터져 나왔다.

맹렬한 경기가 소용돌이치며 일었다.

하지만 흑포괴인은 한바탕 어깨를 부르르 떨었을 뿐, 여전히 앞으로 덮쳐 갔다.

놀라운 무공을 지닌 자였다.

"제천교 천마각(天魔閣)에 귀신들이 산다더니 네놈도 그 귀신 중 한 놈인 게로구나. 옜다! 이거나 먹고 뒈져라!"

그런데 문 안에서 그를 막은 사람이 껄껄 웃더니 갑자기 검은 공 같은 것을 밖으로 던지는 것이 아닌가.

그것도 흑포괴인을 향해서가 아니라, 방바닥을 향해서.

바보가 아니라면 이게 무슨 뜻인지 모를 리가 없다. 더더구나 흑포괴인처럼 놀라운 고수 앞에서…….

거기에 더해 코끝을 스치는 화약 냄새.

"망할! 화기(火器)다! 피햇!"

앞으로 덮쳐 가던 흑포괴인이 고함치면서 뒤로 물러났다.

그의 좌우에 있던 흑포괴인들이 바람처럼 흩어졌다.

그 뒤를 따르다시피 하고 있던 한효월도 번개처럼 뒤로 물러섰다.

그러나…….

화약은 터지지 않았다.

원래부터 그것은 화탄(火彈)이 아니었다.

바닥에 떨어진 것은 둥근 공 같은 것이었는데 떨어지자마자 화약 냄새를 풍기면서 깨져 버리고 말았다. 화약 냄새가 진동을 하긴 했지만 화약이란 게 던진다고 터지는 건 아니다.

황급히 뒤로 날아갔던 우두머리 흑포괴인은 찰나간에 속았음을 깨닫고 불같이 노했다.

그사이에 개방고수들은 이미 문을 닫고 안으로 사라진 다음이었다.

"으흐흐흐……."

괴기한 웃음소리가 무서운 살기를 담고 흑포괴인의 입에서 흘러나왔다.

동시에 그는 깡마른 손을 들어 닫힌 문을 쳐갔다.

별다른 움직임을 보이지 않은 가운데 그의 손은 찰나간에 허공을 가로질러 그 문을 치고 있었다.

콰작!

채 손이 닿지 않은 상태에서 무형의 경력에 의해 문짝이 맥없이 산산조각으로 부서져 나갔다.

그가 안으로 쳐들어가자 나머지 흑의인들도 뒤따랐다.

이 농가는 이 지방의 토호(土豪)인 듯 농가의 규모는 실로 작지 않았다. 흑의인들이 날아 들어가면서 동위들도 뒤를 따라 안으로 밀려 들어갔다.

그때, 같이 들어가려던 한효월은 갑자기 멈칫 한 걸음 뒤로 물러났다.

뭔가 이상한 느낌이 들었던 것이다.

그것은 거의 독 안에 든 쥐 꼴이 된 개방의 방주 황엽의 모습이 전혀 보이지 않는 것에서 기인한 의혹과 궤를 같이하고 있었다.

그때 요광성주가 안으로 들어섰다.

이미 전세는 제천교에 완전히 장악된 상태인 듯했다.

그것을 증명하듯 다른 쪽에서 수신호위들의 옹위를 받으며 북벌후가 여유만만하게 안으로 들어서고 있음이 보였다.

바로 그 순간, 쾅!

안쪽에서 폭음이 터지며 격렬한 음향이 들려왔다.

'위험!

본능적으로 외친 한효월은 뒤로 신형을 날렸다.

그리고 거대한 파장과 함께 집 안 전체가 한꺼번에 화염에 휩싸였다.

쾅! 콰콰쾅!!

폭음이 연달아 터지면서 집 안이 온통 불덩어리로 변해 버렸다.

"으으……."

"크으으……."

신음 소리가 여기저기에서 인다.

불길이 널름거리면서 사방으로 튀는 가운데 연기가 하늘을 가릴 듯 피어 오른다. 금방까지도 흑의인들의 살기등등함에 짓밟히던 농가는 한순간에 불바다가 되어버렸다.

그들 모두를 삼키면서…….

가장 동작이 빨랐을 한효월도 완전히 무사할 수는 없었다.

뒤로 몸을 날리면서 호신강기(護身罡氣)를 일으킨 덕에 다행히 전신이 타버리는 횡액은 면할 수 있었다. 만약 그렇지 않았다면 그도 무사할 수는 없었을 정도로 폭발은 강력했다.

화약 냄새가 코를 찔렀다.

"당신은?"

그의 밑에서 놀란 음성이 들려왔다.

요광성주였다.

그녀가 눈을 휘둥그렇게 뜨고서 한효월을 올려다보고 있었다.

방금 폭발에서 그녀는 한효월 덕에 무사할 수 있었다. 그가 몸을 날리면서 마침 그 자리에 있었던 그녀를 낚아채면서 밖으로 뛰쳐나갔기에.

그렇게 되어 폭발에 휘감긴 그와 그녀는 한 덩이로 구르게 되었고 지금은 한효월의 밑에 깔려 있게 된 것이다.

"……."

한효월은 아무런 말 없이 머리를 흔들어 보이며 몸을 일으켰다.

"……."

요광성주는 믿기지 않는 듯 그를 쳐다보면서 그녀도 몸을 일으켰다. 하지만 더 이상 그를 향해 말은 하지 않았다.

"이, 이럴 수가……!"

얼마 떨어지지 않은 곳에서 북벌후의 신음이 들려왔기에.

옷자락 군데군데가 불타고 머리카락과 수염까지 그슬린 상태. 형편없이 낭패한 모습인 그는 망연자실(茫然自失), 불길에 휩싸인 농가를 바라보고 있었다.

심중의 격동을 말하듯 불빛에 드러난 그의 창백해진 얼굴은 연신 경련을 일으킨다.

어둠을 밝히면서 농가는 타오르고 있었다.

악마의 혓바닥처럼 날름거리는 불길은 폭발에도 굳건히 버티고 선 농가의 기둥을 휘감으면서 시커먼 연기를 뿜어낸다. 사방 여기저기에서 폭발에 날아간 흑의인들이 꿈틀거리고 있어 농원은 갑자기 한 폭의 지옥도로 화하고 말았다.

"어떻게 이런 일이……."

믿기지 않는 듯 북벌후가 수염을 떨었다.

그가 농가로 투입한 인원은 거의 전멸을 면치 못했다.

그때였다.

콰다당!

요란한 소리와 함께 불길에 휩싸인 농가에서 불길에 휩싸인 흑의인 하나가 뛰쳐나왔다. 알아보기 힘든 형상이었지만 그가 바로 흉흉한 기세를 보였던 그 흑포인임은 금방 드러났다. 놀랍게도 그는 폭발의 중심에 있었으면서도 살아난 것이다.

"크으으…… 이게 어떻게 된 거요?"

흑포가 누더기가 되어 거의 걸친 것이 없게 된 흑포인이 북벌후의 앞에서 사납게 소리쳤다.

"놈들이…… 이미 준비를 했던 것 같소……."

북벌후가 신음을 흘리며 대꾸했다.

"그럼, 그것도 모르고 무조건 공격하여 당했단 말이오? 황엽은? 개방의 두목은 어디 있는 거요?"

소리치던 흑포인은 사나운 표정으로 불길에 휘감긴 농가를 쏘아보았다.

"저기! 저 속에서 우리와 같이 죽겠다고 숨어 있었던 거요?"

"그건……."

대답이 궁한 북벌후가 신음을 흘렸다.

콰콰쾅!

그 말이 채 끝나기 전에 흑포인은 허공을 되짚어 날아가서 불타는 농가를 향해 잇달아 사나운 장세를 쏟아냈다. 그의 공력은 실로 놀라운 바가 있어서 쾅, 쾅! 연신 폭음이 터지는 가운데 불길에 휘감긴 잿더미들이 사방으로 날아갔다.

그와 같이 있었던 다섯 명의 수하들은 하나도 요행을 바라지 못했다.

그리고 그 또한 정상이 아니었다.

음산한 눈빛을 뿜어내던 그 눈도 한쪽은 보이지 않는 것 같았고 전신은 온통 불길에 그을린 상태. 그가 정말 놀라운 공력을 지녀 전신을 도검으로도 상처를 낼 수 없는 신체를 가진 사람이 아니었다면 그렇게 살아 나올 수는 없었을 터였다.

일그러진 얼굴로 그가 광분하는 것을 바라보고 있던 북벌후는 문득 사납게 소리쳤다.

"모두 대오를 정돈하고 자리를 잡아라!"

그의 고함에 여기저기 흩어져 어쩔 줄 모르고 있던 흑의인들이 삼삼오오 소속에 따라 움직이기 시작했다.

한효월도 그 움직임을 따르려고 하자 요광성주가 차갑게 소리쳤다.

"너는 나를 호위하도록 해라."

그녀의 호위는 이번 폭발에 모두 날아가 버린 상태였다.

한효월이 고개를 숙이고 그녀를 따르자 그의 귓전에 그녀의 전음성이 들려왔다.

'정말 대담하군요? 여기가 어디라고……'

'못 본 척해 주시오.'

한효월이 주위를 살피면서 암중에 전음으로 대답했다.

그러나 그들이 말할 기회는 별로 많지 않았다.

쿠당탕, 탕!

흑포인이 미친 듯 손을 쓰자 그 경력을 이기지 못하고 사방으로 불기둥이 날았다. 마치 화산이 폭발하여 사방으로 용암을 분출하는 것 같은 형상이었다.

그런데 그때였다.

"으핫핫하하…… 아주 미친놈일세그려. 제천교의 천마각에는 다 저런 미친놈만 있나 보지? 뭘 하려고 불 더미를 뒤지는 게지? 아예 거기서 불고기가 되고 싶은 게냐?"

걸걸한 웃음소리가 들려오는 것이 아닌가.

그 웃음소리에는 중기가 충만하여 사방의 어둠을 춤추게 하는 듯했다.

놀라 웃음소리가 들려온 곳을 바라보니 거지노인 한 사람이 농가의 담장 위에 우뚝 서서 가가대소(呵呵大笑)를 터뜨리고 있었다.

"저놈……."

그를 본 흑포괴인의 얼굴이 흉하게 일그러졌다.

그 사람이야말로 가짜 화기를 던졌던 바로 그 거지였기에.

흑포괴인이 불 더미를 향해 미친 듯 장세를 쏟아내는 것은 단순한 분풀이가 아니었다.

개방의 고수들이 스스로 폭사했을 리는 만무.

제대로 싸워보지도 않고 무조건 후퇴를 하다가 자폭할 리가 없었다. 개방이 그렇게 간단한 존재였다면 그들이 이렇게 신경을 쓸 이유도 없었을 터였다. 게다가 화약이란 물건은 어디에서나 구할 수 있는 것이 아니다. 더구나 그 화약을 때맞춰 폭발시키려면 사전에 치밀한 준비를 해두지 않았다면 어림도 없는 일.

그렇다면 그 농가에 비밀 통로가 있을 것은 누구라도 생각해 낼 수 있는 일, 그래서 그는 그 폐허를 뒤집었던 것이다.

그러한 추측은 바로 사실로 증명이 되었다.

나타난 저 늙은 거지야말로 그에게 화기를 던졌던 그자였기에.

"캐애새애키이……!"

거지노인을 발견한 흑포괴인은 이를 갈면서 훌훌 허공을 날아 그 거지노인에게로 덮쳐 갔다. 폭발에 휩쓸려 심한 상처를 입은 상태에서도 그의 움직임은 여전히 바람과 같았다.

쏴, 쏴아아—

10여 장의 거리를 찰나간에 가로질렀다.

그가 거지노인이 우뚝 선 담장 위로 도약해 날아오르는 순간이었다. 공기를 찢는 파공음과 함께 담장 좌우의 어둠 속에서 섬광이 날카로운 기세로 그를 향해 날아들었다.

"클클클…… 이 어르신은 미친놈을 상대할 맘이 없으니 애들하고 놀아보거라."

거지노인이 흑포괴인이 덮쳐 옴을 보자 껄껄 웃으며 바람처럼 담장 너머로 사라졌다.

흑포괴인은 대노하여 자신을 향해 날아오르는 검은 그림자들과 격돌했다.

그러나 그의 무공은 정말 대단하여 그들과 부딪치는 순간에 그 탄력을 이용하여 오히려 더욱 높이 날아올라 담장을 넘어 거지노인을 추격해 갔다. 그들을 상대하는 것보다 그를 잡아야 한다고 판단한 것이다.

"핫하하…… 흑괴(黑怪)! 넌 우리와 놀아야겠다!"

그러나 그가 그렇게 담장을 넘어가는 순간에 마치 기다리고나 있었다는 듯이 그 담장 너머에서 검은 그림자들이 우후죽순과 같이 날아올랐다.

그 기세는 정말 간단히 볼 수가 없어서 일진 격돌과 함께 흑포괴인은 그만 뒤로 물러날 수밖에 없었다.

하나 그가 땅으로 내려서는 순간에 먼저 그를 공격했던 자들이 기다리고 있다가 그를 공격해 왔다.

그것은 우연히가 아니었다.

그렇게 될 것을 미리 알고 대비하고 자리를 잡고서 공격하지 않으면 그렇게 일사불란하게 움직일 수가 없는 것이다.

"용호십팔개로군……."

그것을 보자 북벌후가 신음했다.

그들은 개방의 정예였다.

그가 알고 있는 바로는 그들은 지금 모종의 일로 이곳에 있을 수가 없었다.

그런데 그런 그들이 이곳에 나타났다면…….

흑포괴인과 개방 용호십팔개는 격렬하게 싸우고 있었다.

흑포괴인의 무공은 정말 기고(奇高)하였다.

그를 상대하는 용호십팔개 개개인은 결코 그의 상대가 될 수 없었다. 그러나 그들이 연수합격을 하자 흑포괴인의 무공으로서도 연달아 위기 상황을 맞아야 했다.

"이곳을 벗어난다. 모두 물러나라!"

잠시 그 광경을 지켜본 북벌후가 소리쳤다.

그리고 그는 미련없이 그 자리를 벗어났다.

아니, 그렇게 하려고 했지만 사정을 그렇지 못하였다. 폭발에서 화를 면한 그의 수하들이 그의 명령에 일제히 썰물과 같이 그 농가를 벗어나려고 할 때였다.

펑펑!

소리가 들리면서 달려가던 수하들이 비명과 함께 쓰러졌다.

요소요소, 어둠 속에 검은 그림자들이 숨어 있다가 그들을 공격하기 시작했던 것이다.

일대 혼란이 일어났다.

"황엽! 어디 있느냐?"

그 광경에 북벌후가 이를 갈면서 소리쳤다.

"하하…… 감히 방주의 함자를 함부로 부르다니?"

낭랑한 웃음소리가 대답처럼 밤하늘을 울리면서 들려왔다.

어둠 속에서 한 사람이 천천히 걸어나오고 있었다.

그 얼굴은 북벌후가 너무도 익히 잘 아는 한 사람의 얼굴이었다.

"너, 너는!"

나타난 사람을 본 북벌후의 얼굴이 흉하게 일그러졌다.

불타는 농가의 일렁이는 불빛을 받으며 웃고 서 있는 사람은 바로 그에게 협박을 받고 있었던 옥면무영 호일랑이었다.

그는 오방후 중에서도 지모가 출중한 이름난 사람이다.

스스로를 새와룡(賽臥龍)이라 자호(自號)하여 지난날 촉의 제갈무후에 견주는 사람이니, 스스로에 대한 자부심이 대단했다. 그러하여 강호출도에 한 번도 실패한 적이 없었다. 그런 그였던지라 황엽과의 일전에서 한 번 고배를 마시자 절치부심, 그를 꺾기 위해서 일을 꾸몄다.

그런데 일이 틀어졌다.

더더구나 부정하고 싶었지만 내심 어느 정도 짐작을 하고 있었던 상태에서 호일랑이 자신의 앞에 나타나자 아무리 냉정한 그라도 격한 분노에 휩싸일 수밖에 없었다.

"네놈이 감히 배신을 하다니……."

음산한 눈빛의 그가 신음을 흘렸다.

꽉, 움켜쥔 주먹이 손바닥을 파고들 것만 같다.

"하하하…… 배신이라고? 내가 누구를 배신했다는 것이냐? 설마 아직도 꿈속을 헤매고 있는 건 아니겠지? 그렇다면 실망인걸? 그런 대가리를 가지고 오방후 중의 수좌가 되겠다는 야심을 꿈꾸다니…… 핫하하! 오방후 모두가 그런 돌머리라면 제천교는 그냥 붕천교(崩天敎)라고 이름 바꾸고 끝내는 게 어떨까 싶은데?"

껄껄 웃던 옥면무영 호일랑은 다시 북벌후의 약을 올렸다.

"어때? 넌 아예 이 자리에서 끝장을 내줄까 하는데? 어차피 돌아가봐야 살아남기도 힘들 테고……."

"이러고도 네놈이 무사할 줄 아느냐? 네놈의 가족……."

북벌후의 위협은 옥면무영 호일랑의 차가운 질타로서 끊어졌다.

"닥쳐라! 이 더러운 놈."

느물느물하던 옥면무영 호일랑이 돌연 눈을 부릅떴다.

관옥 같던 얼굴에 위엄이 당당하다.

"나에게는 가족이 없다. 어릴 때 고아로서 개방에 거두어진 내게 무슨 가족이 있단 말이냐? 그리고, 설사 내게 가족이 있다 할지라도 내 가족 때문에 내가 명예를 팔 것 같으냐? 그렇게 생각했으니 네놈이 한심한 새대가리라는 거야! 무슨 새제갈? 이거야말로 지나던 개가 웃을 소리가 아닌가?"

그의 꾸짖음에 북벌후의 얼굴이 완전히 일그러졌다.

"네놈이…… 죽고 싶어서 환장을 했구나. 스스로의 중독조차 돌보지 않겠다니……."

"하하…… 아직도 정신을 못 차렸군? 나보다 네놈이 먼저 뒈질걸?"

"놈을 죽여!"

북벌후가 소리쳤다.

그의 명령에 그의 부하들이 물밀듯이 옥면무영을 향해서 덮쳐 갔다.

굳은 표정으로 그 광경을 보고 있던 요광성주의 귓전에 가느다란 음성이 들려왔다.

'물러나시오.'

한효월이 그녀의 뒤에서 전음으로 말을 전하고 있었다.

'무슨 소리예요?'

'개방주 황엽이 오늘의 일을 계획했다면 아마 이 자리를 벗어나기 쉽지 않을 것이오. 혼란이 일어난다면 그 틈을 타서 빠져나가야 할 거요.'

한효월이 말을 하는 순간 옥면무영의 웃음소리가 들려왔다.

"저런, 사람이 선불 맞은 멧돼지와 상대할 수는 없는 일이지!"

쉭! 쉬쉬쉭!!

그말과 함께 세찬 파공성이 소낙비처럼 야공을 꿰뚫었다.

"윽!"

"으윽!"

여기저기에서 앞으로 내닫던 제천교 북벌후 휘하의 고수들이 쓰러졌다.

"연노(連弩)로구나! 흩어져서 공격해라!"

그 광경을 보고 북벌후가 소리쳤다.

노(弩)라고 하는 것은 사람이 당기는 활과는 달리 활을 기판에 달아서 쏘아내는 장치를 의미한다.

근거리에서 강력한 위력을 발휘하지만 일반 강호에서는 휴대성과 기동성 면에서 떨어지므로 잘 쓰지 않았다. 군대에서 사용하는 무기라는 뜻이다. 지난날 촉의 제갈무후가 이것을 개량하여 위력을 떨친 적이 있었다.

그런데 여기에서 연노라니!

강호인에게, 특히 무림고수들에게 화살은 별로 큰 위협이 되지 못한다. 일반인들과 비교할 수 없게 몸이 날렵하고 반응 속도가 빠르기 때문이다. 그러나 이런 어스름한 어둠을 뚫고 가까운, 지근 거리에서 날아오는 연노의 위력은 제아무리 무림고수라고 해도 위협일 수밖에 없다.

노(弩)가 활과 다른 점은 강력한 위력에 연사(連射)가 가능하기 때문이다. 한두 번은 피할 수 있더라도 가까운 거리에서 쉼없이 날아오는 화살을 피한다는 것이 쉬울 리가 없는 것이다.

"으악……."

비명이 계속해서 터져 나왔다.

담장으로 둘러진 농가의 마당은 몸을 숨길 곳이 없었다.

그 속에서 우왕좌왕하는 북벌후 휘하의 고수들에게 화살이 쏟아지니 그야말로 병가에서 말하는 사지(死地)에 다름이 아니었다.

치가 떨린다.

그 말의 뜻을 북벌후는 정말 실감하고 있었다.

오늘의 습격에서 가장 중요한 역할을 담당할 흑포괴인 등의 고수들은 농가가 폭발하는 바람에 거의 한꺼번에 몰살을 당했다.

앞에서 공격을 하던 고수들은 그의 말대로 허장성세, 적의 이목을 끌기 위한 미끼였을 뿐이었다. 그렇기에 그들 중 고수라고 할 수 있는 인원은 별로 많지 않았다.

주력은 바로 뒤에서 공격해 들어가던 흑포괴인 등이었다.

그들은 총교(總敎)에서 나온 고수들이라 가히 막강한 위력을 가졌다.

그러나 두 갈래였던 그 고수들은 모두 폭사하고 그중 한 갈래의 우두머리였던 흑포괴인 하나만 겨우 살아남았다.

그리고 그 또한 개방의 용호십팔개의 연수합격에 쩔쩔매고 있는 중이었다.

참혹한 패배였다.

"이쪽으로!"

한효월이 요광성주를 잡아끌었다.

사방에서 비명이 일고 고함 소리와 격투 소리가 어우러져 가히 혼란의 극을 달린다. 그런 와중이니 누가 어디로 어떻게 움직이는지 신경을 쓸 재간이 없다. 제각기 알아서 살아 나갈 수밖에.

요광성주는 한효월이 잡아끌자 잠시 멈칫거리다가 그를 따랐다.

"어디로 가려는 거예요?"

"우선 이곳을 벗어나야 하니까."

"왜 나를 돕는 거죠?"

그녀의 물음에 한효월은 미미한 웃음을 머금었다.

"너무 새삼스러운 말이라고 생각하지 않소?"

그 말에 요광성주는 얼핏 답변할 말이 생각나지 않았다.

그렇긴 했다.

그들은 이미 여러 차례 만났다. 그리고 그 만남은 모두 생사간두에서 이루어져 적인지 아닌지조차 애매했다.

하지만 그것을 깊이 탐구할 만한 시간은 없었다.

한효월과 그녀가 격전지를 피해 담장에 접근하자 그들을 향해서도 연노가 날아들었던 것이다. 뒤에서 볼 때보다 직접 당해보자 이건 장난이 아니었다.

이 상황에서 한효월에게 가장 난점(難點)은 그의 무공을 다 드러낼 수 없다는 점이었다. 그렇게 되면 바로 주목을 받게 될 것이기에.

한효월은 장도를 흔들어 날아드는 연노를 쳐내면서 쏜살같이 담장으로 접근했다. 그 뒤를 요광성주가 그림자처럼 따랐다.

그들이 담장에 근접하자 이미 연노의 사정 거리가 아니었다.

연노는 4, 50장. 가깝게는 2, 30장의 거리를 두고 위력을 발하는 것이었기에 거리가 너무 가깝다면 화살을 한 번 피하는 사이에 적이 궁수의 앞에 도달하니 목을 내놓아야 하는 것이다.

갑자기 연노의 사격이 멎었다.

조금도 망설이지 않고 담장 앞에 당도한 한효월은 돌연 앞에 쓰러진 흑의인의 시체를 담장 밖으로 집어 던졌다. 그리곤 그 흑의인의 시체를 따라 신형을 날렸다.

그의 그러한 행동이 무슨 의미인지 이미 짐작한 요광성주도 틈을 주지 않고 따라붙었다.

흑의인이 담장 밖으로 날아가자 담장 뒤에서 매서운 파공음과 함께 섬광이 솟구쳐 올라 그를 꿰뚫었다.

그 틈을 타서 한효월은 담장 밖으로 날아갔다.

그럼에도 그를 향해서 도검이 날아들었다. 철저하게 훈련된 자들이었다.

"대단하군!"

탄성이 한효월에게서 터져 나왔다.

허를 찔러, 그것도 질풍 같은 신법으로 담장을 넘어왔음에도 불구하고 그를 공격하는 개방고수들의 움직임은 마치 기다리고나 있었다는 듯이 절도가 있었다. 그럴 수 없음에도.

그것은 결코 하루아침에 이루어질 수 있는 것이 아니었다.

두 사람이 한효월을 공격하는 순간에 이미 그가 내려설 자리로 이동하는 움직임이 보였다.

한효월이 감탄하는 것도 무리가 아니었다.

누구라도 쉽게 그들의 포위를 벗어날 수가 없었다.

하지만 그들을 상대할 이유가 한효월에게 있을 리 없다.

한효월은 빙글, 몸을 차돌리는 순간에 발끝으로 개방고수의 검신을 찼다. 그 반동으로 그의 신형이 뒤로 훌쩍 날아갔다. 그리곤 그는 뒤에서 날아오던 요광성주의 손을 휘감아서 그녀를 앞쪽으로 던져 냈다.

휘이익!

세찬 바람을 일으키면서 그녀의 신형이 삽시간에 10여 장을 쏘아갔다.

찰나간에 포위망을 벗어나 버린 것이다.

경악의 탄성이 어디선가 터져 나왔다.

그러나 정작 한효월은 그 순간에 개방의 포위망에 빠졌다.

사방에서 검도(劒刀)와 몽둥이가 날아들었다. 앞서 보았던 일종의 연수합격에 의한 공격이었다. 저 공격과 맞서게 된다면 쉽사리 벗어나기 어려울 터이다.

순간, 한효월은 자신의 앞으로 날아드는 직도(直刀)를 손끝으로 탁 쳐 그 직도를 앞으로 끌어당겼다. 동시에 그는 신형을 옆으로 비스듬히 돌려 버렸으므로 상대는 중심을 잃고 앞으로 쫓아 나가게 되었다.

그렇게 되자 그는 한효월 대신에 뒤와 좌우에서 공격하던 사람들에게 불쑥 뛰쳐나간 꼴이 되어서 크게 당황했고, 그것은 공격하던 사람들도 마찬가지였다.

그 틈을 타서 한효월은 땅을 박차면서 질풍처럼 앞으로 내달았다.

무공의 수준이 달랐다.

이 자리에서 벗어나기 위해서 개방에 피해를 줄 수는 없는 일이었다.

오히려 그의 뒤를 따라 담장을 벗어나던 두 사람의 흑의인들이 한효월의 손짓에 신음을 흘리며 굴러 떨어지고 말았다. 한효월이 포위망을 벗어나는 순간에 그곳으로 진입한 자들인지라 그대로 두었다면 개방고수들에게 피해를 줄 수가 있었던 것이다.

"……."

도무지 이해할 수 없는 일에 그처럼 잘 훈련된 개방고수들조차 괴이한 신색으로 어둠 속으로 사라지는 한효월을 바라보고 있을 따름이었다.

바로 그때였다.

"핫하하…… 네가 요광이란 여우더냐?"

껄껄 웃는 웃음소리가 앞에서 들려왔다.

이미 포위망을 벗어난 줄 알았더니 늙은 거지 한 사람이 요광성주를 막아서서 찢어진 옷소매를 펄럭이면서 그녀를 몰아세우고 있었다.

"흥!"

요광성주는 그에게 연달아 몰리게 되자 화가 나서 코웃음을 쳤다.

동시에 그녀의 검법이 일변했다.

날카롭고도 기괴하여 검빛이 번뜩이는 사이에 그녀는 무섭게 늙은 거지를 향해 진격해 나갔다.

"과연 악독한 검법이로구나!"

놀란 음성과 함께 늙은 거지는 수중의 청죽장을 빙글 돌려 그녀의 공세를 막으며 껄껄 웃었다.

"으하하…… 어디 마음대로 재주를 부려봐라! 여우 꼬리가 몇 개나 있는지 어디 보자!"

그 순간 막대한 경력이 날아들어 그의 청죽장을 밀어냈다.

어느새 흑의인 하나가 나타나 요광성주를 막아서고 있었던 것이다.

"이건 또 어떤 물건이지?"

말은 험악하지만 실제로 늙은 거지는 크게 놀라 안색이 달라졌다.

동시에 그의 청죽장이 일대 변화를 일으키면서 나타난 상대를 맞아 갔다. 고수는 고수를 알아보는 법, 그는 찰나간에 일생일대의 강적을 만난 것임을 직감했던 것이다.

그러나.

'사정을 봐주십시오!'

그의 귓전을 스치는 다급한 음성.

"도대체 이건……?"

늙은 거지는 멍청하게 선 채로 저만치 멀어져 가는 흑의인, 한효월의 뒷모습을 무엇에 홀린 듯이 바라보고 서 있었다.

"틀림없이 그놈인 것 같은데……."

늙은 거지가 우뚝 선 채로 괴이한 신색으로 중얼거렸다.

어둠 속을 바라보며 그는 연신 고개를 갸우뚱거린다.

얼핏 스쳐 보긴 했지만 아무리 생각해도 그놈인 것 같다. 하지만 그가 여기에 나타난다는 것은 말이 되지를 않기에 곤혹스러운 것이다.

그럴 수밖에 없는 것이 이 늙은 거지야말로 개방의 독행신개인 까닭이다.

그까지 여기에 나타났다는 것은 오늘 개방이 여기에 전력을 기울였음을 의미했다.

한효월의 신형은 어둠 속으로 묻혀들고 있었다.

하지만 그것이 끝이 아니었다.

매복은 아직도 더 남아 있었다.

오늘 이 자리에 펼쳐진 것은 가히 천라지망이었기에.

여기에 나타난 제천교도는 아무도 도망갈 수 없다, 라는 것이 이 한 판 승부의 의미였다. 그러나 그 또한 겉으로 드러난 의미인지라 이 일을 계획한 사람의 심중이 어떤지는 누구도 확언할 수 없을 터이다.

교주초현(教主初現)

―적과 동행하다

마침내 제천교의 교주가 모습을 드러내다

교주초현(敎主初現)

어둠이 물러간다.

저 멀리 아스라한 빛무리가 어둠을 밀어내면서 떠오르고 있었다.

어둠 한쪽이 옅어지는가 싶더니, 급격히 어둠이 흩어지면서 노을빛 광채가 불끈 튀어 올라 사방에다 아침이 오노라고 소리친다.

아침 이슬이 그 빛을 받아 영롱히 반짝인다.

어젯밤의 그 격전은 사람들의 일일 뿐이다.

자연은 그 품에서 무슨 일이 일어나든 그저 품어줄 뿐이었다.

한효월과 요광성주는 산정(山頂)에서 떠오르는 해를 보고 있었다.

언제 벗은 것인지 복면을 벗은 요광성주의 아름다운 얼굴은 지치고 피로한 빛이 역력했다. 한효월이 옆에서 도왔다고는 하지만 여기에 이르기까지가 얼마나 힘들었는지를 의미하는 모습이다.

한효월은 그녀의 앞에 우뚝 선 채로 떠오르는 태양을 본다.

"더 이상 쫓아오지는 않는군요……."

요광성주가 중얼거렸다.

"조금 쉰 거요?"

한효월이 그녀를 돌아보았다.

밝아오는 햇살을 받은 그의 모습은 고요했다.

어쩌면 고요한 아침과도 같은 분위기가 바로 그를 의미하는 것인지도 몰랐다.

"……."

잠시 그를 바라보던 요광성주는 문득 입을 열었다.

"역시 죽지 않았었군요."

그녀의 말에 한효월은 미미하게 웃었다.

"어제 죽지 않았다고 오늘 죽지 말란 법은 없지. 사람이란 언제 죽든 한 번은 죽을 것인데 그게 뭐 그리 중요하겠소?"

"정말 젊은 사람이긴 한 건가요?"

잠시 그의 얼굴을 바라보다가 불현듯 입을 연 그녀의 물음에 한효월은 얼떨떨한 빛이 되었다.

"그건 무슨 소리요?"

"너무 나이답지 않아서……."

말끝을 흐리던 그녀는 말을 돌렸다. 어조가 조금 딱딱해졌다.

"그런데 왜 북벌후의 동위로 가장하여 스며든 거지요? 혹시 개방과 연락을 하고서……."

"그런 건 아니오. 다만 제천교가 무슨 일을 꾸미는지 궁금해서…… 그래서 그 뒤를 따르다 이렇게 된 것뿐이오."

잠시 침묵하던 요광성주는 흐트러진 머리카락을 쓸어 올리며 눈살을 찡그렸다. 미인빈아미(美人嚬蛾眉)라는 말이 있다. 미녀가 눈썹을 찌푸리는 것의 아름다움을 형용한 말이다. 햇살을 받아 눈부신 듯 눈살을 찡그리는 그녀의 미목은 피폐함에도 불구하고 아름답기 그지없다.

"당신에게 뭐라고 해야 좋을지 모르겠군요. 고맙다고 해야 할는지……."

"고마울 건 없소. 공교롭게 우리가 만난 것이 인연이라면 인연이었겠지만 그것으로 부담을 가질 필요는 없을 것이오."

담담히 중얼거린 한효월은 말을 이었다.

"이제부터 당신은 어디로 갈 거요?"

"난 본 교로 돌아갈 거예요."

문득 그녀의 얼굴이 차갑게 굳어졌다.

"황엽은 오늘의 일로 무서운 보복을 받게 될 거예요. 제천교는 개방 따위가 건드릴 수 있는 곳이 아님을 그는 아직 모르고 있어요."

"제천교의 힘이 대단함은 이미 알려진 바이지만, 개방의 저력도 만만하지는 않을 거요."

한효월의 말에 요광성주는 피식, 웃었다.

"개방의 무엇이 그렇게 대단하다는 건가요? 그들이 전력을 다 동원한다고 해도 총단에서 고수가 출동하면 그 순간 끝이에요. 겉으로 드러난 오방후나 우리 제천칠성은 기실 본 교의 힘이라고 할 수도 없어요."

입술을 깨문 요광성주의 얼굴에는 한 겹 서리가 깔리는 것 같았다. 눈빛이 차갑게 빛난다.

그녀의 말에 한효월의 안색이 조금 굳어졌다.

"조금 더 자세히 이야기해 줄 수 있겠소?"

"······."

요광성주는 한효월을 바라보았다.

조용하고 고요한 눈빛으로 한효월이 그녀를 보고 있었다.

"지금 나에게 본 교를 배신하라는 건가요?"

"그런 말은 하지 않았소. 제천교의 성세가 어떠하다는 것을 이야기한다고 해서 그것이 어떻게 배신이 되겠소?"

"말도 안 돼요. 본 교의 규칙은 엄하기 이를 데 없어서 교중의 일은 설사 부모에게라도 말할 수가 없어요. 만에 하나라도 어김이 있을 시에는 참혹한 벌을 받게 되고······."

"지금 나와 있는 것도 거기에 저촉이 되오?"

그녀는 입을 다물었다. 안색이 창백해졌다.

"외인과 내통한 자는 오행독형(五行毒刑)에 처해져서 참혹하게 죽게되죠. 그것은······."

그녀의 눈에 절로 공포의 빛이 떠올랐다.

차고 냉정한 그녀에게서 상기하는 것만으로도 그런 공포가 떠오른다는 것은 그 형벌이 실로 상상을 초월하는 것임을 느끼게 하기에 족했다.

"당신은 나와 내통을 한 적이 없지 않소? 더구나, 내가 듣기로 제천칠성은 제천교주의 제자라고 하던데······ 아무려면 제자를 그런 식으로······."

"우리 사형매는 모두 열둘이었었어요."

"······?"

그녀가 입술을 물었다.

"다섯이 잘못을 범하고 죽었죠. 그중 삼사형은 교주님의 총애를 받고 있었음에도…… 그리 큰 잘못이 아닐 수도 있었지만 예외가 없었어요.”

그렇게 해서 열둘 중 일곱이 남았다는 이야기다.

“내가 지금 여기 이렇게 당신과 있음을 누가 안다면 나는 용서받을 수 없을 거예요. 아, 나는…….”

그녀는 무엇인가 말을 하려다가 입을 다물고 시선을 돌렸다.

태양은 사람들의 갈등을 아랑곳하지 않고 떠올라 찬란히 빛나고 있었다. 사방 여기저기에서 새들의 울음소리가 청랑히 들린다. 아침 햇살에 빛나는 이슬들이 영롱하다.

새로운 하루가 시작되고 있었다.

그때였다.

요광성주의 안색이 달라졌다.

가느다란 떨림이 그녀의 전신으로 파도처럼 번져 갔다.

한효월이 그녀의 손목을 잡고 있었다.

“…….”

그녀는 말없이 한효월을 바라보았다.

“나를 도와주시오.”

한효월이 말했다.

“내가 왜 그래야 하죠?”

“제천교는 세상을 어지럽히고 있소. 평화로운 무림에 피바람을 일으키고 스스로의 사욕을 위하여 천하무림을 피바다에 몰아넣는 것도 마다하지 않소. 그들을 막아야 하오.”

“당신이 말인가요?”

“할 수 있는 한 최선을 다해볼 생각이오.”

"왜 그래야 하죠? 당신은 무림과 아무런 상관이 없던 사람이라고 들었어요. 단순히 당신의 사형이 우리 제천교에 당했다고 해서 우리와 적대시하려는 건가요? 우리가 당신 사형을 해쳤기에 복수를 하기 위해서? 그럴 필요가 있는 건가요? 무림이 당신과 무슨 관련이 있다고……."

"내가 해야 할 일이라고 느꼈기 때문이오."

"그런……."

"한 가지 제안을 해도 되겠소?"

한효월이 그녀에게 물었다.

그녀가 그를 바라보았다.

"나를 제천교로 데려가 주시오."

한효월의 말에 요광성주의 눈이 휘둥그레졌다.

"그게 무슨 소리예요?"

"당신 말대로 과연 제천교가 무림에 해가 되지 않는 집단인지 알아보고 싶어서. 만약 정말 당신 말대로 제천교가 무림 중에 해를 끼치는 곳이 아니라면…… 그렇다면 나는 사형의 뒤를 잇는 것을 포기하겠소."

말은 완곡하지만 건곤무적 독고해의 복수를 포기한다는 의미다.

"내가 그걸 승낙할 걸로 생각한다는 건가요?"

"다른 더 좋은 방법이 있다면 이야기해 보시오."

"……어이가 없군요."

한참 한효월을 쳐다보고 있던 요광성주가 신음하듯 말했다.

"당신은 이미 본 교가 지목한 추살 대상 제일호예요. 그런 당신을 교중으로 데리고 들어가라니, 만에 하나라도 그것이 발각나면…… 그

리고 내가 당신을 교중에 넘겨 버리지 않을 것이라고 어떻게 믿죠?'

한효월의 얼굴에 미미한 웃음이 떠올랐다.

"죽으라면 죽을 수밖에."

간단히 말을 마친 그는 정색을 했다.

"난 내 사형이 어떤 분인지도 모르고 강호에 나왔소. 그분의 뒤를 이어 세상을 지켜보는 것도 나쁘지 않을 것 같아서……. 하지만 정작 아직까지도 제천교에 대해서 알아낸 것은 아무것도 없소. 이래서는 그들과 상대할 수가 없지 않겠소?'

"……."

요광성주는 입을 다물고 묵묵히 한효월을 쳐다보았다.

한효월도 그녀의 눈을 바라보았다.

새들의 지저귐이 여기저기에서 들리고 아침 안개가 싸아하니 나뭇잎 사이를 감돌아 햇살에 스러져 가고 있었다.

"세상은 알지 못해요. 본 교의 힘을……."

마침내 요광성주가 길게 탄식을 흘리면서 입을 열었다.

"오방후나 제천칠성은 본 교의 드러난 힘일 뿐이에요. 그저 대외적인 일을 처리하는 전위(前衛)일 뿐이죠. 만약 총단에서 이각삼루(二閣三樓)가 세상으로 나온다면 그 어느 누구도 대적할 수가 없어요. 그들은 오직 건곤무적 독고해를 칠 때 한 번 모습을 드러냈을 뿐이에요. 그것은 건곤무적 독고해가 그만큼 강했다는 의미일 것이고, 그가 죽고 없는 이상 이제 누구도 본 교를 막을 수가 없을 거예요."

"좀 더 자세히 설명해 줄 수 있겠소?'

그녀는 이미 작정을 한 듯 망설이지 않았다.

"본 교의 조직은 아주 특이해요. 대외적으로 움직이는 것은 우리 칠성과 오방후이지만 실제로는 심부름꾼일 따름이죠. 총단에는 우리를 지원하는 이각이 있어요. 바로 천마각(天魔閣)과 소혼각(消魂閣)인데, 앞서 본 그 흑포인 등이 천마각에서 나온 살수들이었어요."

"지난번의 그 온유향도 관련이 있소?"

"기억하고 있군요. 온유향은 소혼각의 일부예요. 살수와 미녀로 총단에서는 외방의 오방후와 우리 칠성을 지원하는데 아직까지는 누구도 그 이상의 힘이 필요없었어요. 그러니 가장 무섭다는 삼루의 고수들은 모습을 드러내지도 않았죠. 우리 중에도 그들을 본 사람은 거의 없어요. 혹…… 대사형이라면 좀 다를지 모르겠지만……."

"그가 왜 다른 거요?"

"그는 같은 칠성에 속해 있지만 총단에 마음대로 출입할 권한을 가졌으니 당연히 우리와는 다르죠. 나를 비롯한 많은 사람들이 총단에 출입하려면 허가를 받아야 하고, 실제로는 그 위치조차 몰라요."

"위치도 모른단 말이오?"

한효월이 믿기지 않는 듯 물었다.

"몰라요. 외단 사람들은 연락을 받아야만 들어갈 수 있죠."

"음……."

한효월의 입에서 절로 신음이 흘러나온다.

듣고 보니 생각했던 것보다 더욱 상황은 심각한 듯했다.

그처럼 큰 조직이 이와 같이 철저한 비밀을 유지할 수 있다는 것은 결코 쉬운 노릇이 아니기 때문이다. 하긴 그렇지 않다면 그들의 모든 것이 어떻게 그처럼 철저한 비밀 속에 묻혀 있을 수 있었겠는가.

"삼루의 어떤 면이 그처럼 무서운 것인지 알 수 있겠소?"

"나도…… 확실히는 잘 몰라요. 다만 강령(降靈), 섭생(攝生) 등의 삼루는 제각기 특성을 가지고 있어서 그들이 강호에 나오면 누구도 그들을 당할 수 없다고 하더군요."

…….

이제 아침 해는 제법 강렬한 빛으로 사방에 군림하고 있었다.

한효월은 굳은 얼굴로 생각에 잠겨 있었다.

그럴 수밖에 없는 것이 알면 알수록 더 거대하고 신비한 것인 제천교인 까닭이다.

잠시 침묵하고 있던 그가 다시 입을 열었다.

"그들이 그처럼 무섭다면 제천교에서는 무엇 때문에 그들을 아껴두는 것이오? 그들 모두가 강호에 나온다면 일거에 천하를 쓸어버릴 수가 있을 텐데?"

"그건 모르겠어요. 전부터 그들은 강호에 나오지 않았어요. 그들이 강호상에 모습을 드러낸 것은 유일하게 건곤무적 독고해를 상대할 때뿐이었으니까요."

"그들이 사형을 상대할 때…… 당신도 그 자리에 있었소?"

그 물음에 요광성주는 한효월을 잠시 바라보다가 입을 열었다.

"본 교는 건곤무적 독고해를 상대하기 위해서 모두 열두 개의 관문을 설치했었다고 해요. 그리고 건곤무적 독고해는 그를 호위하던 삼십육 맹주친위대와 함께 그 관문을 모두 뚫고 갔다고 하더군요. 마지막 관문에 이르렀을 때는 그 혼자뿐이었지만…… 거기서 그는 교주님을 만났다고 하더군요."

"교주?"

한효월의 안색이 달라졌다.

"그는 어떤 사람이오?"

"나도 몰라요."

요광성주의 대답에 한효월은 어이없는 빛이 되어 그녀를 보았다.

"모르다니? 그는 당신들의 사부가 아니오?"

"사부이긴 하죠. 그는 우리들을 거두고 키우고 가르쳤어요. 하지만 그뿐. 우린 그분에 대해서는 아무것도 알지 못해요. 더 이상 아는 것도 허용이 되지 않았어요……."

"그의 이름이나 용모도 모른단 말이오?"

쓸쓸한 빛 한 가닥이 요광성주의 눈 속에 스쳐 갔다.

"그분은 그저 교주님이죠. 사부로 부르는 것도 허용되지 않았어요. 그분의 모습은 나타날 때마다 틀려서 한 번도 같지 않았어요. 게다가 우리는 가끔 한 번씩 그분을 뵙기 때문에 더욱더 그렇죠. 아마 지금 내 앞에 나타난다 해도 알아보기는 쉽지 않을 거예요. 하지만……."

그녀는 입술을 물었다.

"그분이 지금 여기 있다면, 그렇다면 나는 그분을 알아볼 수 있을 거예요."

"어떻게 말이오? 이름도 용모도 아무것도 모른다면서?"

"분위기요. 그분께는 사람을 압도하는 느낌이 있어요. 그것만은 어떤 사람도 감히 흉내 낼 수 없는 거지요. 숨도 쉬지 못할 만큼……."

그 말을 하면서 요광성주는 은은히 공포의 빛을 드러냈다.

한효월은 오랜 세월 동안 그녀가 제천교의 교주에게 훈육되면서 자연히 그를 두려워하게 되어 아마도 짧은 시간 내에는 그러한 생각을 버릴 수 없을 것임을 느낄 수 있었다.

그렇게 아침이 밝아오고 있었다.

주루(酒樓).

태평주루(太平酒樓)라고 쓰인 곳.

거기 2층 식탁에서 밥을 먹고 있는 두 사람이 있다.

한 사람은 관옥과 같은 용모를 가진 서생이다. 그리고 다른 한 사람
은 누런 안색에 흑의를 입은 대한인데 그는 허리에 한 자루의 직도를
매달고 있어서 아마도 앞에 있는 서생의 호위무사인 듯 보였다.

"부르셨습니까?"

깍듯한 인사와 함께 주루의 점소이가 그들의 앞에 나타났다.

"방이 있느냐?"

서생이 말을 하면서 음식을 집어 먹고 있던 젓가락을 내려놓았다.

그런데 그가 내려놓은 젓가락을 본 점소이의 안색이 묘하게 변하는
것이 아닌가.

그 서생이 내려놓은 젓가락은 열십 자로 겹쳐져 있었던 것이다.

그것이 우연일 리는 없으니 반드시 이유가 있을 터.

"물론입니다. 저희 집에서는 깨끗한 방을 상시 준비하고 있습니다.
식사가 끝나시면 바로 모시도록 하겠습니다. 따로 시키실 것은?"

점소이는 허리를 굽혀 보이면서 다시 물었다.

보풍(寶豊).

수백 호의 인가가 모인 곳. 물산(物産)보다는 교통의 요지로 인해서
이루어진 마을이다. 자연히 객잔과 주루가 발달하기 마련.

태평주루 또한 그러한 곳 중 하나다.

술을 마시는 주루와 잠을 잘 수 있는 객잔을 겸해서 전원(前院)은 1, 2층을 통틀어 주루였고 후원은 20여 개의 방과 별원 두 개가 있어 그 규모가 작지 않았다.

식사를 마친 청의의 서생과 그 호위무사는 별원 한 채로 안내되었다.

"달리 시키실 일은?"

점소이가 물을 가져다 놓으면서 물었다.

"목욕할 물을 준비해 주고 나머진 자네 용채로 쓰게."

청의서생이 은자를 집어주자 점소이의 얼굴이 환하게 피어났다.

"말씀하지 않으셔도 이미 더운물을 준비해 두었습니다. 이 별원에는 목욕탕이 준비되어 있으니 마음대로 쓰십시오. 그럼 소인은 이만……."

그는 연신 절을 하면서 뒷걸음으로 방을 물러났다.

그가 나가자 청의서생은 문을 닫아걸고는 잠시 바깥의 동정을 살폈다.

그리고 그는 점소이가 놓고 간 주전자를 들었다.

그 주전자 아래에는 몇 겹으로 접힌 종이 쪽지가 있었다.

그것을 펴본 청의서생은 고개를 들어 우뚝 서 있는 호위무사를 보았다.

"좀 쉬도록 해요. 이따 밤에 움직일 거예요."

호위무사는 그녀의 손에 들린 종이 쪽지에서 시선을 떼고는 말했다.

"이곳도 제천교의 거점이오?"

"그렇게 말할 수 있겠죠. 여긴 연락 거점 중 하나에 불과하니 중요한 곳이라고 할 수는 없을 거예요."

청의서생이 유건(儒巾)을 벗으며 대답했다.

그가 유건을 벗자 구름 같은 머리가 쏟아져 내렸다. 그는 남자가 아닌 여자인 것이다.

그들이야말로 한효월과 요광성주였다.

거의 반나절을 두고 설득을 시킨 결과 요광성주는 한효월과 동행을 하기로 하였다.

그것은 실로 위험한 일로써 한효월의 정체가 발각나면 두 사람이 다 죽음을 각오해야 하는 일이었다. 게다가 제천교 내에서는 한효월을 본 사람이 제법 있어서 그냥은 불가능하고 그를 알아볼 수 없게 변장을 해야 했다. 그렇게 해서 얼굴빛이 누런 30대 후반의 무사로 변장한 한효월은 요광성주의 뒤를 따라 여기까지 온 것이다.

그녀의 뒤를 따르면서 한효월은 내심 놀라지 않을 수가 없었다.

그들은 이미 두어 군데의 연락망을 거쳤는데 제천교의 연락망은 가히 천의무봉하여 길가 국수집에서도, 골목 어귀에서 노는 아이들까지도 그 전달자 중 하나였다.

이런 정도의 조직이라면…….

겨우 그것만 보았음에도 한효월은 마음이 심히 무거웠다.

"언제나 이렇게 연락이 가능하오?"

한효월의 물음에 요광성주는 피식, 웃었다.

"본 교의 연락 방법은 매우 고명해요. 보통 사람이라면 아마 일 년은 공부해야 그 내용을 이해할 수 있을 거예요. 한 가지 분명한 것은 이 연락 방법은 계속 변한다는 거예요. 그래서 내일 당신이 여기에 찾아온다면 아마도 오늘의 이 연락 방법은 아무런 의미가 없게 될 수도 있어요."

"음……."

한효월이 나직이 신음하자 문득 요광성주가 나직이 웃었다.

"난 지금부터 목욕을 할 거예요. 같이 할 생각인가요?"

"무, 무슨 말을……."

한효월이 당황하여 더듬거렸다.

요광성주는 깔깔 웃으며 안으로 들어갔다.

한효월은 그녀의 신형이 사라지자 암중에 머리를 저었다.

그녀와 동행을 한 것이 과연 잘한 것인지 아닌지를 모를 지경이었다. 비록 반나절이었지만 여자와의 동행이 얼마나 신경 쓰이는 것인지를 그는 절실히 깨닫게 된 것이다.

문 안쪽에서 물 끼얹는 소리가 신경을 자극한다.

그녀는 그가 어떤 사람인지 시험이라도 해볼 모양인가.

쓴웃음을 머금은 한효월은 침상에 올라 옷을 입은 채로 눈을 감았다. 운기조식에 들어가는 것이다.

그가 눈을 뜬 것은 밤이었다.

그의 앞에는 이미 경장으로 차려입은 요광성주가 서 있었다.

"가요!"

그녀가 창문으로 신형을 날렸다.

한효월이 창밖으로 날아 나가 보니 그녀는 이미 지붕을 밟으며 어둠 속으로 사라지고 있는 중이었다.

그믐이 가까워 오고 달은 구름 속에 숨었지만 한효월은 앞서 달리는 그녀를 어렵지 않게 따를 수 있었다.

요광성주는 미리 방향을 잡아둔 듯 서쪽을 향해 몸을 날렸고, 그들은 순식간에 보풍을 벗어났다.

어둠을 뚫고 날아가고 있는 요광성주의 신형은 날렵하기 그지없었다.

그렇게 해서 그녀가 당도한 곳은 보풍에서 얼마 떨어지지 않은 곳에 자리한 이랑묘(二郎廟)였다.

그녀는 주위를 살펴본 다음에 이랑묘의 제단(祭壇)으로 다가갔다. 관리하는 사람은 잠이 든 듯 나와보는 사람은 없었다. 하긴 소리도 없이 담을 넘은 상태이니 누가 나와본다면 오히려 난감할 터이기도 했다.

제단에 이른 그녀는 향불이 꽂힌 제단의 모래를 살펴보더니 그 속으로 손을 집어넣었다. 그리고 그녀의 손에 잡혀서 빠져나온 것은 종이 쪽지 하나.

"이상하군……."

그 종이 쪽지를 살펴본 요광성주가 문득 미간을 찡그렸다.

"무슨 일……."

한효월이 입을 열자 요광성주가 잠시 주위를 살펴보더니 머리를 저었다.

"우선 이곳을 벗어난 다음에 말하자."

말과 함께 그녀는 땅을 박차고 쏜살같이 이랑묘를 빠져나갔다.

한효월은 그녀가 다른 사람에게 노출되는 것을 두려워함을 알고는 아무 소리 없이 그녀의 뒤를 따랐다.

그가 동행한 후로 그녀의 움직임은 매우 조심스러워 그 부담이 만만치 않음이 역력했던 것이다.

이랑묘를 벗어나 1리쯤을 쉬지 않고 달린 요광성주는 길가에 있는 큰 잣나무 위로 올라갔다. 수백 년은 되었음직한 그 고목은 가지가 무성하여 몸을 숨기기 좋아 보였고 조망도 좋아 누가 다가오면 한눈에 알 수 있을 것 같았다.

"우린 지금부터 백여 리를 더 가야 해요."

그녀는 하늘을 올려다보고 시간을 가늠하더니 말을 이었다.

"시간이 별로 없으니 가면서 생각해 봐야 될 거 같군요. 아무래도 일이 심상치 않아요. 전에는 이렇게 복잡한 방법을 택하지 않았었는데……."

"어디로 가야 하는 것이길래……."

한효월이 묻자 그녀는 그때까지 손에 들고 있던 쪽지를 찢어버렸다.

"여기에는 백 리 밖에 있는 도문정(陶問亭)으로 가라는 지시가 있지만 실제로는 가짜예요."

"가짜?"

"그래요. 정말 명령은 그 제단 앞에 있는 휘장에 적혀 있었죠. 물론 해석할 수 없는 사람이 보면 아무것도 알아볼 수 없겠지만."

그녀의 말에 한효월은 내심 미간을 찡그렸다.

그의 관찰력은 비범했다.

무엇이건 한번 봐서 잊어버리지 않을 정도인 것이다.

하지만 그런 그로서도 무엇으로 그 쪽지가 가짜이고 그 제단에 있는 휘장에 적혀 있는 것이 지시가 될 수 있는지 판단이 서지 않았다.

"복잡한 것 같지만 알고 보면 간단해요. 본 교의 연락 방법에는 크게 두 가지가 있는데 하나는 진짜이고 하나는 가짜예요. 그 구분은 전서의 내용에 달려 있지요. 가짜라면 진짜를 찾을 수 있는 단서가 남겨져 있게 되는…… 이랑묘의 이 쪽지에는 바로 그 방법이 남겨져 있는데, 그게 그 이랑묘의 휘장이었어요."

"언제나 그렇게 연락 전달이 복잡하오?"

한효월이 물었다.

아무리 생각해도 그런 복잡한 방법이 필요할 것 같지가 않았던 것이다.

물론 신비하고 비밀 유지에 좋기야 하겠지만 그녀에게서 들은 말 그대로라면 머리가 나쁜 사람은 지시 사항조차 제대로 받기가 힘들 것이기 때문이다.

요광성주의 얼굴에 희미한 웃음이 떠올랐다.

"아뇨. 우리 정도가 되는 사람만 알아볼 수 있는 표기(標記)와 수하들이 받는 건 달라요. 좀 더 쉽고 간단하죠."

그녀가 문득 안색을 굳혔다.

"난 일이 실패한 것을 보고하고 다음 지시를 기다렸는데, 지금의 명령은 긴급 소집령이에요. 근래에 들어서는 삼환지령(三環旨令)이 발동된 적이 거의 없었는데 뭔가 일에 변동이 생긴 듯하군요."

"삼환지령이 무슨 의미요?"

한효월이 다시 물었다.

"삼환지령은 긴급 소환령을 의미해요. 삼환이란 세 번 호출한 것과 같이 매우 급하다는 뜻이고 이 명령이 떨어지면 누구든 최단시간 내에 그곳으로 가야만 해요."

"수뇌부라도 말이오?"

"물론이죠. 이 명령은 하부자들이 받을 수 없는 거예요."

"그럼 교주의 명령이란 뜻이오?"

한효월의 질문에 요광성주의 안색이 조금 굳어졌다.

"교주님의 성지(聖旨)와는 조금 차이가 있어요. 성지를 받든 사명사자도 삼환지령을 내릴 권한을 가지고 있으니까요."

그 말의 뜻은 교주의 권능은 무상(無上)이라는 의미다.

스스로의 모습조차 보이지 않으면서도 그런 능력으로 군림하고 있는 제천교의 교주는 과연 어떤 사람일까?

한효월은 문득 그가 궁금해졌다.

강호에 나오면서 한 번도 그가 어떤 사람일까? 궁금한 적이 없었다. 있었다면 수괴(首魁)의 정체를 밝히는 차원에서 생각을 해보았을 따름. 그러나 이젠 정말 그가 누군지 궁금했다.

할 수 있다면 그를 만나 물어보고 싶었다.

그런 힘을 가지고 왜? 무엇을 기다리고 있는 것인지.

"정말 같이 가야 하겠어요?"

요광성주의 음성이 한효월의 생각은 깨어졌다.

"갑자기 그건 또 무슨 소리요?"

"이렇듯 돌연히 삼환지령이 발동된 것은 무엇인지 심상치 않은 일이 벌어졌음을 의미해요. 평소라면 대개 무슨 일이 일어난 것인지 추측이라도 할 수 있었을 텐데…… 이런 상황에서 당신과 같이 그곳으로 간다는 것은 너무도 위험해요. 그러니……."

"이젠 돌아간다면 더욱 당신이 위험할 수 있소."

한효월의 말에 이번에는 그녀의 눈이 동그래졌다.

"그건 또 무슨 소리예요?"

"지금까지 당신이 한 말대로 제천교가 그처럼 대단하다면, 당신과 같이 있던 내가 갑자기 사라지면 그도 표나는 일이 될 수 있기에 하는 말이오."

그의 말에 요광성주는 미간을 찡그렸다.

"그까짓 거도 처리하지 못할 것 같아요? 아뇨. 관두죠! 어서 가기나

해요. 자칫 늦으면 문책을 받게 될 거예요."

가볍게 탄식을 흘린 그녀는 뒤도 돌아보지 않고 나무에서 뛰어내렸다.

그녀가 혼자 갈 듯이 나무에서 뛰어내려 전력으로 신형을 날림을 보자 한효월은 내심 놀라서 신형을 날려 그녀의 뒤를 따랐다.

얼마 가지 않아 한효월은 그녀의 뒤에 따라붙을 수 있었다.

'나 때문에 화가 났다면 미안하오.'

"아뇨. 화난 거 없어요."

간단한 대답.

그녀는 더 이상 답하지 않았고 머쓱해진 한효월은 입을 닫고 그녀의 뒤를 따를 수밖에 없었다. 앞서거니 뒤서거니 입을 다물고 신형만 날리자 그들의 속도는 밤하늘을 가르는 유성과 같았다.

『대풍운연의』 제5권으로…

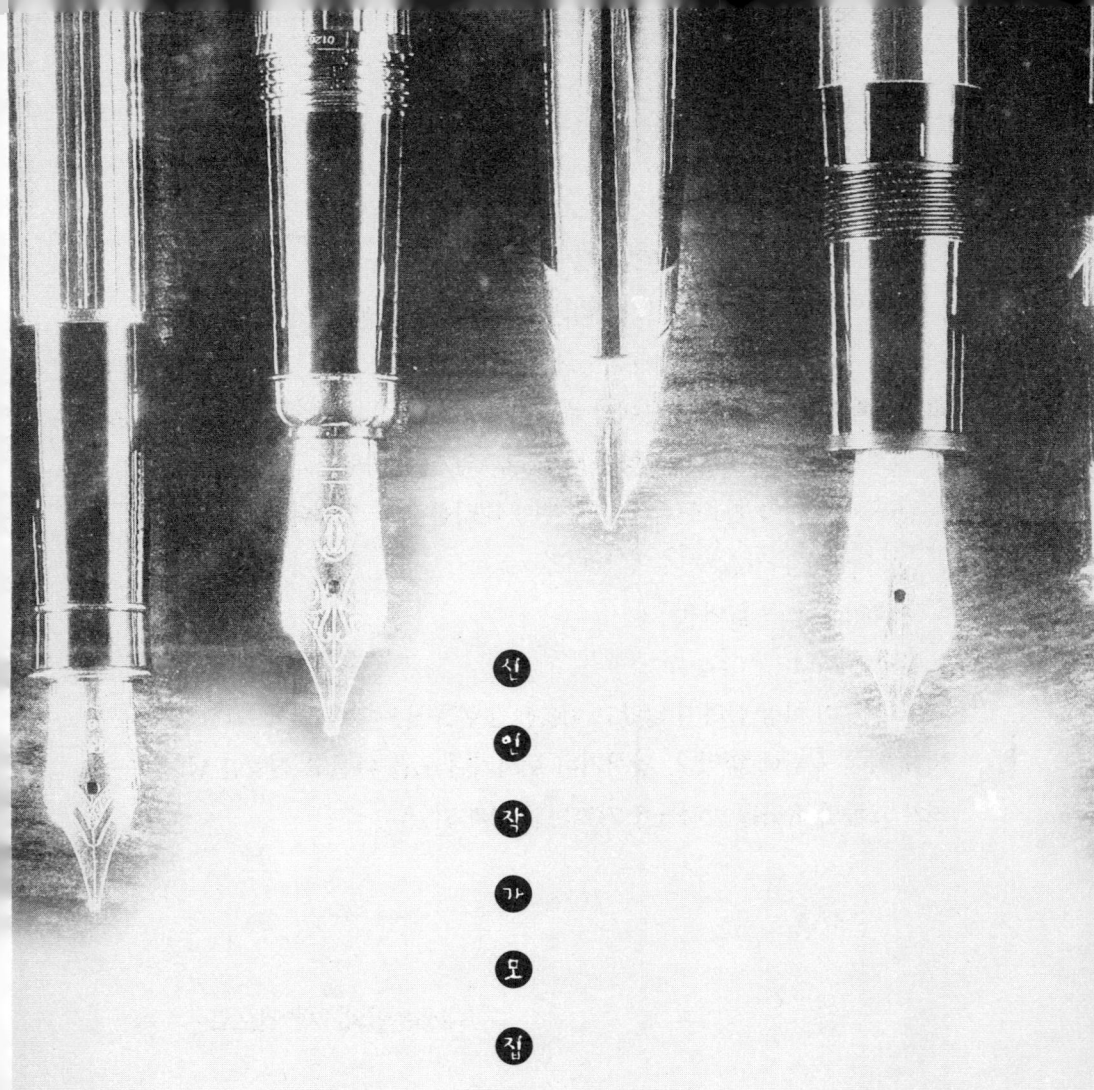

신

인

작

가

모

집

시작이 반이라고 했습니다.
작가의 길에 대한 보이지 않는 벽을 과감히 깨뜨리십시오!
청어람은 작가 지망생 여러분들의
멋진 방향타가 되어드리겠습니다.

저희 도서출판 청어람에서는
소설 신인 작가분들을 모집합니다.
판타지와 무협을 사랑하시는 분들의 많은 참여를 바랍니다.
소정의 원고(A4용지 150매)를 메일이나 우편으로 보내주시면
검토 후 출판 여부를 알려드리겠습니다.

주소:경기도 부천시 원미구 심곡1동 350-1 남성B/D 3F 우편번호420-011
TEL:032-656-4452 · **FAX**:032-656-4453
http://www.chungeoram.com
e-mail:chungeoram@chungeoram.com